dtv

Als die fünfzigjährige Maria, eine erfolgreiche Kostümbildnerin, nach Jahren in die prachtvolle Villa ihrer Großeltern auf der Insel Månvik vor Helsinki zurückkehrt, wird die Erinnerung an das Sommerparadies ihrer Kindheit sofort wieder wach: Oma in ihrem zitronengelben Badeanzug, Bootsausflüge mit dem unternehmenslustigen Opa, Tante Esters himmlische Grütze, die fantastische Aussicht auf dem Plumpsklo, unbeschwerte Tage mit Hannu und Jussi. Doch warum ist Oma damals aufs Meer hinausgeschwommen und nie wiedergekommen? Warum sind Marias Eltern ihr ein Leben lang ferngeblieben? Und welche Rolle spielte Opa bei all dem?
»Elina Halttunens mit Humor erzählte Geschichte von den kleinen und großen Tragödien, aber schönen Momenten des Lebens ist eine lesenswerte Sommerlektüre mit vielen Beobachtungen und Beschreibungen von Landschaften und Menschen, die nicht kalt lassen.« (Margarete von Schwarzkopf, NDR 1 Niedersachsen)

Elina Halttunen, geboren 1952, lebt als Drehbuchautorin und Dramaturgin in Helsinki. Sie besuchte die Theaterhochschule in Helsinki und schrieb Drehbücher für viele erfolgreiche finnische Fernsehserien. ›Alles gut auf der Insel‹ ist ihr erster Roman.

ELINA HALTTUNEN

Alles gut auf der *Insel*

Roman

Aus dem Finnischen
von Elina Kritzokat

Deutscher Taschenbuch Verlag

Ausführliche Informationen über
unsere Autoren und Bücher
finden Sie auf unserer Website
www.dtv.de

MIX
Papier aus verantwortungsvollen Quellen
FSC® C019821
FSC
www.fsc.org

Ungekürzte Ausgabe 2012
Deutscher Taschenbuch Verlag GmbH & Co. KG, München

Titel der finnischen Originalausgabe:
›Saaressa kaikki hyvin‹
(Teos, Helsinki 2009)

Umschlagkonzept: Balk & Brumshagen
Umschlaggestaltung: Wildes Blut, Atelier für Gestaltung,
Stephanie Weischer unter Verwendung eines Fotos von
Corbis/H. Armstrong Roberts
Satz: Bernd Schumacher
Druck und Bindung: Druckerei C. H. Beck, Nördlingen
Gedruckt auf säurefreiem, chlorfrei gebleichtem Papier
Printed in Germany · ISBN 978-3-423-21372-1

Für meine Eltern

Alles an mir – meine Kindheit, meine Persönlichkeit, meine Sehnsüchte, meine Träume, meine Erinnerungen – habe ich mir ausgedacht, um davon erzählen zu können. In meinen Filmen ist alles und nichts autobiografisch.

Federico Fellini

Manche Dinge lernen wir sehr langsam, und dafür müssen wir bezahlen – mit Zeit, dem Einzigen, was wir haben. Es sind die einfachsten Dinge von allen, und weil das Erlernen dieser Dinge ein ganzes Menschenleben braucht, ist das wenige, was wir dann vom Leben erhalten, sehr teuer. Es ist das einzige Erbe, das wir weitergeben.

Ernest Hemingway

Als ich den Scheitelpunkt der Brücke erreiche, verlangsame ich das Tempo; eine Meeresenge soll man nicht zu schnell überqueren. Früher haben wir hier mit einer Kabelfähre übergesetzt, auf dem leuchtend gelben Bug stand *Storholm*. Wenn die Fähre gerade auf der anderen Seite war oder erst auf den Anleger gegenüber zusteuerte, musste man warten. Manchmal hatten wir Glück: Kaum waren wir am Ufer angekommen, senkte sich uns die Auffahrrampe mit einem Ächzen entgegen, der Schlagbaum ging hoch, und wir konnten direkt an Bord rollen. Wir grüßten den Fährmann und warteten sieben zähe Minuten – so lange dauerte die Reise auf die andere Seite. Für die Erwachsenen genau richtig, um eine Zigarette zu paffen und mit Bekannten über die neuesten Ereignisse zu reden. Das wichtigste Thema blieb das Wetter.

Letzten Winter ist das Meer nicht zugefroren, und auch in diesem Jahr, das sich bereits dem Ende zuneigt, spiegeln sich die Lichter des Ufers auf der noch offenen Wasserfläche. Hinter mir erhebt sich die größte Ölraffinerie des Landes. Als ich klein war, standen dort nur zwei unscheinbare Schornsteine. Inzwischen ragen Dutzende rauchender Schlote in den Himmel, die Anlage ist zu einer futuristischen Stadt angewachsen. Wenn der Wind von Norden kommt, riecht man das Öl bis hierher, hört man den Druck der Hitze in den Schornsteinen rauschen. Unter der Brücke verrotten allmählich die alten Anleger. Nur das weiße Haus des Fährmanns und die Inselstraße sehen aus wie früher.

Links und rechts der Straße liegen vereinzelt die alten Höfe; manche werden noch bewirtschaftet. Die Uferlinie ist inzwischen von schmucken neuen Sommerhäusern gesäumt. Månvik liegt auf dem südlichsten Zipfel der Insel, dreizehn Kilometer von der Brücke entfernt. Ehe mein Opa es bauen ließ, standen dort alte Fischerhütten.

Ich parke das Auto im Schutz der Eichen, deren dicke Stämme an gewaltige Statuen erinnern; manche sind fünfhundert Jahre alt. Meine Augen suchen die Stelle, wo 1991 in einer Augustnacht der Blitz einschlug und einen riesigen Ast vom Stamm riss. Jetzt, nach siebzehn Jahren, wächst dort üppig das Moos, doch auch sein freundliches Grün kann die Narbe nicht verstecken.

Ich bin noch immer aufgeregt wegen der E-Mail und bleibe einen Moment im Auto sitzen. Sie kam völlig unerwartet, mitten in den Vorbereitungen für Tschechows *Möwe*. Zum Glück werde ich am Theater gerade selten gebraucht und kann meiner Arbeit auch woanders nachgehen, wie jetzt. So habe ich der nasskalten Stadt den Rücken gekehrt.

Vor einer Woche ist ein Schneesturm über das Land gefegt. Als die Räumarbeiten endlich in Gang kamen, steckten die Autos an den Straßenrändern schon längst in tiefen Schneewehen. Fußgänger rutschten aus, Züge verspäteten sich, die ganze Hauptstadt versank im Chaos. Dann drehte der Wind auf Süd, schmolz die Pracht innerhalb weniger Tage dahin und hinterließ riesige Seen und breite Flüsse, mitten auf dem Asphalt. Der Winter ist unbeständig geworden, schon mehrere Jahre konnten wir im März nicht mehr Ski laufen. Am 27.3., so haben wir es notiert, blühen in Månvik schon die Krokusse, und der Hang zum Meer hinunter leuchtet gelb von Narzissen.

Seit Omas Beerdigung habe ich von Hannu und Jussi kein Lebenszeichen mehr erhalten. Damals war ich zehn, Hannu dreizehn.

Hallo Maria,
lange nichts gehört. Ich muss ein paar Dinge regeln und komme Anfang Dezember nach Helsinki. Sobald ich Genaueres weiß, rufe ich an. Ich würde gern in Månvik vorbeischauen, sofern das möglich ist.
Gruß, Dein Cousin Hannu Falk.

Hans J. Falk
Corp. Senior Vice President
President, Herox Europe
Tel: +1.803.543254 or cell: +1.765.603315
Fax: +1.803.543244
Herox Corporation
168 Oak Avenue
PO Box 6698
Norwalk, CT 06856-4505
USA

Die Nachricht ist knapp und präzise. Er redet nicht lang drumherum. Ich überlege, was das für Dinge sein könnten, die er regeln muss, und ob sie etwas mit Månvik zu tun haben. Andere hätten sich die Mühe gemacht und angerufen, aber Hannu hat einfach nur diese kurze E-Mail geschickt. So ist er schon immer gewesen. Unberechenbar. Na ja, soll er ruhig kommen – nach dreiundvierzig Jahren. Da hat er sich ziemlich viel Zeit gelassen.

Unentwegt denke ich darüber nach, was ich Hannu erzählen soll. Dass alles ein wirrer Traum war, den ich lieber nicht zu Ende geträumt hätte? Meine Kindheitstage – wie kühle Perlen, von der Nacht aufgefädelt.

Die großen Sprossenfenster der Vorderfront sind dunkel, der Garten ist verwildert, alles liegt in tiefem Winterschlaf. Die Wäscheleine schaukelt sacht zwischen den Pflaumenbäumen. Schon seit Wochen beschäftige ich mich mit einem Stück, das Tschechow als Komödie über die Liebe angelegt hat – dabei ist in diesem Stück kein einziger Liebender glücklich. Alle siechen und schmachten vor sich hin, vor allem Mascha, die nur Schwarz trägt und ihr ganzes Leben betrauert.

Schwarz ist die Farbe der Trauer, der Nacht und des Bösen; es saugt alle übrigen Farben restlos in sich auf. Trotzdem, ich mag Schwarz. Es ist schlicht und klar, verleiht seiner Umgebung einen rhythmischen Akzent. Und es ist fruchtbar, wie Lava oder Erde, aus deren Dunkel Orangen- und Olivenbäume sprießen.

Ich rätsele oft, wie es für Mascha nach dem letzten Akt weitergegangen ist. Wessen Hoffnungen brutaler ausgelöscht wurden, wessen Schicksal härter war: das von Mascha, die ein monotones Leben ohne Liebe lebte und Lotto spielte, oder das von ihrem Sohn Kostja, für dessen Traum vom Schriftstellerdasein Mascha nur Spott übrig hatte und der sich am Ende umbrachte. Und zwar mit derselben Waffe, mit der er am Anfang eine Möwe schoss. Tschechow ist ein Meister der Ökonomie – wenn im ersten Akt ein Gewehr an der Wand hängt, muss es bis zum Ende des dritten Aktes auch zum Einsatz kommen.

Ich bin froh, dass ich ganz allein in Månvik arbeiten kann; dass niemand weiß, wo ich bin. Ich habe ein großes schwarzes Tuch für Mascha entworfen, das sie sich ständig um den Körper schlingt. Ihr restlicher Aufzug ist in verschiedenen Grautönen gehalten – fast unsichtbare Farben. Wenn für mich eine Farbe Trauer ausdrückt, dann eher Grau als Schwarz. Es ist die Farbe der Resignation. Aber auch eine anrührende Farbe: Haare werden grau, kurz vor dem Tod sogar durchscheinend, und dasselbe gilt für Haut, Lippen und Nägel. Alles wird zu feinem Staub, den die Sonne durchdringt, sodass man zarte Partikel im Licht tanzen sieht.

Ich nehme meine Tasche und die Mappe mit den Kostümentwürfen vom Beifahrersitz. Als ich die Fahrertür schließen will, reißt der Wind sie mir aus der Hand und knallt sie zu. Ich schließe nicht ab – noch nie wurden Autos in Månvik abgeschlossen, denn die Straße endet an unserem Haus; wer hier herumläuft, gehört sowieso zur Sippe. Auch die Nachbarn lassen alles offen, sogar die Häuser, das ganze Jahr über. Wir schließen Månvik nur im Winter ab, denn dann kann es passieren, dass ein paar Monate lang niemand von uns vorbeikommt.

Ich recke mich zum Vogelhäuschen und taste nach dem Schlüssel. Auf einmal habe ich eine Vorahnung und amüsiere mich beinahe: Vielleicht hat Hannu mich übertölpelt wie ein Krimineller und ist nach dreiundvierzig Jahren einfach schon hineinspaziert. Der Gedanke an meinen Cousin treibt meinen Puls erneut in die Höhe, versetzt mich in eine fiebrige Unruhe. Ob ich mich hier überhaupt auf die Arbeit konzentrieren kann?

Auf der Veranda steht alles an seinem Platz, in der Luft hängt der vertraute Geruch; eine Mischung aus Wandfarbe, mit Schmierseife geschrubbten Flickenteppichen, verschwitzter Kleidung, bröselnden Gummitürmatten, von

Amseln angefressenen Äpfeln. In der Ecke liegen alte Lappen, ein Spaten und eine Blechgießkanne, auf den Stufen erwarten Blumentöpfe den Frühling, verkümmerte Geranien, deren Wurzeln Wasser und Wärme brauchen. Gummistiefel, Hausschuhe und an der Garderobe Opas Fischerjacke und seine rote Strickmütze, daneben eine Harke, die Gartenschere und Omas Sonnenhut mit der breiten Krempe.

»Hallo!«, rufe ich beim Eintreten und lege meine Sachen ab.

Wir haben immer Hallo gerufen, wenn wir reinkamen, und von drinnen schallte dasselbe Hallo zurück. Bei Oma und Tante Ester klang es eher wie Hallu. Sie gehörten zur schwedischsprachigen Minderheit des Landes.

Im Haus ist es dämmrig und kühl. Ich kenne jeden Winkel, kenne die farbenfrohen Muster der Teppiche auswendig. Ich weiß, wo jedes Möbelstück steht, wo die kleinsten Gegenstände hingehören. Auf den knarrenden Dielen habe ich Krabbeln und Laufen gelernt, habe unter dem Holztisch den Gesprächen der Verwandten und Gäste gelauscht und dabei die Fransen des Tischtuchs nass gesabbert. Ich habe mich vom hellen Ton der Standuhr aufschrecken lassen und vom Quietschen der Schranktür, wenn der Alkoholvorrat zum Einsatz kam.

Ich drehe die Heizung auf. Auf dem Tisch steht die große Süßigkeitenschachtel von Hellas. Ich hatte sie bei meinem letzten Besuch dorthin gestellt und gedacht, dass es endlich an der Zeit wäre, die Briefe meines Vaters zu lesen. Doch ich war nicht dazu gekommen, da der Regisseur mich anrief und ich früher in die Stadt zurückmusste.

Ich mache Feuer im Kamin und bleibe vor dem Schrank mit den Puppen stehen. Ich habe sie auf einer langen Reise durch Europa bekommen und sie um mich gruppiert wie Freunde. Die älteste, die schief lächelnde Esmeralda, trägt ein schwarzes Spitzenkleid und ein Häubchen, unter dem ihre Locken hervorquellen. Neben ihr sitzt, stark ausgeblichen, aber mit strengem Gesichtsausdruck, Selma Lagerlöf. Vor ihr kniet Nicole aus Cannes und bietet ihre Rosen feil. Daneben steht ein blumenverziertes, hellrotes Dalarna-Holzpferd aus Schweden. Die kleine Heidi trägt einen Filzhut mit der Aufschrift *St. Gotthard*, an ihrer Seite lehnt breitbeinig der Igeljunge Mecki aus Berlin. Eine Etage unter ihnen spielt der Rattenfänger von Hameln für die dänische Königin Caroline Mathilde. Weiter oben wacht in zünftiger Pelzkappe der Soldat Jeppe aus dem Tivoli in Kopenhagen. Neben ihm vergnügt sich das Äffchen Schrecklich aus Rimini, in seinem Rücken steckt der rostige Aufziehschlüssel. Insgesamt sind es vierundfünfzig Puppen – ihre Namen haben Oma und ich uns ausgedacht. Wenn wir Opa nach dem Namen einer Puppe fragten und er durcheinanderkam, lachten wir laut. Irgendwann begriff ich, dass Opa sich ebenfalls seinen Spaß machte und absichtlich falsch antwortete.

Ob Schrecklich noch tanzen kann? Ich öffne den Schrank und nehme das Äffchen in die Hand. Der Geruch erinnert mich an unsere Autoreise nach Barcelona. Schrecklich trägt eine blaue Jacke, eine gelbe Hose und ein rotes Käppchen. Ich drehe den Schlüssel bis zum Anschlag und stelle den Affen auf den Tisch. Mit eckigen Bewegungen beginnen seine Füße zu tänzeln, dazu erklingt eine Geige – eine zauberhaft schöne, wehmütige Melodie.

Ich hörte die Autohupe schon von Weitem, ließ alles stehen und liegen und rannte Opa entgegen. Opa hupte immer sieben Mal, das war das Erkennungszeichen, wenn er aus der Stadt zurückkam. Jedes Mal hatte er Mitbringsel dabei. Frischen Kuchen von der Bäckerei oder angeschmolzenes Schokoladeneis, manchmal Hackfleischpiroggen von der Tankstelle.

»Marie!«, donnerte er mit seinem vollen Bass. »Wir fahrn nach Spanien!«

»Wer *wir*?«, fragte ich.

»Du, ich und die Oma. Ich zeig dir das Denkmal von Kolumbus und den Atlantischen Ozean! Weißte, wie blau der ist? Wie Kornblumen, wie der Himmel im Hochsommer!«

»Fahren wir mit dem Flugzeug?«

»Mumpitz! Wir fahrn mit dem Auto! Erst nach Schweden und von da immer der Nase nach Richtung Süden, bis nach Spanien.«

Opa streckte seine Arme aus und hob mich in die Luft, obwohl ich längst nicht mehr klein war und schon Schuhgröße dreißig trug. Ich roch Zigarrenrauch und Aftershave, dann ließ er mich wieder los.

»Und jetzt bringste den Kuchen in die Küche und sachst den Frauen, dass sie einen ordentlichen Kaffee kochen solln.«

Oma hatte eine ganze Woche lang getrauert, und ich wusste nicht, wo sie steckte. Jetzt hätte das Trauern ein Ende, wo Opa endlich wieder da war.

Mein Opa, Oskar Falk, war lange der Chef von Victoria-Blusen gewesen. 1964 gab er das Geschäft mit Blusen und Korsetts in die Hände der Schweizer zurück und sattelte auf Schuhfabrikant um. Nach Jahren des Sparens konnte er sich endlich einen nagelneuen Peugeot 203 kaufen. Er liebte französische Autos, weil sie geschmeidig waren wie eine Frau, wie er sagte. Nun wollte er seinen Traum wahr machen und durch ganz Europa fahren.

Eine Reise? Normalerweise verbrachte ich den Sommer in Månvik, zusammen mit meinen Cousins Hannu und Jussi. Meine Eltern waren ständig mit Filmaufnahmen beschäftigt, jeder an einem anderen Ort. Mein großer Bruder Juhani verdiente in den Ferien Geld beim Bau, und meine große Schwester Heli verkaufte auf Helsinkis schönstem Marktplatz Eiscreme und wurde dabei dicker und dicker.

Hannu und Jussi hießen in Wirklichkeit Hans und Johan, aber wenn sie zu Besuch nach Finnland kamen, waren sie Hannu und Jussi. Ihre Eltern lebten schon länger in den Vereinigten Staaten und schickten die Söhne jeden Sommer nach Månvik, damit sie mit den Verwandten zusammensein und ihre Sprachkenntnisse auffrischen konnten. Gerade für Jussi war das wichtig; er fing bereits an, ein seltsames Kauderwelsch zu sprechen.

In den ersten Jahren hatte ich in Månvik große Sehnsucht nach meinen Eltern, vor allem abends. Auch nach meinen Geschwistern. Nachts weinte ich mich unter der Bettdecke in den Schlaf, doch irgendwann gewöhnte ich mich an die Abwesenheit meiner Familie. Außerdem konnte meine Oma Catharina manchmal wirklich lustig sein. Sie las uns auf den warmen Felsen und in der Gartenschaukel vor oder mischte lauthals bei unseren Spielen mit. Wenn sie in Fahrt kam, lösten sich ihre langen braunen Haare aus dem Dutt und hingen irgendwann voller Tannennadeln. Ihr war es mit dem Spielen so ernst, dass ihre Augen funkelten und ihre Wangen rot glühten.

Wenn sie Migräne hatte, lag sie den ganzen Tag im abgedunkelten Schlafzimmer. Die Schmerzen begannen meist, nachdem Opa weggefahren war. Dann durften wir nicht drinnen spielen und flüchteten in den Rabenwald, auf den Trollzahn-Felsen oder an den Froschteich. Ab dem zweiten Migränetag trug Oma nur noch Schwarz.

»Ich bin in Trauer«, sagte sie knapp.

Solange die Trauer anhielt, verweigerte Oma jedes Gespräch mit ihrem Mann. Sosehr sich Opa nach seiner Rückkehr auch mühte, sie blieb stumm. Die nötigsten Dinge zur Organisation des Alltags vermittelte sie ihm mit Hilfe von Tante Ester und uns Kindern. Wir fanden das ziemlich albern.

»Hör mal, Oskar«, sagte sie mit lauter Stimme in meine Richtung und flüsterte mir auf Schwedisch ins Ohr, was ich Opa ausrichten sollte.

Meine Oma gehörte zur schwedischsprachigen Minderheit Finnlands und sprach nur dann Finnisch, wenn es gar nicht anders ging. Sie hatte einen hellen Akzent, der sich wie Gesang anhörte.

Wenn Oma ihr »Hör mal, Oskar« wieder direkt an Opa richtete, der Migräneanfall und die Trauerzeit vorbei waren, sahen Hannu und ich uns erleichtert an. Unsere Großeltern hatten noch eine weitere Eigenart: Sie redeten morgens erst miteinander, wenn Oma ihren Kaffee getrunken hatte. Ohne Kaffee gab es unnötigen Streit.

Bei Regenwetter schlichen wir uns auf den Dachboden. Dazu musste man die steile Leiter hochklettern, die im ersten Stock im Flur stand. Eigentlich war das streng verboten. Aber wenn Oma Migräne hatte und ohnehin nichts mitbekam, wenn Opa in die Stadt fuhr und Tante Ester, die im Haushalt mithalf, sich hingelegt hatte, nutzten wir die Gelegenheit.

Der Einzige, der die schwere Tür aufbekam, war Hannu: Er warf sich gegen das Holz und ruckelte am riesigen Schlüssel. Wenn die Tür endlich aufsprang, landete er meist auf dem Bauch. Der Dachboden war der wärmste Ort im Haus. Es dauerte eine Weile, bis die Nase sich an den Geruch von Mottenkugeln und trockenem Holz und die Augen sich ans Dämmerlicht gewöhnt hatten. Vier winzige runde Fenster zeigten in alle Himmelsrichtungen. Der Regen trommelte aufs Blechdach und erfüllte den Raum mit einem gleichmäßigen Rauschen. Überall standen nutzlos gewordene Dinge herum, Kinderbetten, Lampenschirme, Skistöcke, Skier, Schlittschuhe, Zeitschriftenstapel und unter einem Fenster Omas alter Schlitten. Das war mein Platz, hier las ich vergilbte *Modern-Hus*-Zeitschriften von 1930. Auf einer Titelseite lächelten zwei Frauen mit Heugabeln. Eine hatte geflochtene Affenschaukeln – wie ich zu Festtagen. Mich faszinierten die Kosmetik-Anzeigen, die Einrichtungstipps und die Berichte über die schwedische Königsfamilie. Aber am meisten interessierte mich die berühmteste weibliche Seglerin der Welt, Madam Hériot. Auf dem Foto trug sie eine kurzärmelige gestreifte Bluse und eine weite Hose mit Hosenträgern und lehnte lässig an der Reling. Ihre dunklen Haare waren kurz geschnitten und schauten unter einer Baskenmütze hervor. Sie blickte ernst und bestimmt. Ich fand es wahnsinnig aufregend, dass sie ganz allein über die Ozeane segelte.

Jussi stöhnte, heulte und ächzte: Er spielte Krieg. Mit einem alten Bajonett bekämpfte er den Feind, die Kleidungsstücke auf der Kleiderstange. Auf den Schutzhüllen aus braunem Papier standen in Tante Esters runder Schrift die Namen seiner Gegner: kurze Bisamjacke, großer Ulster, grüner Umhang. Die Kleidungsstücke waren längst nicht mehr im Einsatz, aber sie wurden aufgehoben für den Fall, dass man sie doch noch einmal brauchte. Die Erwachsenen wussten nicht, dass die Schutzhüllen längst voller Löcher waren und in Jussis Einstichen Motten nisteten.

»Hör mal, Hans«, sagte ich zu Hannu, der in einer Ecke saß und alte Wochenschriften las. Er tat, als hörte er mich nicht, hob einen langen Nagel vom Boden und sog daran wie an einer Zigarre. Ich beschloss, dass ich ab sofort in Trauer war und nicht mehr mit ihm reden würde.

Da wir bei unserer Rückkehr vom Dachboden von oben bis unten staubig waren, kamen sie uns immer auf die Schliche. Tante Ester schickte uns wutschnaubend in die Sauna, wo wir jeden Zentimeter Haut sauber schrubben mussten, auch die Fingernägel. Danach folgte Arrest mit Strafdiät. Nie wieder würden wir Nachtisch oder Hefezopf bekommen, hieß es. Meistens servierte uns Tante Ester dann am selben Abend rote Grütze.

»Ich will mal nicht so sein. Aber mit den Ausflügen auf den Dachboden ist endgültig Schluss!«, sagte sie mit bebender Stimme.

Jedes Mal mussten wir versprechen, dass wir den Dachboden nie wieder betreten würden, schließlich konnte man sich dort gefährlich verletzen. Und Verletzungen, Brüche und offene Wunden sind das Letzte, was man auf einer Insel gebrauchen kann.

»Was würden eure Mütter nur dazu sagen!«, schimpfte

Tante Ester oder »Was würden eure Väter davon halten!«, während sie Jussi unsanft die Nase abwischte, aus der ständig Rotz lief.

Wir wussten, dass unsere Eltern nichts dazu sagen würden, denn Hannus und Jussis Eltern waren frisch geschieden und hatten mit sich selbst genug zu tun, und meine Eltern steckten tief im Schauspielersumpf, wie Opa zu sagen pflegte.

Für uns war es normal, dass sich die Großeltern um uns kümmerten. Allerdings betonte Oma oft, dass sie ihre Kinder selbst großgezogen hatte – mit Hilfe von Dienstmädchen, wie Opa dann hinzufügte. Jedenfalls blieb Oma zu Hause, obwohl sie eigentlich Lehrerin war. Vielleicht hat sie das so unzufrieden gemacht, so sonderbar angespannt. »Eine rastlose Seele bin ich«, sagte sie manchmal.

Als ich noch ganz klein war, dachte ich, dass auch Oma ein Mann sei. Erst eines Abends in der Sauna wurde mir klar, dass es einen Unterschied gab. Ich war schon fertig und wartete im Bademantel vor der Sauna. Die Tür zum Innenraum stand einen Spaltbreit auf, und durch den Dunst hindurch sah ich, wie Opa Oma an sich drückte und sie herumwirbelte.

»Mein herrliches Weib, mein herrliches Weib«, brummte er und presste seine haarige Brust an ihren gewaltigen Busen.

Er ließ den Badeschwamm über den Rücken und den Popo des herrlichen Weibes gleiten, bis Oma sich losmachte und ihren Mann mit kaltem Wasser übergoss. Opa lachte nur. Egal was Oma tat oder sagte, er lachte eigentlich immer. Auch über Omas Kaffeehäuschen, aus dem ein Plumpsklo wurde.

Das graue Plumpsklo thronte hoch oben auf den schönsten Felsen. Dort hatte Opa es bauen wollen, nicht irgendwo im Ufergebüsch versteckt. Er wollte die Tür auflassen und die Aussicht genießen können, wenn er sein Geschäft erledigte. Der Blick reichte bis weit übers Meer. Oma und Opa hatten lange über diesen Platz gestritten, denn Oma wollte dort ein Häuschen für die nachmittägliche Kaffeestunde errichten lassen. Opa hatte gewonnen: Eines sonnigen Tages war er einfach auf die Felsen geklettert und hatte zu hämmern begonnen, zusammen mit unserem Nachbarn. In die Sitzfläche sägten sie zwei Löcher, ein großes für die Erwachsenen und ein kleines für die Kinder. Opa beauftragte mich, Bilder für die Wände zu malen. Ich hatte keine Ahnung, was für Werke man in einem Plumpsklo aufhängte, und ließ ein paar Tage verstreichen. Dann kam mir eine Idee.

Hannu, Jussi und ich spielten oft die Märchen nach, die wir vorgelesen kriegten. Wenn meine Cousins keine Lust dazu hatten, malte ich das Märchen auf, während die Jungs am Ufer um die Wette Steinchen hüpfen ließen oder heimlich Tex-Willer-Hefte lasen, die Opa ihnen besorgte. Die Willers – Tex und Kit – kämpften mit ihren Freunden Kit Carson und dem Navajo-Indianer Tiger-Jack gegen verschlagene Betrüger und Diebe, bis alle Gauner in der Hölle landeten, wo sie Kohlen schaufeln mussten. Oma kam gern mit Andersens *Kleiner Meerjungfrau* an, obwohl die Jungs lieber *Tarzan* oder wenigstens *Nils Holgersson* gehört hätten. Dennoch saßen sie ruhig mit Oma und mir auf der Gartenschaukel und verfolgten mit, wie die kleine Meerjungfrau ihren geliebten Menschenprinzen zurückließ, aber auch nicht mehr zu ihrer Familie ins Reich des Meeres zurückkonnte und dreihundert Jahre unsichtbar mit den Jungfrauen der Lüfte umherschwebte. Wenn sie genügend gute Dinge für ein Menschenkind getan hatte, würde ihre Seele unsterblich werden.

Diese Geschichte wollten meine Cousins natürlich nicht nachspielen, und so malte ich sie fürs Plumpsklo. Die Meerjungfrau mit dem schillernden Schwanz hatte einen zitronengelben Badeanzug an – den gleichen, wie Oma ihn trug. Auf ihrem Kopf saß ein Krönchen, um sie herum im Ozean trieben Wasserpflanzen, Fische und Medusen. Ja, *meine* Meerjungfrau hatte zu ihrer Familie ins Reich des Meeres zurückgefunden, das war ihr Lohn. Ich fand das viel besser als eine unsterbliche Seele. Oben ins Bild schrieb ich *für Oma* und unten an den Rand *Maria*. Auf Opas Bild malte ich kein Märchen, und untendrunter stand *Marie* statt *Maria*, denn so nannte Opa mich. Auch ich mochte *Marie* lieber, obwohl Oma nicht verstand, warum, ich sei doch auf einen so wunderschönen Namen getauft. Bei ihr hatte *Maria* wegen des schwedischen Akzents ein besonders langes i: Mariia. Auch, dass Opa sie Partisanna oder Partisanin nannte, fand sie überhaupt nicht witzig – ihr Name lautete Sanna Catharina, und in ihrem Pass war Catharina als Rufname unterstrichen.

Auf das Bild für Opa malte ich echte Dinge aus unserer Welt: sein Segelboot *Läskelä* und – über den Wolken – den fuchsroten Spitz Tilu. Der Hund war im finnischen Bürgerkrieg verschwunden, und wenn wir Tilu vorübergehend zum Leben erwecken wollten, baten wir Opa, von ihm zu erzählen; manchmal mussten wir bei der Geschichte sogar weinen. Tilu hatte sich während einer wilden Schießerei losgerissen, war verstört davongerannt und nie wieder aufgetaucht. An der Stelle »und dann verschwand sein Ringelschwanz im Qualm des Schießpulvers« begann Opas Stimme regelmäßig zu zittern. Hannu mutmaßte, dass Tilu in Gefangenschaft der Sozialisten geraten war, und Jussi flüsterte, dass er alles geben würde, damit Opa seinen Tilu wiederbekäme. Opa wischte sich über die Augen, räusperte sich und sagte, dass die Erinnerung an seinen geliebten Freund in seinem Herzen ewig weiterleben werde und dass Tilu es gut habe im Hundehimmel, wo er Tag für Tag Eichhörnchen jagen dürfe.

Um die beiden Bilder im Plumpsklo aufzuhängen, stieg ich aufs Schnaufbrett, wie Opa die hölzerne Klobrille nannte. Zuerst befestigte ich das Bild mit Tilu und bewunderte es ausgiebig. Dann wollte ich die Meerjungfrau aufhängen und trat etwas nach links, doch mein Fuß rutschte ab, und ich fiel ins tiefe Dunkel.

Als die Jungs endlich ins Plumpsklo gestürmt kamen, schrie ich noch immer aus vollem Halse. Die Schmeißfliegen surrten wild umher, und meine Cousins starrten verblüfft auf mich hinunter. Erst kicherte Hannu, dann auch Jussi. Als ich, statt wütend zu werden, noch verzweifelter schrie, begriffen sie den Ernst der Lage und rannten ins Haus.

»Meine kleine Mandel, meine arme kleine Mandel«, tröstete Oma mich, als ich in ein Handtuch gewickelt in ihrem Bett lag.

Oma hatte mich mit Kölnischwasser abgerieben, so gründlich, dass mein Unterleib wie Feuer brannte. Ein beißender Schmerz zog sich von der Wunde hoch bis in meine Körpermitte. Ich fühlte mich wie entzweigerissen.

»Hör mal, Oskar«, setzte Oma an, obwohl von Opa nirgends eine Spur war, und sie verstummte, als Tante Ester eine neue Wanne mit heißem Wasser und frische Lappen brachte. Tante Ester blieb wie ein Denkmal an der Tür stehen und hielt den Holzgriff fest, damit die Jungs nicht hereinkommen konnten. Oma und Tante Ester überlegten, ob sie Doktor Lindroos holen oder mich zu ihm hinüberbringen sollten – während des Sommers wohnte Lindroos auf dem Nachbargrundstück. Seine Ehefrau Helga wohnte ebenfalls dort, was Oma nicht gefiel; jedenfalls war sie immer am Sticheln, wenn die beiden zu Besuch kamen. Allerdings bemerkte Helga das gar nicht – weil sie ein bisschen blöd war, wie Oma meinte. Ich gestand, dass ich Helga kein bisschen blöd fand, sondern sehr nett, schließlich hatte sie immer Haferküchlein da, wenn wir zu Besuch kamen. Oma beharrte darauf, dass Helga schwer von Begriff sei und gewisse Zusammenhänge nicht verstehe; in ihren Augen sei sie geradezu dumm. Dumm!

Ich weiß nicht, was schlimmer war, der Schmerz oder die Scham. Der Gestank, der von mir ausging, war entsetzlich, da konnte man noch so waschen und wischen. Vielleicht hatte sich der Gestank auch in meiner Nase festgesetzt, weil ich so lange im Plumpsklo hatte warten müssen. Und es tat höllisch weh, nie zuvor hatte ich solche Schmerzen gehabt! Als Opa nach Hause kam, brachte er mir angeschmolzenes Tiger-Eis, Fleischpiroggen, einen Himbeerlolli und Salmiak-Kegel, und mit diesem Proviant wurde ich nach oben in mein Zimmer umgesiedelt. Opa schlug vor, Aftershave-Balsam zwischen meine Beine zu schmieren, damit seien im Krieg alle möglichen Verletzungen kuriert worden, es habe nichts anderes gegeben. Ich liebte den Geruch der Creme, die schließlich sogar den Plumpsklogestank besiegte.

Abends rief Oma trotzdem noch bei Lindroos an, der vorbeikam, mich untersuchte und meinte: »Die Zeit heilt die Wunden, und was einen nicht umbringt, macht einen stark. Eines Tages wirst du viel Freude an genau dieser Stelle zwischen deinen Beinen haben, die dir jetzt so wehtut.« In diesem Moment konnte ich mir das schwer vorstellen, doch der Doktor versprach, dass ich – mit Hilfe einer Sitzbäderkur – in einer Woche wieder herumspränge und auch das Pinkeln nicht mehr brennen würde. Mein Unterleib wurde mit Methylenblau dunkel eingepinselt, was Oma furchterregend fand. Lindroos tröstete: Das sähe doch auch nicht anders aus, als wenn sich das Mädchen ohne Hosen im Blaubeerwald hingehockt hätte, außerdem würde die Farbe ja wieder verschwinden. Als er gegangen war, bekam ich Omas uraltes weißes Nachthemd mit den roten Punkten übergezogen. Ich wollte noch die Geschichte vom hässlichen Entlein hören, die elendig traurig war, denn ich hatte das Bedürfnis zu weinen, und Märchen halfen oft dabei.

Später am Abend tönte von unten eine laute Diskussion herauf: Wie war es möglich, dass die Klobrille eingekracht war? Opa ging hinüber und kehrte mit der Erkenntnis zurück, dass in der Konstruktion ein Stück Holz morsch gewesen sei. Oma wunderte sich, wieso das niemand bemerkt hatte und es erst zu diesem Unfall kommen musste. Opa wurde wütend und brüllte, dass er kein Klowärter sei und ja auch Oma das Problem hätte bemerken können. Doch Oma würdigte das Plumpsklo nie eines genaueren Blickes – sie hatte Angst, davon ein Gerstenkorn zu bekommen, und riet auch uns davon ab, dem Geschäft hinterherzuspähen. Ich bekam mit, wie Hannu und Jussi verhört wurden, ob sie das Plumpsklo beschädigt hätten, doch sie beteuerten ihre Unschuld. Hannus Meinung nach war ich einzig und allein für mein Unglück verantwortlich, denn welcher Idiot würde schon Bilder fürs Scheißhaus malen.

Mitten in der Nacht weckten mich die erregten Stimmen meiner Großeltern. Aus irgendeinem seltsamen Grund waren sie bei Opas Reise nach Turku und bei Aili angelangt und ob diese Reise überhaupt eine Dienstreise gewesen sei und Opa wirklich eine Konferenz besucht habe oder nicht.

»Jetzt lass endlich mal gut sein mit dieser Sache!«

»Lass ich nicht! Nie im Leben werde ich das vergessen!«

Wenn meine Großeltern stritten, war die Sehnsucht nach Mama und Papa besonders groß. Meine Augen kribbelten, mein Hals schnürte sich zu, und ich schluchzte leise ins Kopfkissen. Niemand sollte mich hören. Auf der Spitzenborte des Kissens stand in kunstvoller Stickerei *HF*; die Spitze roch wie Mamas Rosenpuder. Geliebte Mama! Ich hätte alles getan, um heimfahren zu können ins sogenannte Affenhaus, wo Schauspieler und Regisseure wohnten und viele andere Kinder, mit denen ich jedoch so gut wie nie spielen konnte, weil meine Eltern mich immer wieder woanders hinsteckten. War das Affenhaus überhaupt noch mein Zuhause? Ich holte die knittrig gewordene Postkarte unter der Matratze hervor: eine Flusslandschaft mit Brücke und Kirchturm.

Fräulein Maria Autere
Mattby, Månvik
Storholm

Folgendes hatte Mama an mich geschrieben:

Hei Maria!
Hoffentlich ist alles gut auf der Insel und du bist gesund und munter. Die Filmaufnahmen sind ziemlich hektisch, und zwischendurch hatte ich schlimme Halsschmerzen. Zum Glück sind wir schon zur Hälfte fertig. Vielleicht schaffe ich es, Ende der Woche in Månvik vorbeizukommen. Papa

kommt auch, wenn er sich von seinen Filmaufnahmen freimachen kann.
Die liebsten Grüße!
In Eile,
Mama

Tapfer war ich die ganze Zeit gesund und munter gewesen und hatte das Wort *Mama* so oft abgeküsst, dass die Schrift verschmiert war, aber dennoch kam Mama an besagtem Wochenende nicht zu uns.

Auch ich hatte Mama geschrieben, oft sogar. Ich hatte beim Kaufmannswagen verschiedene Katzenpostkarten gekauft, Mama hatte eine Vorliebe für Katzen. Ich schrieb, dass alles gut sei auf der Insel, schilderte, was wir erlebt hatten, und schickte ihr die liebsten Grüße aus Månvik zurück. Alle meine Karten lagen in der Nachttischschublade – ich wusste nicht, wo ich sie hätte hinschicken sollen, denn Mama schrieb nie einen Absender auf ihre Post.

Ich lutschte abwechselnd am Himbeerlolli und am Salmiak-Kegel, die ich in einem Glas auf dem Nachttisch aufbewahrte wie Tante Ester ihre oberen Zähne. Ich sagte mir, dass meine Eltern sicher am nächsten Wochenende kämen, und versuchte an schöne Dinge zu denken: Elfen, Wichtel, Trolle und Weihnachten.

Das Schaufenster war von außen mit Tannenzweigen verziert, die nach Harz dufteten, innen leuchteten kugelförmige bunte Lichter. Ich konnte meinen Blick nicht von den roten Lederstiefeletten lösen. Sie hatten vorn einen kleinen Reißverschluss, am Schaft blitzte weißes Pelzfutter hervor. Wie gern hätte ich diese Schuhe zu Weihnachten gehabt! Doch ich bekam neue Skistiefel. Die waren Omas Ansicht nach praktischer, da wir viel Ski liefen. Damit auch dicke Wollsocken mit reinpassten, kauften wir sie eine Nummer zu groß, und ich hatte zugleich normale Schuhe für den Winter. Ein Jahr davor hatte ich Weihnachten edle weiße Schlittschuhe gekriegt, und Oma hatte mir in Månvik Schlittschuhlaufen beigebracht. Sie hatte erzählt, dass das Eis zuletzt vor dreißig Jahren so fantastisch gewesen sei und damals viele Insulaner auf Schlittschuhen bis nach Helsinki gelaufen seien. Einige waren sogar gesegelt: Sie hatten ein Stück Stoff an einem alten Tretschlitten festgespannt, und los ging's! Omas beigefarbene Schlittschuhe waren alt und abgenutzt, doch die Kufen, auf denen *Zenith* eingraviert war, funkelten im Sonnenlicht. Oma glitt in ihrem kurzen Bisampelz über die Bucht und drehte weite Kreise; manchmal vollführte sie eine Wende und fuhr rückwärts weiter, machte Pirouetten und Walzersprünge und hielt urplötzlich vor mir an, sodass Schnee und Eis in mein Gesicht spritzten. Sie zog mich hoch, wenn ich in einen Schneehaufen gefallen war, und Hand in Hand sausten wir voran, bis unsere Beine zitterten und wir uns lachend in eine weiße Schneewehe plumpsen ließen.

Auch nach Weihnachten dachte ich noch an die roten Stiefeletten. Nachts träumte ich von ihnen, und tags malte ich Bilder, durch die lauter Mädchen in roten Stiefeln marschierten.

»Nun drängel nich so, Marie, wir schaun mal, wir schaun mal.«

Als wir lange genug geschaut hatten, tropfte der Schnee aus den Regenrinnen, und die roten Stiefeletten waren aus dem Schaufenster verschwunden. Auf dem kleinen Podest standen nun graue Gummistiefel. Am Abend nach dieser Entdeckung weinte ich mich wieder in den Schlaf. Ich weinte auch der Trompete nach, an deren Stelle Opa mir eine Blockflöte geschenkt hatte. Und der Meerkatze auf der Schulter des Leierkastenmannes, der immer in der Geschäftsgasse stand, in der auch der Singer-Nähmaschinenladen lag. Sobald Opa von der Arbeit zurückgekehrt war, gegessen hatte und sich aufs Ohr legen wollte, kam ich mit den fehlenden Geschenken und der Meerkatze. Opa wiederholte jedes Mal aufs Neue, dass sie an mir schon genug Meerkatze hätten, und bat mich, ihm die Königlich-Dänischen-Halspastillen aus seiner Schreibtischschublade zu holen. Eine rot-weiße dänische Flagge zierte die goldene Schachtel. Dann veranstalteten wir den Wettkampf »Bei wem hält die Pastille länger?«, bei dem Opa jedes Mal gewann: In seinem rot eingefärbten Mund klebte ein fast durchsichtiger Rest, den man kaum noch von der Zunge unterscheiden konnte. Mein Mund war rot und leer. Als Trostpreis bekam ich eine zweite Pastille, und mit ihr lösten sich auch die Gedanken an die Stiefel und die Meerkatze auf.

Eines hellen Tages zu Beginn des Frühlings, als ich mit Tante Ester vom Markt kam, standen sie plötzlich im Schaufenster, und wieder konnte ich mich nicht losreißen. Am Platz, wo die Stiefeletten und die Gummistiefel gestanden hatten, funkelten nun goldene Riemchensandalen. Eine thronte hochgestellt auf dem Podest, die andere ruhte flach und zierlich daneben. Wie angehext stand ich vor dem Geschäft, doch Tante Ester drängte zum Weitergehen, denn es war ein warmer Tag, die in Zeitung eingeschlagenen Heringe würden schnell verderben.

Ich war so aufgeregt, dass ich nicht einmal spielen konnte. Sooft es ging, schleppte ich Opa vor das Schaufenster und wimmerte, wie brennend ich mir diese Schuhe wünschte, dass ich geradezu verliebt in sie sei. Ich versprach, alles zu tun, wenn ich nur die Sandalen bekäme: zum Beispiel zu Mittsommer endlich genug neue Kartoffeln essen, die Opa mir jeden Sommer anpries. Immer wieder sagte er mir, wie glücklich ich Oma machen würde, wenn ich ihr meinen Teller reichen und verkünden würde: »Zehn Kartoffeln für Marie!«

Ich, die ich kaum eine einzige Kartoffel herunterbekam. Kurz vor Mittsommer spürte ich, dass Opa nachgiebiger wurde und nicht mehr »wir schaun mal« sagte, sondern lachend den Kopf in den Nacken warf.

»Opa, ich will sie, ich will sie unbedingt! Bitte, lieber Opa, bitte!«

Zu meinem Pech bekam Oma das Gequengel mit und wetterte, dass goldene Sandalen der Gipfel der Geschmacklosigkeit seien. Sie würde ihre Füße nie im Leben in solche Dinger stecken, das täten nur kokette, leichtfüßige Frauenzimmer.

Ich weiß nicht, ob Opa mir einen Wunsch erfüllen oder vor allem Oma ärgern wollte – zwei Wochen, bevor wir Månvik verließen, stand ich im Schuhgeschäft und probierte die Sandalen an. Größe siebenundzwanzig passte wie angegossen; Opa nickte der Verkäuferin anerkennend zu. Sie schlug sie in Seidenpapier ein, bettete sie in einen Karton und umwickelte ihn mit einem dicken Papierbogen, auf dem stand:

Schuhgeschäft Schritt
Kalevankatu 11
Helsinki

Um das Paket kam eine Papierschnur, die von einer kleinen roten Holzklemme gehalten wurde. Opa drückte mir die Schuhe und der Verkäuferin einen Schein in die Hand.

Ihr Lächeln war so offenherzig, dass ich eine Lippenstiftspur auf einem ihrer Eckzähne entdeckte. Sie drückte ein paar Kassenknöpfe und drehte an der Kurbel, pling, schon bekam Opa Kassenbon und Wechselgeld. Als wir hinausgingen, lächelte sie noch immer. Opa hob zum Gruß seinen Hut und begutachtete noch kurz die geraden Säume ihrer Strumpfhose, die unter einem glockigen Rock verschwanden.

Am Abend vor Mittsommer spielte ich mit Oma und meinen Cousins Verstecken mit Abschlagen. Ich wollte gerade zwischen Pfingstrosen und Wacholderbüschen auf Hannu zurennen, als ich plötzlich wie betäubt am Boden lag – bis Hannu mich hochzerrte. In unsicherem Vierfüßlerstand sah ich, dass mein Festkleid dreckig geworden war. Und Hannu entdeckte das Loch in meiner Schläfe. Als Oma endlich bei uns war, tropfte das Blut schon aufs Kleid, bis hinunter auf die Erde. Oma schimpfte lauthals auf Opa und behauptete, dass ich mit meinen alten Schuhen nie im Leben gestürzt wäre und dass die Verkäuferin Opa den Kopf verdreht und ihn zum Kauf der Sandalen verführt hätte. Opa ließ das alles an sich abprallen, bezeichnete Oma als übergeschnappt und schafsköpfig und noch alles Mögliche andere und erinnerte schließlich daran, dass man mich verflucht schnell zum Roten Kreuz schaffen müsse, wenn ich nicht verbluten sollte.

»Hör auf zu fluchen, verdammt noch mal!«, kreischte Oma, aber Opa war bereits Richtung Telefon gelaufen.

Er rief das einzige Taxi, das es auf Storholm gab – er und Lindroos hatten schon so viel Whiskey getrunken, dass sie nicht mehr fahren konnten. Aber auch Taxi-Isaksson war leicht weggedämmert, Mittsommer stand ja vor der Tür, und so fuhr uns schließlich sein Vater, der alte Isaksson.

Mit einer Mullbinde und einem alten Hemd von Opa um den Kopf legte ich mich auf die Decke, die der alte Isaksson auf der Rückbank ausgebreitet hatte. Opa setzte sich neben mich und hob meinen Kopf auf seinen Schoß. Auf dem Beifahrersitz schaute Hund Josef aus dem Fenster und schnappte nach Frischluft. Der alte Isaksson raste den gewundenen Sandweg entlang, als wäre der Teufel hinter uns her – Josefs Ohren flatterten im Wind und erinnerten mich an alte lederne Fliegenklatschen. Opa befahl Isaksson vom Gas zu gehen, damit wir nicht aus der Kurve flogen und mitten in der Forstwirtschaft landeten, doch das schien den Alten erst recht anzufeuern. Erst als wir die Kabelfähre sahen, verlangsamte er – Josef hüpfte erleichtert aus dem Fenster und pinkelte. Leicht beunruhigt hörte ich Opa sagen, dass wir besser bis nach Helsinki fahren würden und nicht nach Porvoo, wo vor Jahren eins der Inselkinder an einer Blutvergiftung gestorben sei.

Beim Roten Kreuz Helsinki wurde meine Wunde mit drei Stichen genäht und eine Gehirnerschütterung diagnostiziert; meine Großeltern sollten mich in der kommenden Nacht einmal pro Stunde wecken. Die Krankenschwester tätschelte mir die Hand und bewunderte meine goldenen Sandalen. Opa zwinkerte ihr zu und flüsterte, dass sie solche Sandalen mit ihren Prachtbeinen doch bestens selber tragen könne. Dann setzte er seinen Hut auf, verbeugte sich und führte mich zur Tür hinaus.

Der Kachelofen glüht vor Hitze. Ich streiche über die Narben in meinem Gesicht. Es sind zwei – an jeder Schläfe eine. Zwischen ihnen liegen dreizehn Jahre, die spätere Wunde musste mit doppelt so vielen Stichen genäht werden.

Die Premiere der *Möwe* naht, und die Kostüme sind noch nicht ganz fertig. In der Kostümbildnerei arbeiten meine Kolleginnen rund um die Uhr; sie nähen, befestigen Spitze. Wenn derzeit auch noch Nerven- und Stoffbahnen reißen, das Ergebnis lässt sich schon erahnen. Ich überlege, wie ich noch besser veranschaulichen kann, dass Mascha zwischen Szene drei und vier gealtert ist, dass vier lieblose Ehejahre ihre Spuren hinterlassen haben. Vielleicht sollte ihr graues Kostüm jetzt eine Spur Kiefernbraun enthalten – ja, so würde Mascha sich kaum noch vom Grundton des Bühnenbildes unterscheiden.

Meine Gedanken schweifen wieder zu den Briefen meines Vaters, die Süßigkeitenschachtel steht beharrlich vor mir. Eines Tages, so denke ich, wenn Zeit dafür ist, werde ich den Inhalt gründlich studieren. In dem einen Brief, den ich vor Monaten zu lesen begonnen habe, bittet mein Vater meine Mutter um Verzeihung. Was zwischen ihnen vorgefallen ist, habe ich noch nicht herausgefunden.

Auch Hannu verschwindet nicht aus meinem Kopf. Mich

stört, dass er den Grund für sein Kommen nicht genannt hat. Unser Kontakt ist abgerissen, als die Beziehung zwischen unserem Opa und Onkel Julius kippte; viel Ungeklärtes steht zwischen uns. Alles war so destruktiv, dass wir einander nicht mal mehr Weihnachtskarten geschickt haben, geschweige denn sonstwie in Verbindung standen. Doch ich bin es gewohnt, dass wichtige Menschen aus meinem Leben verschwinden. Nein, von einem völligen Verschwinden kann nicht die Rede sein: Die Personen führen in mir ein seltsames Schattendasein und tauchen gerade dann aus ihren dunklen Ecken empor, wenn ich es am wenigsten erwarte.

Hannu ist schon immer dickköpfig und stolz gewesen, mitunter sogar hart – wie unser Opa. Opa hat uns vieles beigebracht, nahm uns bei allen Tätigkeiten mit. Er wollte das, was einem in Månvik nützt, an uns weitergeben, und so konnten wir Borkenschiffe und Weidenflöten schnitzen, Kranichzüge erkennen, Schlangen töten, Netze flicken, essbare von giftigen Pilzen unterscheiden und segeln.

Aber Hannu kommt nicht einfach um zu segeln. Ich kann mir denken, warum er kommt. Es hat damit zu tun, was im Sommer unserer Reise passierte, bei der wir bis nach Barcelona fuhren. Damit, was passierte, als Oma in Månvik einen Brief bekam.

Ganz im Westen bei Parainen stand in der sandigen Lillmälö-Senke eine mit bunten Wimpeln geschmückte Baracke. Dort meldeten wir uns für die Schiffsreise an. Der hellgrüne Peugeot von Oskar Falk, ein BS-841, wurde auf das Schiff der Reederei Bore aus Turku geladen, und die Reise begann.

Als das Schiff aus dem Schutz der Schären aufs offene Meer stieß, wurde es stürmisch – und ich seekrank. Opa beschloss, mir einen Esslöffel Kognak zu verabreichen, den ich prompt wieder erbrach. Opa schob mir unbeirrt eine zweite Dosis in den Mund, die zu Omas Verblüffung drinnen blieb. Auch den dritten Löffel behielt ich bei mir, und schlagartig ging es mir besser. In gehobener Stimmung lag ich auf dem oberen Bett unserer Kabine und genoss das warme Gefühl im Magen. Die Stimmen meiner Großeltern schienen sich zu entfernen, vermischten sich mit dem Maschinenlärm aus dem Schiffsbauch, und schließlich schlief ich ein. Als ich wieder aufwachte, hörte ich Oma gedämpft sagen, dass sie am liebsten gar nicht losgefahren wäre und dass diese Autoreise durch Europa eine fixe Idee von Opa gewesen sei, eine dumme Idee, und dass sie in Månvik alle Hände voll zu tun gehabt hätte. Der Rhabarber sei erntereif, und Tante Ester müsse nun alleine Saft und Marmelade kochen und die Gemüse- und Erdbeerbeete jäten. Und was wäre mit Hans und Johan, wie sollten die in Månvik zurechtkommen, was, wenn ihnen etwas zustieße, wie es schließlich in irgendeiner Form jeden Sommer der Fall war, wäre Tante Ester dann nicht überfordert? Opa antwortete kühl, dass die Jungs sich ungeheuer freuten, den halben Sommer lang für sich zu sein, und dass er alles mit Lindroos abgesprochen hätte. Wenn ein Unglück passierte, würde Axel einspringen, so wie es seit jeher Sitte gewesen sei – »erinnerst du dich nicht, Partisanna?«

»Sanna Catharina«, korrigierte Oma, »ich heiße Sanna Catharina.«

An diesem Punkt brach das Gespräch für eine Weile ab.

Als ich das nächste Mal aufwachte, stritten sie wegen mir: ob es nicht besser gewesen wäre, mit mir statt aufs Deck in den Speisesaal zu gehen, wie Oma es vorgesehen hatte. Irgendwann schimpften sie darüber, dass meine Eltern sich drei Kinder angeschafft hätten, aber das ganze Jahr mit ihrer Schauspielerei beschäftigt seien oder zu Exkursionen nach Paris führen. Als Oma das Thema wechselte und nach Lindroos und dessen Ehe mit Helga fragte, wurde es Opa zu bunt.

»Führ doch Protokoll, wenn wir uns das nächste Mal mit denen treffen! Schreib vorher all deine Fragen auf, knips das Licht an, damit du gut sehn kannst, und notier dir die Antworten Wort für Wort!«

Dem schickte Opa noch ein paar hässliche Flüche hinterher, auf die Oma mit den üblichen Protesten reagierte, ehe sie wieder zurückkam auf meine Eltern, deren Liebe ohnehin keiner hätte stoppen können, schließlich seien es ganz große Gefühle. Opa fand, Oma redete nichts als Humbug; er jedenfalls habe sein Bestes gegeben, um sich dieser Ehe in den Weg zu stellen, wo doch von Anfang an klar gewesen sei, dass Heikki Autere ein Säufer ist. Und er, Opa, hätte Mama auch nicht auf die Schauspielschule gehen lassen dürfen, sondern sie zum Modedesign-Studium nach Paris schicken und danach zu sich in die Textilfabrik holen müssen. Opa ereiferte sich darüber, dass Mamas wahre Talente im Theater verdorrten und dass sie einen Ingenieur hätte heiraten sollen, einen vernünftigen Mann, der ebenfalls in der Fabrik gearbeitet, ja vielleicht sogar die ganze Fabrik geerbt hätte. Omas Ansicht nach verstand Opa von der Liebe überhaupt nichts. Sie wurde laut und behauptete, dass Opa immer nur an Mama und Julius gedacht hätte und nie an seinen jüngsten Sohn Lennart. Opa wurde still und flüsterte nach einer Pause drohend, dass er keine Silbe mehr von Lennart hören wolle und Oma selbst die Schuld an allem trüge. Die Kabinentür knallte zu, endlich herrschte Ruhe. Ich spähte über den Bettrand: Oma war fort, und Opa starrte aus dem kleinen Kabinenfenster auf das Meer.

Juhani und Heli kamen mir nie wie mein Bruder und meine Schwester vor, da sie so viel älter waren als ich. Sie waren einfach nur Juhani und Heli. Heli hatte als Kind ebenfalls jeden Sommer in Månvik verbringen müssen, und sie hatte es gehasst. Sie war auch oft mit Oma und Opa in deren Stadtwohnung in der Kalevankatu gewesen, weil Mama bereits mit Juhani alle Hände voll zu tun hatte und ständig erschöpft war. Am meisten verabscheute Heli Tante Ester, an deren Kochkünsten kein Familienmitglied vorbeikam. Von ihren Fleischgerichten und gehaltvollen Aufläufen hatte sie schon als Kind zugenommen.

Heli hegte einen großen Traum. Sie liebte das Ballett und verehrte Maja Plisetskaja. Sie wollte sein wie sie, wie der sterbende Schwan. In der Schule wurde sie jedoch die Tonnenfee genannt, und zu Hause zogen sie alle damit auf, dass sie ihre Pickel ungeschickt ausdrückte und weiße Spritzer auf dem Badezimmerspiegel hinterließ. Außerdem besetzte sie immer dann die Badewanne, wenn andere pinkeln wollten, und nach ihr herrschte im Badezimmer die reinste Sintflut. Ungerechterweise musste ich dann den Boden trockenwischen, weil Heli sonst geschwitzt hätte und es mit dem Baden von vorne losgegangen wäre.

Als ich noch die meiste Zeit bei den Eltern im Affenhaus wohnte, las Heli mir abends oft vor; dabei atmete ich ihren Geruch ein, Maya-Seife und ein wenig Maiglöckchen. Heli hatte eine schöne, tiefe Stimme, ich fühlte mich wohl neben ihr. Meist war ich schon eingeschlafen, wenn Mama und Papa vom Theater zurückkamen. Manchmal schreckten Heli und ich davon hoch, dass es hell durch den Spalt an der Türschwelle leuchtete und unsere Eltern sich laut anbrüllten. Dann musste ich an die Reisen des Nils Holgersson denken und an den Adler Gorgo. In meiner Fantasie versteckte ich mich in seinem schwarzen Gefieder und ließ mich weit forttragen.

Wenn ich dann morgens aufwachte, war Papa verschwunden, und Mama lag allein im Schlafzimmer. Häufig blieb Papa eine ganze Woche weg, ohne dass wir wussten, wo er war. Irgendwann schickte Mama mich dann in die Kalevankatu zu Oma und Opa. Als ich zurückkam, war Papa wieder da. Seine Haut glänzte rot, seine Haare waren mit Haarwasser zurückgekämmt, und er roch stark nach Vademecum. Er öffnete die Post, sortierte fahrig seine Papiere und ging ins Zentrum, um dort irgendetwas zu regeln. Nach einer Weile verlief das Leben wieder in halbwegs geordneten Bahnen, und der besorgte Ausdruck in Mamas Gesicht verschwand.

Dann, eines Sommers in Månvik, geschah etwas mit Heli:

Sie verweigerte Tante Esters Essen. Sie verstaute die Bissen einfach in ihren Wangen und spuckte sie später wieder aus, oder sie setzte sich erst gar nicht mit an den Tisch. Sie zog mitsamt ihren Klamotten in die Kammer neben der Sauna, wo normalerweise die Gäste schliefen, und von Maja Plisetskaja sprach sie kein Wort mehr. Dafür zeigte sie mir das Cover einer Platte: ein dunkelhaariger Mann mit roter Jacke, Frankie Avalon. Sein Hit hieß *Venus*, und Heli verlor an Gewicht.

Als Heli mich eines Abends zudeckte, roch sie nach Zigarette.

»Schlaf jetzt.«

»Lies noch was von *Nils Holgersson* vor.«

»Ein anderes Mal.«

Da hörte ich Musik und gedämpftes Lachen.

»Was ist los?«, quengelte ich und krallte mich an ihrem Ärmel fest.

»Das sind meine Freunde.« Sie versuchte sich loszumachen.

»Ich hab noch Durst.« Ich ließ mich nicht abschütteln.

In der schummrigen Saunakammer saßen mindestens zehn Leute. Jungs in Lederjacken, Mädchen mit lässig um den Kopf gebundenen Tüchern. Die verqualmte Luft brannte in den Augen.

»Ist der nicht super?«, flüsterte Heli und nickte in Richtung eines Jungen. »Dieselbe Elvistolle wie Frankie Avalon. Süß, oder?«

Dem süßen Jungen fiel eine bauschige Haarlocke in die Stirn, als er mich auf den Schoß nahm.

»Ich heiße Benny, und wie heißt du?«

»Marie … Maria«, antwortete ich scheu.

Benny antwortete, dass Maria ein schöner Name sei und

dass er von der Insel Ö käme. Er hatte ein hübsches Lächeln und fröhliche Augen.

In diesem Moment kehrten Oma und Opa zurück.

»Das ist ja der Vorhof zur Hölle!«, brüllte Opa und trieb alle nach draußen, auch den süßen Benny.

Es folgte das Verhör, dem Heli sich durch Flucht entzog.

»War der eine etwa der Bengel von den Östermanns?«

»Der Süße? Benny?«

»Der Süße, der Süße – Benny, Lenny, was weiß ich!«, schnaubte Opa.

»Weiß nicht, ob er ein Östermann ist …«

»Was haben die nur getrieben? Müssen schlimm geraucht haben, war ja die reinste Rauchsauna in der Kammer! Hat Heli etwa auch geraucht?«

»Ich weiß nicht so ganz …«

»Aber du hast doch Augen! Ich habe gefragt, was du gesehn hast, und nicht, was du weißt!«

»Sie hat wohl ein bisschen probiert.«

»Soso«, fiel Oma jammernd ein, »jetzt hat das Mädchen also angefangen zu rauchen! Du lieber Himmel!«

»Da weiß man ja, was als Nächstes kommt! Der alte Östermann hat auf den Schären so viele Kinder wie Grießbrei Grießkörner! Und erst diese Zwillinge auf Sandö, was solln das für Zwillinge sein? Haben verschiedene Mütter, sind nur zufällig zur gleichen Zeit geboren!«, wetterte Opa.

Ich hatte geplaudert und Helis Zorn auf mich gezogen. Eine Betrügerin und Verräterin sei ich, eine gute Schwester würde sich nie so verhalten!

Opa verbot Heli, Benny zu treffen, woraufhin sie noch mehr Gewicht verlor; bald standen ihre Rippen und Schultern hervor.

»Das Mädchen ist nur noch Haut und Knochen«, meinte Opa besorgt.

Lindroos wurde zur Visite gerufen. Er sagte, dass Heli bald sterben würde. Als ihre Gewichtskurve jedoch plötzlich steil nach oben ging, weinte Oma eine Woche lang.

Juhani wusste nicht, was er von der Sache halten sollte; er konnte sich nicht vorstellen, dass Heli heiraten und als Fischersfrau mit einem kleinen Baby auf einer Insel leben würde. Seine Schwester hatte ja nicht einmal die Schule abgeschlossen! Die Abiturklausuren standen im nächsten Frühjahr an, in den Wochen, in denen das Kind zur Welt kommen sollte.

Und ich? Ich hatte Gewissensbisse. Als wäre der Unfall – so wurde Helis Schwangerschaft bei uns genannt – ganz allein meine Schuld, weil ich etwas gesehen und es verraten hatte. Dabei fand ich Benny und seine Tolle doch so süß! Tommy kam im Mai zur Welt und hatte dieselben braunen Augen wie sein Vater. Für mich war Tommy Östermann das schönste Baby der Welt.

Oskar war ein großer Mann und ging stets leicht gebeugt. Braun gebrannt und bärtig schritt er mit langen Beinen über die Felsen von Månvik. Er hasste es, sich zu rasieren, doch hin und wieder musste er ran, Oma drängte ihn.

In der Saunakammer befand sich eine braune, mit aprikosenfarbenem Stoff ausgekleidete Schachtel, in der ein Dachshaarpinsel mit Holzgriff, ein Rasierer mit der Aufschrift *Rotbart Luxuosa*, Rasierseife und Klingen lagen. Opa befestigte eine Klinge am Rasierer und platzierte die Schachtel, in deren Deckel ein Spiegel klebte, auf dem Regal. Er holte eine kleine Wasserschüssel, befeuchtete die Seife, schäumte den Pinsel ein und verteilte den Schaum mit kreisenden Bewegungen im Gesicht. Ich saß auf der Bank, schnupperte den Seifenduft und sah zu, wie Opa konzentriert, mit ruhiger Hand die Klinge führte. Von oben nach unten. In der weißen Schaumfläche bildeten sich Rinnsale, nach und nach wurde die Haut in Opas unterer Gesichtshälfte wieder sichtbar. Es sah dennoch komisch aus, weil man sich an den Bart gewöhnt hatte. Opa legte den Kopf leicht nach hinten und schabte auch gründlich unter dem Kinn. Schließlich rasierte er noch die Haut über der Oberlippe, wofür er die Partie blähte wie ein Trompeter. Die Schaumreste wischte er mit einem Handtuch ab, das neben dem Regal hing. Als Letztes klatschte Opa sich herrlich duftenden Balsam auf Hals und Wangen.

»Jawoll, Marie! Und jetzt haben wir wieder eine Woche Ruh.«

Ich durfte das Ergebnis testen und strich sachte über seine wohlriechende Wange. Durfte den Pinsel auswaschen, ihn vorsichtig mit dem Handtuch betupfen und in eine runde Metalldose schieben, deren Deckel Löcher hatte wie ein Salzstreuer. Die Dose legte ich an ihren Platz in der Schachtel. Die Klinge durfte ich nicht anfassen, denn wenn man sich an ihr verletzte, heilte der Schnitt nur langsam, womöglich nie, so hatte ich es verstanden.

Opa trug in Månvik immer nur die von Oma genähte kurze Baumwollhose, die er mit einem knappen »gut fürs Schweinetreiben« kommentierte. Sein Vater hatte Schweine gehabt, die regelmäßig vom Stall an den See getrieben wurden, zum Schwimmen. Dabei hatten die Schweinehirten kurze Hosen an, damit der Stoff nicht nass oder schmutzig werden konnte. Opa hatte dieses Hosenmodell nicht vergessen, und so musste Oma ihm ein solches auf den Leib schneidern. Vor den Mahlzeiten bat sie ihn, ein

Hemd überzuziehen, doch Opa riss es sich wieder vom Leib, sobald das Essen beendet war.

Bei den Bootsfahrten hatten wir Schuhe mitzunehmen, für den Fall, dass man irgendwo an Land ging und flink sein musste. Oma fand, man dürfe in Månvik eigentlich gar nicht barfuß laufen, wegen der Kreuzottern. Für den Fall eines Schlangenbisses wusste sie einen guten Rat: sofort den Fuß in kühle, schlammige Erde bohren. Opa winkte ab; die Schlangen würden sich sowieso von uns fernhalten, weil der Boden von unserem Gerenne geradezu bebte. Wir vertrauten Opa und liefen stets barfuß. Im Herbst hatten wir dicke Hornhaut unter den Füßen, auch an den Knöcheln war die Haut rau und aufgesprungen, und es fühlte sich furchtbar an, die Füße wieder in Socken und Schuhe quetschen zu müssen.

Während der Sommerferien träumte ich davon, im Herbst ohne Schuhe in die Schule zu gehen, nur in meinem zweiteiligen Sommerdress, das Mama und Papa mir aus Paris mitgebracht hatten: eine kurze Hose, die knapp von einem Minikleid bedeckt wurde, aus weißem Seersuckerstoff mit kleinen Rosenknospen, die Säume von roter Borte eingefasst. Ich ging darin sogar baden, auch wenn Oma das unpraktisch fand. Sie selbst trug ihren zitronengelben Badeanzug und eine Badekappe mit weißen Blumen. Wenn Oma unter die Oberfläche glitt, versanken die Blumen mit im Wasser, tauchten wieder empor und schnellten im Takt von Omas Armzügen, die entschlossen das Wasser teilten, weit voran. Sie schwamm immer dieselbe Route, einmal um die Kleine Insel herum und unter der Brücke hindurch zurück. Nach ihrer Runde verschwand sie in der Umkleidekabine am Fuße des Stegs. In ihren weinroten Bademantel gehüllt kam sie wieder heraus und hängte Badeanzug und

Badekappe zum Trocknen an die Leine, wo sie Tag für Tag den ganzen Sommer im Wind flatterten.

»Wahrscheinlich bleibt sie durch das Schwimmen so schlank und rüstig«, vermutete Tante Ester, die wie die meisten der Insulaner nie schwimmen ging, wahrscheinlich nicht einmal schwimmen konnte.

Auch Opa war alles andere als dick. Seine schlanken muskulösen Beine schienen ihm bis an die Achseln zu reichen, irgendwo dazwischen befanden sich ein kaum vorhandener Bauch, schmale Hüften und eine grau behaarte Brust. Die Schultern waren gerade und auffallend breit. Er war immer viel gerudert und gesegelt, schon als Kind auf dem Ladogasee, und brachte es auch uns bei, als wir noch ganz klein waren.

Als mir die Vorderzähne ausfielen, wollte Opa mich mit der Hasselblad fotografieren, die er vor Urzeiten gekauft hatte, zur Zeit der Helsinkier Olympiade. Er musste mich hartnäckig überreden, denn ich sah furchtbar aus, wie eine zahnlose kleine Hexe. Ich saß verdruckst am Spiegeltisch, ließ mir von Oma die Haare zum Pferdeschwanz frisieren und presste die Lippen zusammen. Opa begann mir zu schmeicheln; ich sei das hübscheste Mädchen, das er kenne, so schön wie die Zahnelfe persönlich. Schließlich schenkte ich Opa ein breites, zahnloses Lächeln. Gleich morgens hatte ich die zwei ausgefallenen Zähne hinter den Saunaofen gelegt, und der Saunawichtel hatte mir an ihrer Stelle zwei Markstücke zurückgelassen.

Am Nachmittag dieses Tages mussten wir Kinder zum Ankertraining antreten. Opa war der Ansicht, dass unsere Matrosenkünste noch zu verfeinern waren, denn wir sollten auch größeren Herausforderungen gewachsen sein. Schließlich konnte man nie wissen, was auf dem Meer passiert.

»Hannu! Du lässt den Anker ordentlich ins Wasser, nich plumpsen lassen, und Marie und Jussi bleiben im Bug und übernehmen den Ausguck. Und wenn wir nah genug dran sind, hüpft Marie auf den Steg und vertäut das Boot, so wie ich es euch beigebracht hab. Mit Pfahlstichknoten. Alles klar? Aye!«

»Aye!«, antworteten wir, wie wir es gelernt hatten.

In einem Höllentempo raste das Tau dem Anker nach ins Meer, das Boot glitt unaufhaltsam Richtung Ufer. Hannu hatte den Anker extra frühzeitig ausgeworfen, damit er wirklich tief sank und das Boot auch bei starkem Wind gehalten wurde.

»Himmel, Arsch und Zwirn! Verdammt, verdammt, verdammt!« Opa starrte wütend dem Tauende hinterher, das nach dem Anker im Wasser verschwunden war.

»Hast du das Ende etwa nich festgemacht?!«, fragte er Hannu, der es tatsächlich vergessen hatte. Unser prachtvolles Boot glitt immer weiter.

»Passt auf, dass der Bug ja nich an den Steg donnert«, brüllte Opa und sprang ins Meer.

Ich hätte nicht geglaubt, dass man mit einem Anker unterm Arm schwimmen kann – doch nach ein paar Sekunden prustete Opa wie ein Wal ums Heck herum. Das Tau klemmte zwischen seinen Zähnen, sein Gesicht war zu einer grinsenden Fratze erstarrt. Opas Kopf verschwand immer wieder komplett unter der Oberfläche, kämpfte sich aber jedes Mal zurück an die Luft.

»Tante Ester, Tante Ester, Opa ertrinkt, Opa stirbt!«, schrie Jussi, der neben mir saß, und fing an zu weinen.

»Hör auf zu plärren!«, befahl ich.

Tante Ester verzog keine Miene und ging zielstrebig mit ihrer Last Richtung Keller; der Fisch musste ins Kühle. Sie wusste genau, dass der Herr Fabrikdirektor weder ertrinken noch sterben würde. Während Jussi immer weiter heulte, begriff ich eines: Man konnte im Leben nicht immer anfangen zu weinen. Oft half es kein Stück weiter! Nun war also ich diejenige, die Verantwortung übernehmen musste, und ich nahm Jussi bei der Hand. Womöglich, weil meine Schneidezähne ausgefallen waren und ich bald groß sein und in die Schule gehen würde, wie Opa oft betonte.

Als das Boot nah genug am Ufer war, hielt ich das Tau fest umklammert und sprang auf den Steg. Doch das Gefährt fuhr stur weiter Richtung Schilf, wobei der Steg ihm gnadenlos Schrammen in die spiegelglatte Lackierung fräste. Wenn ich das Tau nicht gleich losließ, würde mich das Boot ins Wasser ziehen. Doch so weit kam es nicht: Das Tau wurde mir aus der Hand gerissen, das Boot mit Macht angehalten. Juhani war nach Månvik gekommen und lenkte das Boot gegen den alten Autoreifen, der am Ende des Stegs angebracht war. Er machte es an einem Pfahl fest, trat ins kleine Cockpit und half dem schnaubenden Opa, den Anker an Bord zu hieven. Nur wenige Sekunden später warf Opa den Motor an und bat mich, die Leine wieder loszubinden. Als wir uns vom Ufer entfernten, sah ich den Schopf einer blonden Frau unter einer Silberweide hervorblitzen.

Juhani hatte seine grüne Lederjacke lässig über die Schulter geworfen und griff nach der Frau – Pirkko. Hand in Hand gingen sie den von gelben Ranunkeln gesäumten Pfad unter den Weiden entlang. Opa war von der Bergung des Ankers völlig erschöpft und sparte es sich, uns runterzuputzen, obwohl alles gründlich in die Hose gegangen und das schöne Boot zerschrammt war. Ich spürte, dass es ihn mit Stolz erfüllte, mit einem schweren Anker unter dem Arm schwimmen zu können. Er fühlte sich ganz offensichtlich wie ein Held. Und immerhin war auch Pirkko Zeugin seiner erstaunlichen Kräfte geworden.

Später schenkte Oma Saft und Kaffee auf dem Felsen aus, den wir Sehnsuchtsfelsen nannten, weil er nach Westen ging und man dort gut den Sonnenuntergang verfolgen konnte. Der große Stein lief in eine kleine Zunge aus, auf der zwei Menschen nebeneinanderpassten. Die weiß gestrichenen Gartenmöbel standen an einer Stelle, die fast so glatt war wie ein Tisch. Vor uns erstreckten sich Inseln, soweit das Auge reichte. Sie ruhten im Wasser wie riesige dunkelgrüne Seesterne, zwischen deren Armen das Meer blau aufblitzte.

Pirkko saß auf Juhanis Schoß. Ihr Haar war zu einer flauschigen Tolle toupiert, um die Frisur hatte sie zum Schutz ein weißes Kopftuch gebunden. Die verknoteten Enden prangten wie ein Schmetterling unter ihrem Kinn. Sie trug ein orange-weiß kariertes Kleid mit tief ausgeschnittenem Spitzendekolleté.

»Hübsches Kleid«, bemerkte Oma.

»B.B. – wie Brigitte Bardot«, bestätigte ich.

Opa schwieg und starrte Pirkko auf die Titten.

Pirkko schürzte kurz ihre hellrot geschminkten Lippen und kaute dann weiter Kaugummi. Juhani war komisch – normalerweise setzte er mir seine Sonnenbrille auf und nahm mich auf den Schoß. Jetzt gehörte dieser Platz Pirkko. Vielleicht fand Juhani, ich sei zu groß geworden für seinen Schoß – allerdings war Pirkko erst recht nicht klein. Der Busen quoll ihr beinahe aus dem Kleid! Juhani zupfte nervös an der Tolle, die ihm ins Gesicht hing, und behielt Hannu und Jussi im Auge, die mit seiner neuen weinroten Jawa herumkurvten.

»Wo wohnst du noch mal, Rita?«, fragte Oma.

»Ich heiße Pirkko. In Pirkkola.«

Pause. Oma nickte nur und schien den Möwen zu lauschen, die über den Klippen der Kleinen Insel segelten. Aus dem Wald hinter uns meldete sich ein Rabe mit heiserem Krächzen. Pirkko plinkerte einmal kräftig mit den Wimpern und kaute dann weiter Kaugummi.

»Schön, dass Juhani eine tolle Schnitte hat!« Ich wollte etwas Höfliches sagen, und das Wort *Schnitte* flutschte irgendwie lustig über die Lippen.

Pirkko lächelte Juhani verstohlen zu.

»Zur Abwechslung mal«, fügte ich bekräftigend hinzu, doch jetzt flutschte nichts mehr, und Pirkkos Gesichtsausdruck verfinsterte sich. Juhani sah mich gereizt an.

»Also, ich meine, seit der langen Pause! Und die von früher, die waren alle hässlich. Vor allem diese Rita. Aber auch Tarja und Arja und Tuulikki und … wie hieß noch mal die eine?« Da bemerkte ich Juhanis drohenden Blick und sparte mir den letzten Namen.

Aber Oma wusste ihn noch.

»Susanne!«, rief sie erfreut.

»Die, die wir immer Schnitte genannt haben!«, fiel ich ein, und wieder flutschte das Wort so lustig.

Juhani fand es überhaupt nicht lustig und wurde knallrot, während sich Pirkko von ihm losmachte und sich auf einen eigenen Stuhl setzte. Opa wechselte das Thema und erkundigte sich nach Juhanis Jawa.

»Wie viel Kubik hat se noch mal? Hundertfünfzig oder hundertfünfundsiebzig?«

Juhani hatte immer wissen wollen, welche von seinen Schnitten meiner Ansicht nach die hübscheste, die knackigste, die lustigste oder liebste war. Diese hier war jedenfalls alles andere als lustig, und offensichtlich mochte sie mich ebenfalls nicht. Ich hatte keine Ahnung, was Juhani in ihr sah. Wahrscheinlich irgendwann gar nichts mehr – nämlich nach dem Zusammentreffen am Strand, das ich zufällig beobachtete.

Am nächsten Morgen wachte ich früh auf und tappte in die Küche. Es roch bereits kräftig nach Kaffee, und Tante Ester kochte Brei. Sie drückte mir einen kleinen Korb in die Hand und bat mich, Johannisbeeren aus dem Garten zu holen; sie wollte einen Kuchen für den Nachmittagskaffee backen.

Als Erstes sah ich Juhanis Oberkörper zwischen den Uferbüschen leuchten. Ich dachte, er wolle schwimmen gehen, und lief hinunter zum Wasser, um mich ihm anzuschließen. Dann sah ich ihn ganz. Sein Pimmel sah aus wie von einem Riesen und stand aufrecht wie beim Stabhochsprung. Vor allem von dem dicken Ende – dicker als ein Wurzelknauf! – konnte ich den Blick nicht lassen. So einen Pimmel hatte ich noch nie gesehen. Pirkko lag mit hochgeschobenem Rock im Gras und kicherte. Juhani riss ein kleines Tütchen auf, fummelte kurz an sich herum und stemmte sich dann mit aufgestützten Armen über Pirkko. Wie verhext stand ich da und wagte kaum zu atmen, geschweige denn mich zu rühren. Der Pimmel verschwand in Pirkko, und Juhani begann sich über ihrem Bauch auf und ab zu bewegen. Er wurde immer schneller, plötzlich drangen seltsame Laute aus seinem Mund. Ich erschrak kurz und dachte, er habe Schmerzen. Doch Juhani seufzte erleichtert auf, als habe er etwas Schweres gehoben – und die Last schließlich in die Höhe gestemmt. Ein kurzes Beben durchzuckte ihn noch, dann war alles vorbei. Pirkko winselte, und als sie Juhani küssen wollte, wandte der den Kopf ab. Ihr toupiertes Haar war jetzt platt und voller Grashalme. Sie richtete sich auf und zog schnell ihre Unterhose an. Während Juhani noch seine Jeans zuknöpfte, eilte sie schon die Uferwiese entlang und verschwand. Statt ihr nachzulaufen, legte Juhani sich auf einen sonnenbeschienenen Felsen, nahm seinen Unterarm als Kopfkissen und sah der kleinen weißen Wolke nach, die der Wind übers offene Meer trieb. Ich konzentrierte mich auf die Insekten und Schmetterlinge, die die blühenden Uferpflanzen umflatterten. Den schwarzgelben Schwalbenschwanz mit seinem schlanken Leib, die feinen langen Sporne … die blau-roten Flecken auf den unteren Flügelhälften leuchteten wie Feuer. Der Schmetterling hatte eine Wildrose angeflogen, betastete sie mit seinen Fühlern, trank ihren Nektar.

Endlich traute ich mich zu Juhani. Ich badete meine Füße in der Kuhle des Felsens, in der sich zur Freude der Wasserflöhe ein winziger Teich gebildet hatte. Das Wasser war warm, und ich sprach über Schmetterlinge – Juhani interessierte sich sehr für Schmetterlinge. Onkel Julius hatte ihm sogar seine Schmetterlingssammlung zum Geburtstag geschenkt. Juhani erklärte, dass die Tiere im Laufe ihres Lebens eine vollständige Verwandlung durchmachten; sie kamen als Ei zur Welt, wurden zur Raupe, verpuppten sich und präsentierten sich schließlich als voll entwickelter Schmetterling. Ich fand bereits das Raupenstadium schön: kleine bepelzte, rhythmisch kriechende Schmuckstücke. Juhani sagte, von da sei es noch ein weiter, gefahrvoller Weg, bis das Tier aus seinem Versteck käme – der Puppe –, die Flügel ausbreitete und losflöge. Sein Leben dauere von nun an nur noch drei Wochen, und auch diese Zeit könne im Pechfall durch einen Ziegenmelker oder einen anderen hungrigen Vogel verkürzt werden. Juhani setzte eine grüne Raupe in seine Handfläche. In dieser Phase müsse das Tierchen viel essen, sagte er, damit es die Haut für später aufbauen könne; es kaue quasi ständig Grünzeug. Dann legte er das Insekt ins Gras und tröstete mich; es lohne sich nicht, sein kurzes Leben zu betrauern, denn das Tier lege Hunderte von Eiern ab, aus denen neue Schmetterlinge würden, die das Leben fortsetzten. Ich fürchtete die ganze Zeit, dass Pirkko kommen und uns stören würde, doch sie blieb verschwunden. Endlich hatte ich meinen Bruder für mich allein und durfte seine Sonnenbrille tragen.

Vom Bumsen hatte ich zum ersten Mal gehört, als ich fünf war; Hannu war acht und Jussi noch so klein, dass er ohnehin nichts verstand. Ich konnte schon ein bisschen lesen; das Erste waren der Schriftzug des Geschäfts *Seec* und die Wörter direkt darunter – *Fleisch* auf Finnisch und Schwedisch. Danach kamen *Frisör* und *Warenlaber*, wobei ich das »b« noch eine ganze Weile nicht als »g« erkannte. Wochenlang rätselte ich, warum auf so vielen Buchumschlägen derselbe Name stand, obwohl es ganz unterschiedliche Bücher waren. Es war der Verlagsname WSOY. Wenig später wunderte ich mich über die Schrift an einer weiß gekalkten Kellerwand in der Kalevankatu: »Ficken, jawohl!«, entzifferte ich. Als ich Hannu nach dem Sinn fragte, kam die Antwort prompt.

»Das heißt bumsen, weißt du das etwa nicht?«

Als wir um den Abendbrottisch versammelt waren, fragte ich Oma. Tante Ester servierte gerade den Heringsauflauf; ihre Schritte knarrten auf den Dielen.

»Was heißt knallen?«

»Knalln? Wie meinst du das?«, fragte Opa verdutzt.

»Womit willst du knallen?«, half Oma nach.

»Ich will ficken, und das ist dasselbe wie knallen! Oder bumsen!«, verkündete ich.

Oma sah Opa irritiert an; Tante Ester verschwand in der Küche, um Salzgurken zu holen.

»Dann weißt du ja selbst, was das ist«, sagte Opa und vertiefte sich in die Abendzeitung, die wir zusammen am Kiosk an der Mannerheimintie gekauft hatten.

Oma las die schwedischsprachige *Nya Pressen*, allerdings nie beim Essen.

»Ja, aber was heißt es denn genau?«, beharrte ich.

»Du hast es selbst gesagt«, antwortete Opa knapp.

Ich wurde ungeduldig. »Ja, aber *was* wird da geknallt?«

Omas Augen verengten sich zu schmalen Schlitzen, ihr Gesicht wurde finster. Sie ließ ihr Messer auf den Glasteller mit den kleinen Butterflocken fallen.

»Opa weiß ganz genau, womit geknallt wird, wenn er auf seinen Irrwegen unterwegs ist!«

Ich wusste, dass Oma Migräne bekam, sobald Opa auf Irrwegen war. Wenn er zurückkehrte, sprach Oma eine ganze Woche lang nicht mit ihm, und auch danach trug sie noch lange Schwarz, weil sie in Trauer war. Ich verstand noch immer nicht, warum und womit gebumst oder geknallt wurde, aber mir war klar, dass ich das Thema besser nicht in Gegenwart meiner Großeltern anschnitt.

Als wir Stockholm hinter uns gelassen hatten, wurde die Straße breit; jetzt durfte man aufs Gas treten. Opa setzte die Sonnenbrille mit den runden Gläsern und die Kappe aus Netzstoff auf, die er mit Clips oberhalb der Ohren befestigte. Er wollte nicht, dass seine grauen, im Nacken elegant gewellten Haare durcheinander gerieten. Sein linker Unterarm ruhte auf dem heruntergekurbelten Fenster, die heiße Sommerluft drang knatternd ins Auto. Oma trug ein ärmelloses grünes Kleid mit ägyptischen Figuren und ihren breitkrempigen Strohhut, auf den sie trotz Opas Hinweis, dass er die Sicht behindere, nicht verzichten wollte. Der Hut steckte mit Haarnadeln an ihrem Dutt fest und beherrschte meine Aussicht.

In Gränna am Vätternsee tranken wir Kaffee in einer alten Festung, an deren Wand *Goldene Ufer* stand. Im Garten flatterten alle fünf Flaggen der nordischen Länder. Ich bekam einen rot-weiß gestreift verpackten Riegel und eine Puppe in Nationaltracht, die wir Selma Lagerlöf nannten, nach der Autorin von *Nils Holgersson*. Oma erzählte, sie sei dreizehn gewesen, als sie das Buch geschenkt bekam, habe die Geschichte aber keineswegs kindisch, sondern äußerst spannend gefunden. Ich überlegte, was für eine Person Selma Lagerlöf gewesen sein mochte – sie hatte sich den Däumling, die Gans Martin und den Adler Gorgo ausgedacht, die in meinen Spielen viel Raum einnahmen und mich sogar retten konnten. Als ich in Månvik gleichzeitig eine weiße und eine schwarze Feder fand, war ich sicher, dass Martin und Gorgo sie als Zeichen hinterlassen hatten und mich irgendwann abholen würden. Opa meinte jedoch, dass die schwarze Feder von einem Raben und die weiße von einer Möwe stamme. Ich glaubte dennoch an Martins und Gorgos Existenz, verriet das aber keinem, nicht einmal meinen Cousins, die sowieso fanden, dass ich manchmal etwas plemplem war. Jedenfalls drückte Hannu das so aus, und Jussi plapperte es nach, wie er seinem großen Bruder eben alles nachplapperte.

Opa mochte Raben. Einer wohnte ganz in unserer Nähe und schrie ulkig, wenn er losflog, »kroh krah«. Opa erzählte, dass Island einer Sage zufolge durch einen zahmen Raben der Wikinger entdeckt wurde und dass er sich auch gern einen zähmen würde, wenn in Månvik mal einer aus dem Nest plumpsen würde. Leider sei dem langlebigen Rabenpaar aus unserer Nachbarschaft in zwanzig Jahren kein einziges Junges heruntergefallen. Opa zeigte uns seine Behausung: Das Nest thronte in der Spitze einer Kiefer und war nur vom Trollzahn aus zu sehen, dem hoch aufragenden Felsen. Das Rabenweibchen wurde ganz panisch, als es uns direkt gegenüber stehen sah, und flog mehrere Runden um das Nest, ehe es sich wieder zum Brüten niederließ. Opa erzählte, dass er die Raben im Frühling bei ihren Balzflügen beobachtet hätte, das wäre ein Frühlingsfest gewesen! Später sei er sogar am Baum hochgeklettert und habe das Nest begutachtet: zarte Äste, Federn und Tierhaare kleideten es von innen aus. Die Vögel benutzten das Nest seit vielen Jahren. Fünf braun gesprenkelte, zart türkisfarbene Eier lagen darin – keine Spur von metallisch glänzenden Gegenständen, die Raben angeblich so liebten und als Arbeitswerkzeuge verwendeten.

Sogar noch lieber als Raben mochte Opa die Turmfalken. Als wir einmal vom Eierkauf bei Antti Myyrä zurückkamen, blieb Opa lange am Feldrand stehen und schaute in den Himmel, wo einer mit langen Schwingen, weißem Bauch und grauem Kopf durch die Luft glitt.

»Schau nur, Marie, schau nur … der schwebt da ruhig vor sich hin. Hat wohl 'nen Maulwurf oder 'ne Maus gesehen.« Opa war hellwach.

Auf einmal stürzte der Falke senkrecht nieder, um gleich wieder steil in die Lüfte zu steigen, in seinen Fängen baumelte die blitzartig getötete Beute.

»Marie, eins darfst du nie vergessen: Mit dem bist du verwandt! Du bist eine Falk.«

Da Mama bei der Hochzeit Papas Namen angenommen hatte, hieß ich Autere, aber Opa betonte regelmäßig, dass ich eine Falk sei.

Wenn Hannu, Jussi und ich auf den Felsen der Kleinen

Insel lümmelten und nichts Besseres zu tun hatten, beobachteten wir die schnatternden Eiderenten und die Herings- und Silbermöwen, die auf den Klippen nisteten. Während der Brutzeit durfte man ihnen nicht zu nahe kommen. Doch natürlich mussten wir ausprobieren, wie nahe sie uns ließen. Wir schickten Jussi zum Angelwürmer-Ausgraben und hüpften ins Boot. Hannu ruderte, ich saß auf der Achterbank. Wir waren nicht mal einen Steinwurf vorwärts gekommen, als die Tiere aufschreckten. Hannu wendete zu spät – die Vögel kreischten bereits über uns und vollführten ihre »Nächstes Mal beiß ich zu«-Angriffe. Sie schwirrten von überall heran, die Luft war weiß von Flügeln, und dann schnappten ihre Schnäbel wirklich zu. Ein Spektakel wie ein Bombenhagel, den Hannu vergeblich mit den Rudern abzuwehren versuchte; ich legte mir zum Schutz die Arme auf den Kopf und brüllte.

Schüsse donnerten in den Himmel, Opa kam im Motorboot auf uns zu; der Bug zerteilte die Wellen. Er zog uns im Schlepptau ans Ufer, und die Vögel ließen uns in Ruhe. Opa tadelte uns als gedankenlose Spatzenhirne – aber so richtig böse war Oma. Sie fragte mit drohend tiefer Stimme, was wir getan hätten, wenn die Möwen uns die Augen ausgepickt hätten. Als Strafe zog sie uns an den Haaren und schickte uns ins Gemüsebeet Unkraut jäten, wo wir über unsere Dummheit nachdenken sollten. Obendrein mussten wir noch den Garten harken.

Abends wurde ich früh ins Bett geschickt und las im Schein der Taschenlampe *Ilona vom Vimperi-Hof*. Ich überlegte, wie es wohl war, wenn man nicht sehen konnte. Ilona war blind, kam aber wunderbar zurecht; sie war das fröhlichste Mädchen auf dem ganzen Hof.

Als wir in Deutschland angekommen und schon eine ganze Weile Autobahn gefahren waren, wurde der Drang allmählich schmerzhaft. »Morgen, morgen, nur nicht heute, sagen alle faulen Leute«, plapperte ich vor mich hin – diesen deutschen Spruch hatte Oma mir bei Flensburg beigebracht. Oder war es bei Lübeck gewesen, oder noch später? Ich tippte Opa auf die Schulter. Er nickte und räusperte sich. Mehr nicht.

»Hör mal, Oskar, Maria muss auf die Toilette.«

Endlich, Hamburg!

Wir schauten uns noch den Bahnhof an und aßen einen Joghurt, weil Opa unbedingt wollte, dass ich ihn probierte. Als ich später an einer Autobahnraststätte eine Sinalco trank, musste ich wenig später schon wieder pinkeln.

»Verdammt noch mal!«

»Hör bitte auf zu fluchen!«

Opa scherte sich einen Dreck darum.

Er behauptete, dass Fluchen bei ihm nichts bedeute, dass es einfach zu ihm gehöre. Wenn jedoch Kinder fluchten, sei das aus der Art geschlagen, und deshalb bekämen wir zur Strafe den Mund mit Seife ausgewaschen. Ich hatte mich oft gewundert, wie etwas so gut riechen und so schlecht schmecken konnte.

»Wenn Marie ein Junge wär, hätten wir's jetzt viel einfacher!«

»Wie das?«

»Na, unsre Elfe würde einfach in 'ne Flasche pullern!«, versetzte Opa und zwinkerte mir zu.

Da ich verschiedenfarbige Augen hatte, wurde ich manchmal Elfe genannt. Das linke Auge war grün, das andere braun, was jedoch nur aufmerksame Menschen bemerkten. Hannu hatte mal von einem Fabelwesen mit verschiedenfarbigen Augen gelesen, von da an nannten er und Jussi mich Troll-Marie. Als ich Opa fragte, ob der Troll wirklich die gleichen Augen hatte wie ich, lachte Opa und verneinte, Trolle gäbe es nämlich gar nicht. Ich war erleichtert, denn ich hatte befürchtet, dass Trolle Raubtiere waren und zu den Füchsen, Wölfen und Bären zählten. Opa sagte jedoch, er habe im Garten von Månvik mehrere Apfel-Elfen gesehen, die Augen hätten wie ich, eins hellgrün und eins hellbraun. Vom braunen Auge leitete sich auch Omas Kosename *meine Mandel* ab. Beim Spielen war ich oft die kleine Elfe, die sich vor den Trollen in Acht nehmen musste, weil sie die Elfe gefangen nehmen und in die Höhlen des Trollzahns sperren wollten.

Oben auf dem Trollzahn lag der Froschteich, wo wir mit Marmeladengläsern Laich schöpften, um die Kaulquappen beim Wachsen zu beobachten. Nie wurden ausgewachsene Frösche aus ihnen – in den Gläsern bildeten sich Blasen, die Tiere gingen ein. Opa tröstete uns: Unerträglich wäre das Gehüpfe und Gequake in Månvik, wenn all diese Kaulquappen zu Fröschen geworden wären. Er riet uns, eine Kuhle für den stinkenden Inhalt der Marmeladengläser auszugraben, als Friedhof für die kleinen Dinger.

Die Sonne stach vom Himmel, auf der Autobahn kam lange keine Ausfahrt, und meine Blase war kurz vor dem Platzen. Ich hatte selbst manchmal überlegt, ob es als Junge lustiger wäre. Andererseits machte ich als Mädchen genau dieselben Sachen wie Hannu und Jussi. Ich hatte einen eigenen Bibliotheksausweis, ein eigenes Messer und konnte genauso gut Weidenflöten schnitzen wie meine Cousins, schließlich hatte Opa persönlich es mir beigebracht. Ich kletterte schneller auf Bäume als Hannu, denn ich war leichter und flinker als er – nur beim Wettrennen besiegte er mich. Auch das Stehpinkeln im Garten war für mich normal, da ich es einfach meinem großen Cousin nachgetan hatte. Wenn ich es richtig anstellte, flog mein Pipi so weit wie seins. Aber dennoch. Irgendwas hatten die Jungs, was ich nicht hatte. Man musste nur mal Oma und Opa vergleichen oder Mama und Papa. Oder eben Hannu, Jussi und mich. Während ich noch den Tod der Kaulquappen betrauerte, unternahmen die Jungs längst neue Versuche und verfolgten gebannt, wie die nächste Laichladung im Glas verendete.

Als ich Geburtstag hatte, kam Mama endlich nach Månvik, schließlich wurde ich sechs Jahre alt. Sie überreichte mir ein Buch, trank Kaffee und aß ein Stück Kuchen. Dann tätschelte sie mir schon die Wange und ermunterte mich tapfer zu sein. Opa brachte sie mit dem Auto zur Bushaltestelle an die Straße nach Porvoo; sie musste am nächsten Tag bei irgendwelchen Dreharbeiten sein.

Auf der Vorderseite des langen, hochformatigen Buches von Mama waren ein kleines Mädchen, ein Hund und eine Katze abgebildet. Das Mädchen trug eine kurzärmelige Bluse mit roten und blauen Punkten, einen grauen Samtrock, rote Kniestrümpfe und gelbe Schuhe. Sie hatte gerade etwas Unglaubliches von Mutter Gans gehört und die Hand an den Mund gelegt. Mutter Gans war eine bezaubernde Figur; sie trug einen gelben Federhut, der mit grünem Band unter ihrem Kinn festgebunden war, eine Bluse mit weißem Kragen und auf Brusthöhe eine runde Brosche. Um die Schultern hatte sie sich ein buntes, fransiges Tuch geschlungen, unter ihrem Arm klemmte ein Regenschirm, ihre Füße steckten in hübschen Gummischuhen. Ich mochte das Buch furchtbar gern. Nicht nur, weil ich es von meiner Mutter bekommen hatte, sondern weil darin alles bis in die kleinste Einzelheit abgebildet war; bis hin zu Taschentüchern, Socken und Zopfgummis. Ich mochte auch den dummen Pekka und das Weib aus dem Schuhhaus gern, das hundert Kinder hatte. Der lustigste Vers im ganzen Buch handelte vom Entstehen der Babys: Mädchen wurden aus Zucker, Blumen, Ingwer und Zimt gemacht, und durch das zugehörige Bild flatterte ein bunter Schmetterling. Jungs dagegen wurden aus Schnecken, Fröschen und bauschigen Hundeschwänzen gemacht; auf dem Bild waren abgeknickte Hundeschwänze, eine Schnecke und ganz eindeutig eine Kröte zu sehen. Vielleicht war das auch die Erklärung für die Kaulquappen-Geschichten! Manchmal schaute ich mir die Bilder stundenlang an, versank in ihren Farben und Details. Sie erregten mich und ließen mich an einigen Stellen auch erschaudern: wenn der zufriedene Teure Tyllerö plötzlich vom Zaun fiel und am Boden zu einem gelben Strudel zerfloss, den sich die Untergebenen des Königs mit ihren Hüten in den Mund schaufelten. Oder wenn das Weib den drei Mäusen mit den schwarzen Brillen die Schwänze abschnitt. *Warum nur tatst du das? Die Mäuse klagen, drei blinde kleine Mäuse.*

Nachts wache ich immer wieder unruhig auf, lausche dem Sturm, der draußen tobt. Regen schlägt gegen die Fensterscheiben. Irgendwann gehe ich nach unten ins Erdgeschoss. Im Vorbeigehen lege ich die Hand an den Kachelofen, spüre seine behagliche Wärme. Die Kacheln haben dieses Jugendstilgrün – wie die ersten Pappelblätter im Frühling – und sind mit rosa Blumen verziert. Obenherum verläuft ein weißer Schmuckfries. Opa hat den Kachelofen in den 30er Jahren aus seinem Kindheitshaus nach Månvik bringen lassen, als sein altes Zuhause abgerissen werden musste. So hatten wir in Månvik ein Stück aus Sortavala, der goldenen Erde aus Opas Kindheit, von der er endlose Geschichten erzählen konnte. Manchmal stellte ich mir beim Herumklettern auf Månviks Felsen und beim Baden vor, auf Opas Kindheitsberg zu spielen, an den Ufern seiner Kindheit zu plantschen.

Ich hole mir ein Glas Wasser aus der Küche und setze mich für einen Moment an den großen Tisch. Mascha trägt beim Lottospielen in der letzten Szene ein graubraunes Kleid. Dafür muss ich mir noch ein kleines grelles Detail einfallen lassen, eine Warnung, eine Art Ausrufezeichen inmitten des unheilvollen Schlusses – Kolja trifft eine Entscheidung, und Mascha bleibt zurück, wird ihr unglückliches einsames Leben weiterführen. Nina oder Irina Arkadina interessieren mich als Figuren weit weniger als Mascha. So ist es mir oft ergangen, ich habe mich in eine bestimmte Figur hineinversetzt und die Geschichte aus ihrer Perspektive betrachtet, sei es nun Mann oder Frau, Kind oder Greis oder ein Flaschengeist.

Ehe ich ins Bett zurückkehre, überkommt mich die Versuchung, alle Puppen aus dem Schrank zu holen, sie zu betasten, zu beschnuppern und eingehend zu betrachten. Als ich klein war, fingen die Puppen nachts an zu spielen. Kochten Kaffee und aßen Himbeerkrapfen. Ich wollte unbedingt mitspielen, doch ich schlief wieder ein, ehe ich aus dem Bett gekrabbelt war.

Neben dem Puppenschrank steht die Kommode mit dem Foto, auf dem ich als Sechsjährige ohne Schneidezähne in die Kamera grinse. Daneben ein Foto von Hannu und Jussi. Die Cousins stehen mit ihren Angeln auf dem Steg, beide haben einen Barsch am Haken. Jussis Augen sind verheult, es hat wieder Ärger gegeben: Weil Jussi kein Anglerglück hatte, gab ich ihm meinen Fisch, der wiederum viel größer war als der von Hannu.

An der Wand hängt in einem ausgeblichenen Rahmen das Hochzeitsfoto: Oskar Falks gerade Nase im Profil ganz nah an Catharinas Wange. Offenbar hatte Oma gerade noch auf ihre Schuhspitzen gestarrt, als der Fotograf sie aufforderte, in die Kamera zu blicken, denn ihr Ausdruck ist verschreckt, und auch die kleine Krone auf dem Brautschleier sitzt schief.

Darunter hängt ein Foto von Mama in dunkler Konfirmationskleidung, doch das Bild ist so vergilbt, dass man denken könnte, sie säße in einer Wolke aus Nebel. Auf dem Gruppenbild stecken meine beiden Onkel in steifen Matrosenanzügen. Julius' dunkle Haare sind kurz geschnitten, wohingegen Lennart eine blonde Lockenmähne trägt. Wenn man genauer hinsieht, erkennt man den Schalk in seinen Augen, und sein Mund ist zu einem breiten Lächeln geöffnet. Er hat gerade keine Schneidezähne, und eigentlich hätte er den Mund nicht aufmachen sollen. Am unteren Rand des Fotos steht in kleiner Schönschrift *Turku 1930*.

Oskar Falk war bereits als junger Mann außerordentlich gesellig, sein Erfolg beruhte größtenteils darauf, dass er gut mit Menschen auskam und Geschäfte zu machen verstand. Das hatte er angeblich als kleiner Junge auf dem Markt gelernt, wo er mit seiner Mutter Besen, Pilze und Beeren verkaufte. Als Sohn einer karelischen Mutter und eines schwedischsprachigen Polizeidirektors, der von Tyrväs über Wyborg nach Sortavala gezogen war, beschwatzte und verzauberte er alles und jeden, und ganz besonders die Frauen. Manchmal wunderte er sich selbst darüber und wähnte sich als Nachfahre eines Schlangenbeschwörers.

Oskars Mutter war, so hieß es, vor lauter Trauer gestorben, da sie aus Karelien ins unfreundliche Turku ziehen musste und Oskars Vater wegen der Russifizierungsmaßnahmen des Zaren seine Position als Polizeidirektor verlor.

Oskar Falk betrachtete sich immer als gebürtigen Karelier und hörte nie auf Dialekt zu sprechen, im Gegenteil. Im Laufe der Jahre schlichen sich aber auch andere Färbungen in seine Sprache ein.

Nach der Konfirmation machte er eine Schneiderlehre und begann Männerhemden zu fertigen. Eines Tages gründete er eine eigene Schneiderei und stellte mehrere attraktive Frauen ein. Der Laden wuchs und wuchs, und schließlich war eine ganze Hemden- und Korsettfabrik daraus entstanden.

Bei einem Konzert auf dem Burghügel Samppalinna erglühte Oskar für die schöne Lehrerin Catharina Ståhlmalm, die jedoch schon einen Begleiter hatte – Oskars besten Freund, den Medizinstudenten Axel Lindroos. Doch aus dieser Beziehung wurde nichts, da Axel Catharina urplötzlich ohne Erklärung verließ und Helga heiratete, eine reiche Apothekertochter. Das Paar zog nach Helsinki, wo Lindroos sich auf Chirurgie spezialisierte. So kam es, dass Catharina Oskars Antrag annahm. Nach der Hochzeit hörte sie auf, als Lehrerin zu arbeiten. Sie bekamen drei Kinder, Helen war die Älteste, dann folgte Julius und als Letztes der quirlige Lennart, fünf Jahre jünger als seine Schwester.

In den 30er Jahren herrschte tiefe Rezession, viele Unternehmen gingen in Konkurs. Die Nachfrage sank, allerorts wurde die Produktion gedrosselt und auf Kurzarbeit umgestellt. Die Finnische Bank löste sich von der Goldwährung, der Wechselkurs und der Preis für Rohstoffe stiegen in schwindelerregende Höhen. In vielen Branchen wuchs die Arbeitslosigkeit; die Kaufkraft war geschwächt und der Wettbewerb so hart, dass es unmöglich war, die Preise zu heben. Doch Oskar hatte Reserven aus dem Gewinn der Vorjahre. Er fasste einen wagemutigen Beschluss – und zog mitsamt Fabrik nach Helsinki. Dort fand er eine passende Immobilie und ließ sich im Pääskynen-Viertel in der Kalevankatu nieder, die früher Vladimir-Straße geheißen hatte. Sogar Catharina protestierte nicht, denn in der Nachbarschaft wohnten mehrere Bekannte, die ihrerseits aus Turku in die Hauptstadt gezogen waren. Darunter Lindroos, der an der Kreuzung Yrjön- und Eerikinkatu wohnte. Catharina war mächtig stolz, weil im Nachbarhaus in der Nummer fünf ein feines Hotel entstand und schräg gegenüber eine schicke Schwimmhalle lag, in der sie saunieren und vor allem schwimmen ging.

Das vierzehn Stockwerke hohe Hotel *Torni* wurde auch Skyscraper genannt und verbreitete inmitten von drückender Arbeitslosigkeit und sinkenden Löhnen eine ganz eigene Atmosphäre – hier konnte man noch auf bessere Zeiten hoffen. Die Klientel des Hotels war gehoben: Politiker, Generäle, Industrielle, Holzgroßhändler, Wirtschaftsexperten, Großgrundbesitzer, sogar königliche und sonstige Berühmtheiten, und mit ihnen kamen kontinentale Annehmlichkeiten wie fließend Warmwasser auf jedem Zimmer, Telefon und ein gekacheltes Bad.

In der Fest-Etage mit der kuppelüberwölbten Aula, dem prachtvollen Kamin und den luxuriösen Ledermöbeln fühlten sich die Hotelgäste besonders wohl. Dort hielten die Botschafter ihre Treffen ab, und Mannequins stolzierten in den neuesten Modeschöpfungen umher.

Einmal führte Oskar Catharina zu einer solchen Modenschau – er hatte von Hans Ripper, dem Hotelbesitzer, persönlich eine Einladung bekommen. Mit Ripper schmiedete er gerade Geschäfte, von denen Catharina keine Ahnung hatte – wie sie auch von den restlichen Geschäften ihres Mannes nichts wusste. In dieser Zeit kaufte Oskar seinen ersten Wagen, einen Chevrolet Master Deluxe aus Nikolajeffs Autohaus. Die Karosserie war beige, die Kotflügel grün und der Polsterstoff aus Mohairwolle. Derartige Autos besaßen nur wenige Hauptstädter – Oskar Falks Chevy war schnell bekannt und wurde allerorts bewundert.

Als sich in der Fabrik die kleine, stämmige Ester Finne aus Vaasa meldete und nach Arbeit fragte, brachte Oskar sie einfach mit nach Haus, und ab sofort hatte Catharina im

Haushalt und bei der Kindererziehung ein Dienstmädchen zur Seite. Ester hätte auch im Hotel *Torni* anfangen können, wo vorrangig Personal mit Schwedischkenntnissen eingestellt wurde, doch sie entschied sich für Familie Falk, denn sie mochte Kinder. Und es gab noch einen anderen Grund: Ester hatte gesagt, ihre Wohnung sei ganz in der Nähe. Als jedoch Oskar und Catharina einmal vorzeitig aus Månvik zurückkamen, hatte ihr Dienstmädchen sich das Sofa im Salon als Schlafplatz gewählt. Und dort lag nicht nur Ester – daneben, in einem Wäschekorb, schlummerte ein kleiner Junge. Ester durfte ins Dienstmädchenzimmer der Falks einziehen, das sich hinter der Küche befand, und der kleine Erik Finne kam zu einer Pflegefamilie nach Südhelsinki. Im Sommer durfte Ester Erik mit nach Månvik bringen, und als Oskar dort Mitte der 30er Jahre die weiße Villa errichtete, bekamen Ester und Erik die alte, rot gestrichene Fischerhütte. In den 50er Jahren kaufte Oskar in der Kalevankatu für Ester eine Einzimmerwohnung, die – wie der Kücheneingang der Falks – im C-Treppenaufgang lag. Esters Wohnungstür befand sich gleich neben der Küchentür.

Die Sommer in Månvik brachten für Ester und Catharina viel Arbeit mit sich. Oskar war oft in der Fabrik und auf Reisen; die Produktion musste weiterlaufen, egal, was auf der Insel geschah und wie viele Kinder dort Zuwendung brauchten. Catharina und Ester bewältigten die Betreuung von vier Kindern, den Haushalt und den Gemüsegarten aus eigener Kraft. In dem mehrere Kilometer entfernten Dorfladen kauften sie lediglich Kolonialwaren. Die beiden Frauen warfen allein die Fischernetze aus und holten sie wieder ein, nahmen die Fische aus, salzten den Fang und lagerten ihn im Keller, wo sie auch Pilze, Beeren und das Wurzelgemüse verwahrten. Außer dem Pfifferling kannten

Catharina und Ester keine westfinnischen Pilzsorten, und so führte Opa sie in den Wald und zeigte ihnen Röhrenpilze, Reizker und Täublinge und wie man sie behandeln und salzen musste. Im späteren Winter, um den März herum, sägte Oskar mit Nachbar Lundström Eisblöcke zurecht, die mit Sägemehl bestreut in den Eiskammern des Kellers halfen, die Lebensmittel bis in die Sommerhitze hinein zu kühlen.

Sobald die Äpfel und Pflaumen reiften, kochten Catharina und Esther Marmeladen und Gelees, die bis zur nächsten Ernte reichten. Jeder Wassertropfen, der fürs Kochen, Waschen und Baden benötigt wurde, musste erwärmt werden. Für die Bettwäsche standen zwei Bottiche am Ufer bereit: einer mit Einweichlauge und einer mit Waschbrett und Frischwasser zum Spülen, anschließend trockneten Wind und Sonne die Wäsche an der Leine. Milch, Eier, Kartoffeln und Mehl kauften die Frauen bei Nachbar Antti Myyrä, der nach dem Krieg von der Uuraan-Insel vertrieben worden war, die nun Russland gehörte. Myyrä hatte sein neues Zuhause nahe Månvik aufgeschlagen, baute Gemüse und Getreide an und zimmerte Holzboote, wie es bereits seine Vorfahren taten. Er hatte auch die *Läskelä* gebaut und sich gemeinsam mit Oskar den Namen ausgedacht, den Catharina furchtbar dumm fand. Oskar fand ihn gar nicht dumm, denn im karelischen Läskelä bei Sortavala war seine Mutter geboren, dort bei den Großeltern hatte Oskar seine Kindheitssommer verbracht. Er hatte die Ziegen seiner Oma gehütet, von denen eine Läski hieß, *Speck* – sie war unglaublich fett. Schon bevor das Boot zu Wasser gelassen wurde, stießen die Männer mit viel Alkohol auf den Festtag an. Antti fragte Oskar, was ihm das Liebste auf der Welt sei. Der angetrunkene Oskar dachte lange nach und antwortete, der verstorbene Hund Tilu, dann fing er an zu weinen und korrigierte, es sei die Ziege Läski – oder dann vielleicht doch der ganze Ort Läskelä. So wurde das schmucke neue Segelboot *Läskelä* getauft. Catharina hätte sich natürlich gewünscht, dass das Boot nach ihr hieße.

Oskar nahm seine Kinder oft mit zum Segeln, allerdings kam Catharina nie mit. Sie verkündete, dass ihr auf See schnell übel wurde und sie sich an Land wohler fühlte. So segelten Oskar, Helen, Julius und Lennart zu viert – bis auch Lennart über Seekrankheit klagte. Sogar im kleinen Ruderboot und auf der Schaukel wurde ihm angeblich schlecht. Oskars Ansicht nach spielte Lennart etwas vor, wohingegen Catharina glaubte, dass er die Neigung zur Seekrankheit von ihr geerbt habe, und anordnete, den Jüngsten in Ruhe zu lassen. Lennart verbrachte immer mehr Zeit allein, und niemand begriff, warum der fröhliche Junge mit den goldenen Engelslocken anfing Tiere zu quälen. Beim Angelausflug schlug Lennart seinen Fisch mit einem Holzscheit zu Brei, das Blut spritzte aus Augen und Gedärmen. Und wenn Julius mit dem Kescher auf Schmetterlingsjagd ging, riss Lennart den Tieren die Flügel aus, noch ehe Julius sie für seine Sammlung betäuben konnte. Die Nachbarskatze steinigte er, und still sitzen konnte er schon gar nicht mehr. Catharinas Erklärung lautete, der Junge sei überaus neugierig und wissensdurstig. Oskar zufolge war Lennart ein freches Muttersöhnchen, das die Grenze zwischen Gut und Böse nicht mehr kannte, weil es nie für seine Taten zur Verantwortung gezogen und ständig von Catharina beschützt und verzärtelt wurde.

Der erste größere Diebstahl im Hause Falk traf Ester, die die entwendete Summe in ihrem schmalen Dienstmädchenportemonnaie schmerzlich vermisste. Lennart sagte, er habe den kleinen Erik mit dem Geld aus dem Haus schleichen sehen. Darauf angesprochen, verstand Erik nur Bahnhof, und so blieb die Sache ungeklärt. Vielleicht dachten auch alle, Ester habe ihr Geld selbst verbummelt. Doch damit rissen die Ungereimtheiten nicht ab: Als Nächstes verschwanden Catharinas deutsches Grammophon und ein mysteriöser Zehn-Liter-Kanister. Der Verdacht fiel auf Julius und Lennart, dann auf Helen, aber als die Kinder auch nach heftigem Haareziehen und etlichen Backpfeifen nichts zu gestehen wussten, endeten die Verhöre. Den Kanister durfte ab sofort niemand mehr erwähnen, was sonderbar war, da sich bis dahin sowieso niemand um ihn geschert hatte, geschweige denn wusste, was er enthielt. Später hieß es, den Kanister habe sich der Kerl zurückgeholt, der ihn einst Oskar geschenkt hatte – als Dank dafür, dass Oskar ihm sein Boot für den Transport von Schwarzgebranntem geliehen hatte, von der Hoheitsgewässergrenze bis zur Insel. Wo der Schnaps anschließend hingebracht worden war und durch wen und ob Oskar in die Geheimtransporte von Estland nach Finnland zur Zeit der Prohibition verwickelt war, das blieb offen. Jedenfalls nahm Oskars Wohlstand zu dieser Zeit beträchtlich zu, was jedoch auch mit der Fabrik zusammenhängen konnte.

Es war Lennart, der den alten Plattenspieler seiner Mutter entwendet hatte; vom Geld für den Verkauf soff er sich den ersten Vollrausch seines Lebens an. Als Sechzehnjähriger fing er als Laufbursche in der Fabrik an, da es für die Schule nicht mehr reichte. Die Schuld sah Catharina bei Oskar und dem Umzug nach Helsinki, wo Lennart sich angeblich nie richtig eingelebt hatte. Oskars Ansicht nach hatte Lennart sich nur allzu gut eingelebt, in schlechter Gesellschaft nämlich, und angefangen zu saufen. Später stieg Lennart ins Kontor auf, musste aber als Einundzwanzigjähriger zum ersten Mal im Knast einsitzen, da er eine Verurteilung wegen Unterschlagung und Betrug am Hals hatte. Kläger war sein Vater Oskar Falk.

Die Geschichte Lennarts wurde in der Familie als mahnendes Beispiel dafür erzählt, wohin Alkohol, schlechte Gesellschaft und Unaufrichtigkeit führen konnten. Dennoch blieb Lennart eins der vielen, vielen Themen, über die Catharina und Oskar völlig unterschiedlicher Meinung waren. Und so gingen sie mit der Zeit dazu über, von ihrem Jüngsten zu schweigen; das Thema brachte zu viel Streit und Ärger mit sich. Daher wusste irgendwann niemand mehr so recht, wie es mit Lennart weiterging. Und wer etwas wusste, sprach davon nur hinter vorgehaltener Hand. Immerhin, Sohn Julius Falk schloss sein Ingenieurstudium an der Tekniska Högskolan mit Diplom ab und heiratete. Er bekam zwei Jungs, Hans und Johan, verlegte sich auf die Papierindustrie und wanderte mit seiner Familie in die Vereinigten Staaten aus.

Am Morgen ist es ruhig, der unablässig tobende Sturm der letzten Tage hat sich verzogen. Auf einen klaren Himmel braucht man auf der Insel an so einem Tag jedoch nicht zu hoffen. Über Nacht ist der erste Frost gekommen, am Ufer hat sich Eis gebildet. Steif gefroren umrahmt das gelbe Schilf das dunkle Wasser. Die *Läskelä* schlummert auf stabilen Holzstämmen unter einer Plane. Die Luft trägt den Geruch von Öl heran, und würde man quer über die Insel ans Westufer marschieren, sähe man am nördlichen Horizont das rote Lodern.

In der Kammer neben der Sauna liegen trockene Holzscheite im Korb; ich kriege das Feuer mit dem ersten Streichholz in Gang. Das war bei uns Ehrensache, darin habe ich mich früher mit den Cousins gemessen. Jussi brauchte eine halbe Schachtel und mehrere alte Zeitungen, und selbst dann passierte nichts, nur er selbst war verrußt und verheult. Ob er es noch immer nicht hinbekommt? Ich betrachte die Weidenflöten und Borkenschiffchen, die ich mit Hannu, Jussi und Opa geschnitzt habe. Ich bewahre sie auf dem Regal in der Saunakammer auf, zusammen mit anderen Schätzen: Treibholz, Opas Rasierschachtel, Muscheln und Flaschen, die wir am Ufer gefunden haben.

»Schwitzen, Schwitzen, alle marsch zum Schwitzen!«, rief Opa, wenn die Sauna heiß war.

Oma machte sich nicht viel aus Sauna, aber Opa, die Cousins und ich konnten stundenlang saunieren. Ich weiß nicht mehr, ob wir mehr Zeit auf den Brettern oder im Meer verbrachten. Zwischendurch pausierten wir auf der Veranda und tranken gelbe Jaffa-Limonade, die in der Nase kitzelte. Anschließend gab es Hefeteilchen und Saunakaffee, wenn auch unsere Tassen nur mit Heißwasser, Zucker und Milch befüllt wurden, denn Oma fand, Kaffee sei nichts für Kinder. Nach der Sauna kämmte sie uns, wobei es bei den Jungs nicht viel zu kämmen gab – kaum reisten sie nach Finnland an, bekamen sie beim Friseur in der Kalevankatu einen Bürstenschnitt verpasst. Aber meine Haare waren lang und verzottelt, das Entwirren dauerte eine Ewigkeit. In regelmäßigen Abständen schlug Oma mir eine Kurzhaarfrisur vor, doch Opa verbot uns den Friseurbesuch, und so durfte ich meine lange Mähne behalten. Da konnte Oma noch so sehr den Pagenschnitt aus dem Kinofilm über die Jungfrau von Orléans loben. In Wahrheit hatte sie Angst vor Läusen, wie ich einmal hörte, als ich ein Gespräch zwischen ihr und Opa belauschte. Sie hatte sogar den Läusekamm aus dem Krieg aufgehoben. Den bewahrte sie in ihrem Spiegeltisch auf, in einem Plastikbeutel mit der Aufschrift *Turku Watte – Åbo vadd.*

Ich gehe ans Ufer, betrete die Brücke zur Kleinen Insel und schaue zu, wie der Rauch aus dem Saunaschornstein steigt: ein fein gewebter grauer Schleier, der sich duftend durch die Lüfte windet und vom kommenden Genuss kündet. Ich fege die Saunakammer und überlege, wie das Leben verlaufen wäre, wenn die Cousins ihre Sommer auch weiterhin in Finnland hätten verbringen dürfen. Ob auch sie darüber nachdenken? Ob sie sich nach Finnland, nach Månvik und unserer gemeinsamen Zeit zurücksehnen?

Vielleicht haben sie alles vergessen, sogar das Land und seine Sprache, obwohl gerade die Opas Ansicht nach so wichtig war. Anders als Oma sprach er immer Finnisch mit uns, was Oma spätestens in dem Moment nicht mehr lustig fand, als Jussi hörbar Opas Art zu sprechen annahm.

»Verdammt, Oma, kuckma, was ich für'n dicken Höllenfisch an der Angel hab!«, hatte Jussi getrötet und war mit einem Hecht vom Ufer heraufgelaufen gekommen.

»Besten Dank«, hatte Oma sich bei Opa beschwert, »da sieht man, dass aus dem Jungen ein Fluchmaul ohne Sprachkultur wird! Begreifst du nicht, dass du in der kurzen Zeit, die die Jungs in Finnland verbringen, Hochsprache mit ihnen sprechen musst?! Nicht irgendein derbes Dorfkauderwelsch!« Darauf erwiderte Opa, dass Partisanna die Enkelsöhne ja selbst durcheinanderbrächte, indem sie Schwedisch und manchmal finnischen Turku-Dialekt sprach, den sowieso kein vernünftiger Mensch verstand.

Wenn Hannu und ich Oma und Opa spielten, hatten wir einen Riesenspaß und kicherten laut. Es war immer dasselbe Spiel: Unsere Großeltern konnten sich ernsthaft darum streiten, wie der genaue Namen von jemandem lautete, ob irgendeine Person irgendwo mit dabei gewesen war oder nicht und was aus dieser Person geworden war. Ob es im Sommer 1925 oder 1926 war, dass irgendjemand an Skorbut erkrankte und die Zähne verlor, oder ob es nicht doch Rachitis gewesen ist, die ihm die Knochen verbogen hat – oder war derjenige, dessen Namen beide nicht mehr wussten, nicht doch bereits Jahre zuvor an der Spanischen Grippe gestorben? Weder Oma noch Opa konnte nachgeben, beide ersannen immer neue Gründe, warum sie recht haben mussten. Irgendwann riefen sie einen Bekannten an, der sich jedoch an die ganze Geschichte rein gar nicht erinnern konnte. Wenn es Opa schließlich gelang, einen Nachweis für seine Theorie zu erbringen, regte sich Oma, die folglich falsch lag, erst so richtig auf.

Ich lege Holz nach, das Saunathermometer zeigt sechzig Grad. Ich glaube fest daran: Wenn Hannu nach Omas Beerdigung noch mal nach Finnland gekommen wäre, er hätte sich bei mir gemeldet. Es sei denn, Onkel Julius hätte das strengstens verboten. Vielleicht gehöre ich in den Augen von Julius klar auf die Seite von Opa und bin damit eine Mittäterin, die seiner Familie nicht mehr würdig ist. Wie entsetzlich stark muss Julius' Hass auf seinen eigenen Vater sein, und mit welcher Vehemenz muss er dieses Gefühl an den Sohn weitergegeben haben. Doch jetzt, als Erwachsener, will Hannu kommen. Ob Onkel Julius gestorben ist? Was hat Hannu wohl im Sinn?

Ich ziehe mich in der Saunakammer aus, lege mir ein frisches Handtuch auf die heißen Bretter. Jeden einzigen Månvik-Sommer hat Opa die Angeln bereitgehalten, die Räder repariert und die Ketten geölt, die Sattel ein Stück höher gestellt und uns – Oma, Tante Ester und mich – gebeten, Hannus und Jussis Zimmer gründlich zu putzen, falls die Jungs doch noch kämen. Einmal kaufte er nagelneue, moderne Angeln – als hätte das die beiden wieder hergezaubert. Mehrere Sommer lang harrten die neuen Angeln unbenutzt aus, bis Opa sie in der Nachbarschaft verschenkte, da auch ich das Interesse am Angeln verloren hatte.

Von den Brettern aus kann ich die ganze Bucht überblicken, und ich stelle fest, dass die beiden Schwäne noch nicht losgezogen sind. Sie zögern ihre Reise jeden Herbst ein wenig länger hinaus, gründeln im schwarzen Wasser, sehen aus wie Wattebäusche, wenn sie den Hals eintauchen. Dieses Schwanenpaar kehrt im Frühjahr nach Månvik zurück, bekommt mehrere Junge und bewacht streng das familiäre Revier. Hannu und ich mussten mehrmals beobachten, wie die Eltern ihren kleinen kugeligen Nachwuchs nicht vor den Angriffen der Möwen schützen konnten. Wir versuchten dann umso besser auf die restlichen Jungen aufzupassen, indem wir ununterbrochen mit dem Fernglas Richtung Nest starrten. So glaubten wir, dazu beizutragen, dass pro Sommer immerhin durchschnittlich zwei Junge durchkamen.

Hannu hat nie erzählt, was er später werden will, und ich habe nie danach gefragt. Über so etwas dachten wir nicht nach, wenn das Meer in weichen Wellen ans Ufer schlug, die Tage ineinanderflossen und ein langes Band bildeten, das nicht enden wollte. Die Zeit schien ewig, und wir segelten mit ihr wie Sommerwölkchen oder Spiegelungen auf einem Wasser, durch das helle Muscheln und der reliefartige Sandboden vom Meeresgrund heraufschimmerten. Bis der Tag kam, an dem Oma verschwand und alles endete. Und niemand sprach darüber! Und ich konnte mich nicht mehr genau an die Dinge entsinnen, obwohl ich irgendwo tief in mir die Wahrheit kannte. Ich wusste ja, was Oma vorgehabt hatte; sie hatte es mir in Stockholm anvertraut. Aber erst auf der Rückreise. In Deutschland hatte ich noch von nichts eine Ahnung.

In meinen Bademantel gehüllt setze ich mich zum Abkühlen auf die Veranda. Dampf steigt von mir auf, und ich meine, ein Auto zu hören.

Während unserer Reise durch die Lüneburger Heide döste ich auf der Rückbank des Peugeot. Meine nackten Füße ruhten auf dem Türgriff; Opa pfiff eine Opernarie. Ich erkannte sofort das Stück von der Platte, die er nur dann auflegte, wenn Oma nicht da war. Oma seufzte schwer und ließ ihren Blick über die vorbeiziehende Landschaft schweifen.

»Ist das das Ende?«, fragte sie auf einmal.

Sie hatte den Satz nicht mit »Hör mal, Oskar« begonnen, sondern war sofort zur Sache gekommen. Opa hörte auf zu pfeifen.

»Häh?«, fragte er dümmlich.

Oma ließ sich nicht beirren.

»Was ist, wenn ich weggehe?«

»Ene-mene-meck, und du bist weg!«, witzelte Opa und warf Oma einen kurzen Blick zu. Dann schnaubte er und drehte vorne beide Fenster so weit herunter, dass der Luftstrom in den Ohren wehtat.

»Wohin willste denn?«, fragte er belustigt.

»Gütiger Gott! Ich werde weggehen, du wirst schon sehen! Zur Hölle mit dir!«

Oma wedelte gereizt in der Luft herum – Opa legte ihr eine Hand auf den Schoß.

»Fluch nich, meine geliebte Partisanin! Wenn wir in Bacharach sind, essen wir ein gutes Schweinekotelett, jawoll, und ich werd dich so richtig feste lieb haben!«

»Mein Name lautet Catharina«, bemerkte Oma knapp.

Zur Bekräftigung seiner Worte drückte Opa Omas Schenkel, doch Oma schob seine Hand weg und starrte in die monotone Landschaft.

Die kleine, über tausend Jahre alte mittelalterliche Stadt, in der wir später haltmachten, war voller weiß verputzter Fachwerkhäuser. Ringsum verlief eine hohe Steinmauer, unten im Tal wand sich der Rhein, an den Hängen wuchs Wein. Opa erzählte, dass die Römer den Wein vor zweitausend Jahren ins Tal gebracht hatten und die Stadt nach dem Gott des Weines benannt worden war. Eine weißhaarige Dame, Frau Lieberts, nahm uns bei sich in Empfang und servierte meinen Großeltern als Willkommenstrunk einen Roten, von dem auch ich probieren durfte. Frau Lieberts fragte, wie uns die Reise gefalle, und beklagte die Hitzewelle, die ganz Europa marterte. Bislang hatten wir immer zu dritt in einem Zimmer geschlafen, doch nun fragte Opa, ob ich eine kleine Kammer für mich allein wolle, ganz oben unterm Dach des Hotels.

In dem Erkerzimmer standen Schreibtisch, Stuhl und ein Bett mit dicker Daunendecke. An der Wand hing ein gekreuzigter Jesus mit sorgenvollem Haupt, vom Fenster sah man in den gepflasterten Innenhof mit Tischen und Bänken. An den Hauswänden rankte wilder Wein empor – ich überlegte, ob jemand bis zu meinem Zimmer hochklettern könnte. Zum Beispiel der Lederhosenmann, der an einem der Gartentische Bier trank. Er trug einen Filzhut und sprach mit Frau Lieberts, wischte sich zwischendurch den Schaum vom Mund und lachte gellend. Ich setzte mich aufs Fensterbrett, ließ die Beine baumeln und vermisste die

Cousins, mit ihnen gab es immer was zu tun. Wie auf dem Steg in Månvik, wo wir Spuck-Wettbewerbe abhielten. Die Regeln waren einfach: Wer am weitesten spuckte, gewann. In jedem neuen Hotel hielt ich Ausschau nach anderen Kindern, ohne Erfolg. Kinder gingen nun mal nicht so viel auf Reisen, außerdem waren die deutschen Kinder alle in der Schule. Daher schien es, als wären alle Kinder der Welt vom Erdboden verschluckt. Nur ich war übrig geblieben und reiste mit meinen Großeltern in einem Peugeot durch Europa.

Frau Lieberts und eine Kellnerin im Trachtenkostüm servierten uns riesige Schweinekoteletts, dazu Röstkartoffeln, Apfelsauerkraut und Wurstsalat – Opa schätzte deutsche Speisen. Er stöhnte und seufzte wie verliebt. Mir brachte Frau Lieberts noch ein großes Glas warme Milch; Oma bat mich, sie auszutrinken, damit ich genug Kalzium bekam und mir die neuen Zähne nicht ausfielen. Sie selbst hatte strahlend weiße, kräftige Zähne, mit denen sie Nähgarn, Bindfaden und sogar Angelschnur durchbiss.

Sobald Opa mir gute Nacht gewünscht und die Tür geschlossen hatte, kam mein Zimmer mir wie eine Zelle vor. Ich musste an die Geschichte denken, die Opa erzählt hatte – von der Nixe Loreley, die am Flussufer des Rheins auf einem hohen Felsen saß und mit ihren Gesängen die Kapitäne verzauberte, sodass die Schiffe an den Felsen zerschellten. Der Wind heulte in den Ecken des alten Hauses, die Fensterläden klapperten, und ich meinte, von irgendwo ein Lied zu hören, das in ein Klagen und Stöhnen überging. Vielleicht verhexte die Loreley jetzt auch mich, und der eklige Lederhosenmann käme die Weinranken empor in mein Zimmer gestiegen. Ich geriet so in Panik, dass ich glaubte, unter meiner Daunendecke zu ersticken. Ich rannte los, schrie um

Hilfe und hämmerte mit verschwitzten Fäusten gegen Omas und Opas Tür. Es dauerte ewig, bis ein wankender Opa mir öffnete. Omas Haare hingen wirr ins Gesicht, beide waren nackt, Omas Nachthemd lag auf dem Fußboden.

»Was is los? Musste schon wieder Pipi?«, fragte Opa und stieg hektisch in seine Schlafanzughose.

Ich gestand, dass ich gar nicht alleine schlafen wollte, kroch in die warme Seidenbettwäsche und schob meine eiskalten Füße zwischen Omas Schenkel, die wie ein Ofen glühten.

»Und jetzt denkst du an Elfen und Trolle und Wichtel, die alle in einem großen Fliegenpilz wohnen.« Opa seufzte und zog sich die Decke unters Kinn.

»Alle zusammen in einem Pilz? Auch die Apfel-Elfen?«

»Nein, aber die Pilz-Elfen. Die wohnen in der weiß gesprenkelten Kappe, die Trolle im Stiel. Und die Wichtel und die anderen Erdgeister – sie sehn ein bisschen so aus wie ich –, die leben im Wurzelwerk unter der Erde und in alten Baumstumpfhöhlen.« Opas Stimme glich weichen Wellen und trug durch den ganzen dunklen Raum. In ihrem Schutz schlief ich ein.

Der Peugeot kroch die schmale Alpenstraße hoch; Opa hielt schweißgebadet das Lenkrad. Vor jeder Kurve hupte und verlangsamte er. Ich zwang mich, den Blick auf die Straße zu richten, und tat so, als wäre der kleine Regenschirm von Opa ein Lenkrad, mit dem ich ihn kräftig unterstützte. So wurde mir angeblich nicht schlecht.

»Verdammt, verdammt, verdammt – und noch mal verdammt!«

»Was ist denn jetzt schon wieder?«, fragte Oma und feilte weiter an ihren Nägeln.

Das Thermometer für das Kühlwasser zeigte hundert, unter der Motorhaube brodelte es. Auf der Serpentinenstraße gab es kaum Stellen, an denen man halten durfte. Opa fluchte unaufhörlich und hielt an einem Verkehrsschild mit einer Kuh darauf. Er riss sich seinen Haarschutz vom Kopf, schleuderte ihn zu Boden und öffnete die Motorhaube. Braune Flüssigkeit spritzte ihm kochend heiß entgegen.

»Was ist das?«, fragte ich irritiert.

»Eine Kuh!«, brüllte Opa mit Blick aufs Verkehrsschild.

»Aber hör mal, Oskar, wir sind doch gleich in Lugano«, versuchte Oma zu beruhigen.

»Am dummen Lugano hängt doch der ganze Scheiß! Verdammt, verdammt, verdammt!«

Als auf dem Hügel eine Rinderherde auftauchte, heulte Opa verzweifelt auf. »Das hat uns grad noch gefehlt!«

Wir flüchteten und fuhren mit brodelndem Auto den Sankt-Gotthard-Pass hinauf. Mehrmals mussten wir anhalten und die Motorhaube öffnen. Opa war selbst am Kochen und kündigte an, dem Autohändler in Helsinki den Marsch zu blasen. Sofort nach unserer Rückkehr würde er den Peugeot verkaufen und sich ein deutsches Auto zulegen.

Auf den Bergspitzen rund um den Luganosee funkelte der Schnee, das Wasser war tiefblau, die Luft schneidigklar, die Sonne brannte. Ich bekam eine Trachten-Heidi aus dem Souvenir-Geschäft und einen blauen Filzhut mit einem Glöckchen in Form einer Edelweißblüte. Opa kühlte seine geschwollenen Füße. Eigentlich war ich froh, dass das Auto verrücktspielte und sich wie ein Vulkan benahm; so mussten Oma und Opa sich endlich anders verhalten. Oma ließ Opa ausgiebig fluchen und schwieg von Aili, der Kontorangestellten, und Opa schimpfte mal nicht über meine Eltern, sondern widmete sich ganz dem Motor.

Oma und ich nahmen uns vor, im Luganosee schwimmen zu gehen, und freuten uns bereits aufs Mittelmeer, wo Palmen wuchsen und das Wasser so blau war wie in Månvik die Kornblumen und der sommerliche Himmel.

Doch dann hielt Opa gar nicht in Lugano, sondern fuhr schnurstracks ins schmutzige Mailand, wo er in der Scala eine Oper anschauen wollte. Oma wunderte sich sehr und stichelte wegen Opas plötzlichem Interesse, doch Opa behauptete, schon immer ein großer Opernliebhaber gewesen zu sein, er verehre die Sängerin Anna Mutanen! Dann stimmte er ein altes Volkslied an: »Ich bin ein Kind aus dem armen, schönen Karelien …« Er verstummte, als wir im Stadtzentrum schon eine halbe Stunde lang um dasselbe Denkmal herumgekurvt waren und elf Spuren zu einer einzigen chaotischen Riesenspur verschmolzen. Wir fanden erst aus dem Vespa- und Autochaos heraus, nachdem Opa ausgestiegen war, einen Fiat angehalten und lautstark auf alle italienischen Fahrer geschimpft hatte. Die Polizisten sprachen beruhigend auf ihn ein, bliesen in ihre Trillerpfeifen und hielten den Verkehr an, damit wir wieder losfahren konnten. Da Opa dem Blick unserer Helfer auswich, zwinkerte einer der Polizisten Oma zu und sagte mit Schmelz in der Stimme »Arrivederla«.

Wir bekamen Karten für *Nabucco*, unter uns befanden sich sechs weitere Balkone. Ich lehnte mich über die Brüstung und blickte auf ein Meer von Köpfen: Herrenschnitte, Glatzen, Turmfrisuren, dazu die bunten Farbkleckse der Festkleider. Der Zuschauerraum sah aus wie ein gewaltiger orientalischer Teppich, der unter uns wogte und toste. Die Luft war schwer von mystischem Parfüm, das Einstimmen der Instrumente vermengte sich mit dem italienischen Sprachwirrwarr. Der Dirigent verbeugte sich, das Publikum klatschte und schrie »Bravo«. Das Saallicht ging aus, das Klatschen verebbte, und der Vorhang färbte sich im Scheinwerferlicht tiefrot. Der Taktstock flog in die Luft – das Orchester begann.

Schon im ersten Akt schliefen Oma und ich ein. Als das Publikum sich von den Sitzen erhob, weckte Opa mich auf. Oma wurde nicht einmal wach, als das ganze Haus in den Gefangenenchor einfiel. Opa stand aufrecht und andächtig neben mir, in seinen Augen glitzerten Tränen. Ich musste losheulen, und Opa nahm mich bei der Hand. So standen wir gemeinsam da. Ich glaubte, unsere Herzen müssten platzen, so schön war die Musik.

In Cannes machten wir bei Madame Perignon und einem Dackel namens Foufou in einem kleinen Hotel mit Pergola halt. Madame Perignon wackelte ständig auf ihren silbrig glänzenden hohen Absätzen umher. Ihre Stühle waren aus dekorativem Schmiedeeisen, in den Holzstreben der Pergola dufteten zart die Rosen. Es sah ganz so aus, als habe Opa sich mit dem Autoproblem abgefunden, und ich fürchtete, Oma und er würden ihre endlosen Diskussionen wieder aufnehmen. Opa bestellte eine Flasche Rotwein und setzte sich in den Garten, wo sonst niemand saß, da es noch zu früh war. Madame Perignon nahm die Bestellung fürs Abendessen verdutzt entgegen, denn in Frankreich aß man nicht vor acht Uhr abends, oft erst deutlich später. Opa wies auf mich – ich saß mit meinem blauen Filzhut neben ihm. Also kommandierte Madame den Koch in die Küche. Auch in Frankreich entdeckte ich nirgends Kinder, und daher spielte ich mit Foufou.

Foufou leckte gerade meine Finger, als Opa mit seiner Frage herausrückte. Er fragte, ob ich nach dem Sommer komplett zu ihnen ziehen würde, also auch in der Stadt bei Oma und Opa leben wolle, in der Kalevankatu. Ich fand die Frage komisch, denn meiner Ansicht nach wohnte ich ohnehin längst dort. Nur noch selten war ich bei meinen Eltern im Affenhaus, und wenn, dann wurde ich nach wenigen Nächten in die Kalevankatu oder auf die Insel gebracht. Noch seltsamer fand ich die anschließende Frage, die er mir stellte, als Madame ihm ein blutiges Chateaubriand, Oma und mir ein Kalbsschnitzel und uns allen in Fett frittierte Kartoffelschnitze gebracht hatte.

»Merci«, bedankte sich Oma und tat mir von den verführerisch duftenden Kartoffeln auf.

Opa versenkte sein scharfes Messer im Fleisch.

»Marie. Willst du denselben Namen haben wie wir?«

»Welchen Namen?«

»Na, den Nachnamen. Falk!« Opa schob sich ein Stück Fleisch in den Mund und kaute.

Für einen kurzen Moment erinnerte er mich an einen Wolf.

»Hör mal, Oskar«, setzte Oma an, doch Opa brachte sie zum Schweigen, indem er kurz mit dem Messer auf den Tisch hämmerte. Er schickte einen mahnenden Blick hinterher und kündigte an, die Sache so zu regeln, wie er es sich schon lange überlegt hatte. Danach ging die Mahlzeit erst einmal schweigend weiter.

Zum Nachtisch gab es Kirschkuchen, Opa bestellte noch eine zweite Flasche Wein. Er sah mich weich an und strich mir ein paar Haarsträhnen aus der Stirn.

»Oma und ich haben gedacht, dass du so richtig *unser* Mädchen werden könntest«, verkündete er.

In dem Moment begriff ich. Mama und Papa wollten mich loswerden. Sie liebten mich nicht mehr! Deshalb hatte

Mama mir gerade ein himbeerrotes Kleid schneidern lassen, als Trost. Und wenn ich genauer drüber nachdachte, dann mochte ich mich ja selbst nicht. Ich hatte alles mögliche Dumme und Verbotene getan – vielleicht musste es so kommen, vielleicht geschah es mir ganz recht. Ja, ich widerte mich selbst an und drückte mir die Fingernägel tief ins Fleisch meiner Unterarme.

»*Opa* hat sich das überlegt«, betonte Oma und blinzelte mir zu, als wolle sie klarstellen, dass sie mit der ganzen Sache nichts zu tun habe.

Opa wollte mich also als sein Mädchen annehmen, Oma dagegen nicht! Warum nur? Und aus meiner Mutter wurde ich erst recht nicht schlau. Auch wenn ich Dummes getan hatte – ich liebte sie doch! Meine Mama, die mit sanfter Stimme sprach und wunderschöne Kleider trug. Die ließ sie bei Frau Hilden nähen, zu der sie mich manchmal mitnahm, was Oma und Opa nicht wussten. Die Besuche bei Frau Hilden waren unser Geheimnis. Madame Perignon erinnerte ein bisschen an Frau Hilden, beide waren klein und feminin.

Frau Hilden trug schwarze Stöckelschuhe, ihr pechschwarzes Haar toupierte sie zu einem hohen Turm. Sie bevorzugte enge Röcke und tief ausgeschnittene Pullover; man sah immer den Spalt zwischen ihren Brüsten und vor allem ihren schrumpeligen Hals – wie eine Schildkröte. Ihre Augenbrauenpartie bemalte sie mit zwei hohen Halbkreisen, eine dicke Brille vergrößerte ihre Augen. Ihre Einzimmerwohnung hatte einen großen Erker mit Fenster, eine Küchen- und eine Schlafnische – nur einen *Herrn* Hilden gab es nicht. An der Wand standen eine alte Nähmaschine zum Treten und eine elektrische, in der Ecke wachte – auf einem Drehfuß befestigt – der gefütterte Stofftorso einer

Frau. Es roch betörend nach Parfüm, Haarspray und muffigen Stoffbahnen.

Ich tat, als würde ich in Modezeitschriften blättern, doch heimlich sah ich Mama zu, die sich in ihrem gelben Kleid vor dem Spiegel drehte und wendete, zierlich und hübsch wie eine Puppe. Der hellblau blitzende Aquamarin an ihrem Ring erinnerte an ein kleines Meer. Einmal, als ich allein war, hatte ich mir den Ring angesteckt. Als Mama nach Hause kam, ließ ich ihn vor Schreck fallen. Mama hob den Ring auf und sagte, ich dürfe ihn ruhig ausprobieren, eines Tages sei er sowieso mein. Sosehr ich den Ring auch gewollt hatte – die Furcht, die Mamas Worte bei mir auslösten, war deutlich größer, und ich mochte den Ring nicht mehr haben. Frau Hilden wirbelte um Mama herum, zog Stecknadeln aus dem Nadelkissen, das sie um ihr Handgelenk trug, und steckte sie zwischen ihre Lippen. Sie trat ein paar Schritte zurück, nahm Mama mit schiefgelegtem Kopf ins Visier und steckte Nadeln in den Stoff. Irgendwann zog Mama das Kleid aus; Frau Hilden warnte vor den Nadeln und hielt bereits das nächste Kleidungsstück in den Händen. Die Prozedur wiederholte sich. Drehen und Wenden, Prüfen und Bewundern, Betrachten von nah und fern und Nadelnfeststecken. Mama lachte zufrieden; Frau Hilden pries ihre Beine und überhaupt ihre schlanke Figur. Und dann die große Überraschung: Frau Hilden holte einen himbeerroten Stoff aus dem Schrank, und Mama sagte, aus diesem Stoff bekäme ich ein eigenes Kleid, ein himbeerrotes Kleid für Maria. Sie holte ein Schnittmuster aus ihrer Tasche, das sie selbst entworfen hatte. Auf dem Papier trug ich ein Kleid, das bis zur Hüfte schnurgerade war und dann in einen kurzen glockigen Rock auslief.

Doch schon viel eher, an einem Frühlingstag, der lange

zurücklag – an diesem Tag bettete ich im Affenhaus meine Papierpuppe auf den Wohnzimmerboden –, passierte etwas, das die Dinge veränderte. Danach versuchten alle zu verhindern, dass ich mit Mama alleine war.

Licht und Schatten malten Flecken auf den Wohnzimmerteppich; Mama lag im Schlafzimmer und schlief. Ich holte ihr schickes Tuch aus der Schachtel im Flur, breitete es über das Sofakissen und steckte die Enden unter. Ich nahm das scharfe Messer aus der Werkzeugkiste und schabte Wachsflöckchen von einer Kerze – winzige Sahnehäubchen für meinen Stoffkuchen. Ich verzierte ihn noch mit Knöpfen, steckte die Kerze in einen Metallständer und zündete sie an. Nun konnte das Fest für mich und meine Papierpuppe beginnen. Mittendrin klingelte das Telefon, Mama stand jedoch nicht auf, um ranzugehen. Ich lief hin und schüttelte sie, doch sie öffnete kaum die Augen und knurrte nur, röchelte fast. Das Telefon klingelte noch immer. Mama wachte und wachte nicht auf, schließlich hob ich den Hörer ab. Es war Opa; ich erzählte ihm, dass Mama nicht aufwachen wollte. Er befahl mir, sie so lange zu rütteln, bis er im Affenhaus war. Ich schüttelte Mama so heftig ich konnte, doch noch immer blieben ihre Augen zu und ihr Körper schlaff. Ich kratzte und knuffte sie, biss ihr in den Arm, aber sie reagierte nicht. Da fing ich an, mich selbst zu kratzen, und brüllte wie am Spieß – bis Opa endlich kam. Im Treppenhaus scharten sich bereits die Nachbarn. Mama war auch dann noch nicht wach, als der Krankenwagen eintraf. Opa blies die Kerze aus, nahm mich auf den Schoß und sagte, ich dürfe nicht mit Feuer spielen, wenn ich ohne Aufsicht war. Er nahm mich zu sich in die Kalevankatu.

Auf meine Kratzspuren klebten wir Pflaster, und Tante

Ester brachte mir rote Grütze mit Milch und einem Extraschlag Erdbeergelee. Als Oma und Opa aus dem Krankenhaus zurückkehrten, brachten sie meine älteren Geschwister mit und sagten, dass auch Juhani und Heli eine Zeit lang in der Kalevankatu wohnen würden. Helis Augen waren verheult, Juhani war stumm. Ich war sicher, dass Mama sterben würde und ich die Schuld daran trug: Ich hatte ohne Erlaubnis mit der Kerze gespielt und Mama nicht wachbekommen.

Das Mittelmeer war tatsächlich so blau, wie Opa versprochen hatte, es blinkte wie ein riesenhafter Aquamarin. Wellen mit weißen Schaumkronen donnerten an den Strand, die Blätter der Palmen raschelten in der Hitze, Oma lag in ihrem edlen neuen Badeanzug auf einer Liege und lächelte, als würde sie süß träumen. Und ich entdeckte endlich andere Kinder! Am Strand herrschte reges Treiben, Hunderte von Leuten waren unterwegs, große und kleine. Überall Sandburgen, gestreifte Sonnenschirme, leuchtende Handtücher, buntes Plastikspielzeug. Am Kiosk gab es Limonade, Mandelgebäck und Baguette mit fettem Käse und kräftigem Schinken. Ein Mädchen heulte auf dem Schoß seiner Mutter, ein Mann zog einen Jungen so heftig am Ohr, dass dieser ein Stück Richtung Umkleidekabine flog. Opa saß etwas abseits auf seinem Stuhl, las Zeitung und rief Oma zu, dass Robert Kennedy mitsamt Familie in Warschau sei und von dort nach Krakau weiterreisen würde, und ob wir nicht auch nach Krakau fahren sollten, um die Kennedys zu treffen.

»Wir kennen die doch gar nicht!«, murmelte Oma mit geschlossenen Augen.

»Das war nur Jux! Aber wär doch prächtig, mal 'n waschechten Kennedy zu sehn.«

Im letzten Herbst war Juhani an einem Freitagabend in der Kalevankatu gewesen und hatte im Radio die Sendung *Kaleidoskop* gehört. Er kam jeden Freitagabend, denn vor dem Wochenende wurde gemangelt, und er musste den schweren Korb mit Wäsche aus dem Keller hochtragen. Ich saß gerade an Opas Schreibtisch und malte, als die Radiomusik mitten im Stück unterbrochen wurde. Ein Sprecher kündigte eine Nachrichtensendung außer der Reihe an. Juhani drehte den Ton lauter. Es folgte eine lange Pause, in der Juhani seinen Stuhl näher ans Radio rückte. Dann kam die Nachricht: Präsident John F. Kennedy war in Dallas von mehreren Kugeln getroffen worden und in einem Krankenhaus gestorben. Juhani rannte zu Oma und Tante Ester, die die Wäsche in den Schrank sortierten, und meldete die Schreckensnachricht. Das Radio spielte Trauermusik. Ich begriff, dass etwas Entsetzliches passiert war. Tante Ester begann zu weinen, ließ die Wäsche stehen und zog sich in ihre Wohnung zurück. Oma und Juhani überlegten, ob nun ein Dritter Weltkrieg drohte und was sonst noch alles passieren konnte. Am nächsten Morgen lag ich zusammengekauert bei Opa im Arm; er las die Tageszeitung. Auf der ersten Seite prangte ein großes Foto von Kennedy, unter dem stand: »Die Kugel des Attentäters traf in die Schläfe und tötete Präsident John F. Kennedy.«

In den nächsten Wochen kannten die Zeitungen nur ein Thema. Ich sah mir die Fotos, auf denen der Präsident noch neben seiner dunkelhaarigen Frau im Auto saß und durch eine jubelnde Menschenmenge fuhr, ganz genau an und beweinte seinen Tod heimlich. Ich schrieb einen tröstenden Brief, den ich mit *Amerika, Weißes Haus* adressierte – denn auch das Weiße Haus kam ständig in der Zeitung vor. In meinen Spielen war ich die Tochter Caroline und hatte diese schöne dunkelhaarige Frau zur Mutter, und mein Vater, der Präsident, erholte sich wieder von dem Attentat. Ich besaß ein weißes Pony, auf dem ich durch den Park des Weißen Hauses ritt, und begleitete meinen Vater auf seinen Reisen durch die ganze Welt. Sogar nach Hawaii.

Zu einem Dritten Weltkrieg kam es nicht, und so paddelte ich weiter auf meiner Luftmatratze durchs Mittelmeer. Ich trieb auf den Wellen dahin und schloss die Augen. Ich war eine durchsichtige Qualle, ein gewaltiger Polyp mit Fangarmen! Zuckte und pumpte mich im Wasser vorwärts, war giftig und gefährlich. Wer mich versehentlich berührte, musste sofort sterben.

Den ganzen Vormittag hatte ich meinen neuen Namen gemurmelt: Maria Falk, Maria Falk, Maria Falk. Ob Mama und Papa aufhörten meine Eltern zu sein, wo jetzt Oma und Opa meine offiziellen Eltern wurden? Ich versuchte, mich an die letzten Gespräche mit Mama und Papa zu erinnern. Davon, dass sie mich weggeben wollten, war jedenfalls nie die Rede gewesen. Ob sie von nun an so was wie mein Onkel und meine Tante waren? Heikki und Helen? Oder ob sie gar nichts für mich waren? Vielleicht durfte ich sie nie wiedersehen und nicht mehr das Affenhaus betreten. Und Heli und Juhani? Würden auch meine Geschwister nicht mehr für mich da sein?

Wir fuhren die Strandpromenade entlang zu einem großen Platz, auf dem sich eine gewaltige Statue erhob.

»Marie! Und da steht er nun – Christoph Kolumbus!«

»Wer war das noch mal?«

»Ein Entdeckungsreisender! Hat Amerika gefunden!«

»Und wo?«

»In Westindien!«

»Wie konnte er in Indien Amerika finden?«

»Aus Versehn. Er hatte gedacht, in Indien angelegt zu haben, dabei war's Amerika! Und weil er im Westen war, hat er das Land Westindien genannt, um's nicht mit dem Indien durcheinanderzubringen, das im Osten liegt.«

Ich schaute an dem Mann empor, dessen Zeigefinger aufs Meer wies, und verstand vor lauter Indien überhaupt nichts mehr.

»Merk's dir: La Pinta, La Niña, La Santa María. Das Letzte kannst du dir auf alle Fälle einbimsen, das ist ja dein Name!«

Das kleine, verfallene Hotel *Aragon* lag an der Rambla de los Capuchinos 70. Auf dem Schild stand: *Habitaciónes con baño y teléfono*. Unser Zimmer hatte einen französischen Balkon mit Lamellentüren. Der Steinboden des dunklen Raumes war kühl; wenn man barfuß lief, kriegte man schwarze Füße. Oma sagte, hier könnten wir nicht bleiben, doch Opa stellte die Koffer in eine Ecke. Er ging hinaus und kam mit den Zeitungen *El País* und *Vanguardia* zurück, breitete sie auf dem ganzen Boden aus und sagte, wir könnten sehr wohl hierbleiben. Schwarze Füße bekamen wir allerdings immer noch, nicht vom Dreck, sondern von den spanischen Wörtern. Doch wir ärgerten uns nicht länger. Uns blieb keine andere Wahl. In der Stadt waren keine Zimmer mehr frei, und wir hatten keine Lust weiterzufahren. Außerdem brauchte der BS-841 eine Pause in der Werkstatt: Opa wollte auf der Rückreise durch die Alpen keine Vulkanausbrüche unter der Motorhaube mehr erleben.

Als Opa wieder gegangen war, schlug Oma vor, wir sollten beide ein Nickerchen machen. Doch ich konnte nicht schlafen, und Oma offenbar auch nicht – ich hörte sie im Nebenbett leise schluchzen.

Nachdem wir den Wagen in eine Werkstatt gebracht hatten, ließen wir zu Füßen von Christoph Kolumbus ein Foto von uns machen: Marie Falk und ihre neuen Eltern auf der Plaza Puerta de la Pazia. Oma trug ein mit Veilchen bedrucktes Kleid, ihren breitkrempigen weißen Hut, Spitzenhandschuhe und eine Bernsteinkette. Opa hatte seine Jacke über die Schulter geworfen, eine Baskenmütze aufgesetzt und lehnte sich lässig zurück. Ich trug mein neues himbeerrotes Kleid und winkte dem Fotografen fröhlich zu, so hatte er es mir vorgemacht.

In der Stadt wurde neben Spanisch auch Katalanisch gesprochen, jedenfalls sprachen der Automechaniker und die Hotelputzfrau katalanisch, obwohl Diktator Franco es verboten hatte. Opa erklärte, dass man den Diktator in Barcelona hasste, da er Katalonien die Unabhängigkeit genommen hatte. So, wie der Russe beinahe Finnland die Unabhängigkeit genommen hätte, fügte er mit Nachdruck hinzu. Er betonte, dass man Menschen vernichten, aber nicht unterwerfen könne. Als sein Gerede vom Diktator gar nicht mehr aufhörte, wurde es Oma zu bunt. »Sind wir etwa nur wegen Franco in Barcelona?!«, fragte sie.

Noch um fünf Uhr nachmittags brannte die Sonne vom Himmel; Oma hatte Saft, Mandeln und Apfelsinen dabei. Sie trug ihren Sonnenhut, der mich wegen seiner Größe an einen Regenschirm erinnerte und der auch mich mit beschattete. Opa las aus einem Buch vor, was wir am Abend in der Arena erleben würden – er war fest entschlossen, dem Tod ins Auge zu schauen.

Am Anfang des Kampfes schien alles noch in Ordnung; es herrschte eine Stimmung wie im Zirkus. Zum tosenden Spiel eines Orchesters ritten mehrere Reiter in die Arena, gefolgt von drei Matadoren mit schwarzen Käppchen und prachtvollen Anzügen, die in der späten Sonne funkelten. Opa sagte, dass die Anzüge aus Brokat und Seide bestünden und mächtig schwer seien. Nach den Matadoren betraten drei Banderilleros die Arena, sie mussten später verzierte Lanzen mit Widerhaken in den Nacken des Stiers bohren. Dann ritten die Picadores auf Pferden mit dicken Schutzumhängen herein; ihre Aufgabe war es, mit Speeren die tiefere Nackenmuskulatur des Stieres zu treffen. Opa erzählte, Papa Hemingway wäre der Ansicht, dass die Pferde keinen Schutz tragen dürften, da der Kampf sonst nicht gleichberechtigt sei. Ich fragte, ob Papa Hemingway ein Freund von Opa sei. Die Antwort kam von Oma: Hemingway sei ein Barbar. Später betrachtete ich das Foto auf Opas Buch. Die Augen von Ernest Hemingway blickten genauso freundlich wie die von Opa. Barbaren-Augen also, prägte ich mir ein.

Der Kampf begann. Der Stier stürmte in die Arena, Staub wirbelte auf. Das Tier blieb stehen und schaute sich interessiert um; sein Fell glänzte schwarz. Die Männer fingen an ihn zu reizen. Der Matador schwang seinen Umhang, drehte sich auf den Zehenspitzen, bog sich nach hinten, schwenkte wieder den Umhang, wich dem angestachelten Stier kunstvoll aus und fiel dann mit dem Rücken zu ihm auf die Knie. Nun kamen die Picadores und richteten mit ihren Speeren den Nacken des Tieres übel zu. Die Pferde scheuten trotz ihrer Augenklappen, doch die Picadores zwangen sie wieder und wieder neben den Stier und stachen zu. Ich suchte Opas Blick und griff nach seiner Hand, aber er reagierte nicht, sah nur wachsam in die Arena. Mir wurde schlecht, und Oma schälte uns beiden eine Apfelsine. Dann kamen die Banderilleros, von denen ich hoffte, sie würden den armen Stier endlich retten, doch sie rannten auf ihn los und stachen ihm die Lanzen in den Nacken. Der Stier hechelte und ließ den Kopf sinken, sein Fell zitterte. Dunkles Blut rann über seinen Rücken und färbte den Boden der Arena rot. Ich spürte einen kleinen Brocken in meiner Kehle hochsteigen und versuchte ihn herunterzuschlucken. Leider stachen die Männer immer noch mehr Lanzen in den Nacken des Stiers. Der Matador tauschte seinen Umhang gegen ein Schwert und die Moleta, das rote Tuch.

»Gleich isses vorbei«, flüsterte Opa, während das Publikum jubelte.

Der erschöpfte Stier versuchte den schmucken Matador und seine Moleta anzugreifen, doch der Matador wich aus. Ich umklammerte die Sitzbank mit aller Kraft und hoffte, das Tier würde den Mann niedertrampeln. Als der Stier keine Kraft mehr hatte, baute sich der Matador vor ihm auf, dirigierte seine Vorderbeine, bis sie ordentlich zusammenstanden, und zwang ihn, das Haupt zu senken.

Auf der Tribüne wurde es totenstill. Der Matador erhob das in der Abendsonne funkelnde Schwert und stach in das Herz des Stieres. Es reichte nicht, dass er tot in einer Blutlache lag; der Matador säbelte ihm auch noch die Ohren ab, das Publikum brüllte dazu »Hurra-Hurra«. Der Matador schritt eine Ehrenrunde, man legte die Beine des Stieres in Ketten, und das Tier wurde von den Pferden hinausgeschleift. Oma sagte, nun genüge es, und wir verließen die Arena.

Opa kam erst spät ins Hotel; ich kritzelte gerade in meinem Tagebuch. Oma schnarchte schon leise auf ihrem Bett. Mich schüttelte es noch immer. Opa zündete sich eine Zigarre an und setzte sich neben mich. Er sagte, dass es beim Stierkampf nicht um den Tod des Stieres ginge.

»Das kapierste später noch. In Wirklichkeit geht's nämlich um den Kampf des Menschen, und zwar mit sich selbst. Der Matador steht auf gegen den Tod!«

Ich verstand Opa nicht, und seine Worte trösteten mich überhaupt nicht. Ich sah alles vollkommen anders als er. Zum ersten Mal im Leben! Opa ekelte mich sogar ein bisschen an. Ich hasste den Matador und hoffte, dass er beim nächsten Mal vom Stier getötet werden würde.

Ich beschloss, Hannu und Jussi eine Postkarte mit Stierkampf-Motiv zu schicken. Als ich den Kampf beschrieben hatte, endete ich mit *Viele liebe Grüße an alle von Marie Falk.* Ich unterstrich den Nachnamen, denn ich trug nun denselben Namen wie meine Cousins. Dennoch, der Name sah eigenartig aus. Ich überschmierte ihn und kaschierte das Ganze als Stierherz, aus dem Blut floss. Darunter schrieb ich lediglich *Maria*, meinen vertrauten Taufnamen.

Oma kaufte an der Promenade La Rambla einen großen und einen kleinen Fächer, mit denen wir uns gegenseitig Luft zufächelten. Oma erzählte, dass der Gebrauch des Fächers früher eine große Kunst gewesen sei und Frauen und Männer mit dessen Hilfe heimlich Verabredungen trafen. Berührte eine Frau zum Beispiel die Spitze des geöffneten Fächers, bedeutete dies *Ich möchte mit dir sprechen.* Ich bat Oma, mir noch mehr geheime Gesten zu verraten; wir schlenderten gerade den Parkweg vom Catalonia-Platz in Richtung der Hügel hinauf. Ein geöffneter Fächer über dem Herzen hieß *Ich liebe dich*, und wenn man mit dem geschlossenen Fächer schnell durch die Handfläche strich, bedeutete dies *Ich hasse dich.* Oma legte den Fächer an ihr linkes Ohr und fragte, ob ich die Bedeutung dieser Geste erriet. Während sie mir die Antwort zuflüsterte, starrte sie zu Opa hinüber: *Ich will dich loswerden.* Ich war irritiert, meiner Ansicht nach hatte Oma vorher gesagt, dass ein Fächer am linken Ohr *Bewahre unser Geheimnis* bedeutete.

Eine kleine Seilbahn zuckelte los und sollte uns bis oben

auf die Berge bringen. Sobald ich hinuntersah, wurde mir schwindelig, und manchmal berührte die quietschende Bahn beinahe den Berghang. Am Ziel erwartete uns eine Kirche mit der Schutzheiligen Kataloniens, der Schwarzen Jungfrau. Zu Füßen der Maria mit dem Kind brannten Hunderte kleiner Kerzen. Opa erklärte, dass man die Statue einst in einer Höhle fand und sie wegbringen wollte. Maria und Jesus hätten sich dann aber so schwer gemacht, dass man das Vorhaben abblies und das Kloster direkt um die Statue herumbaute. Als ich Opa fragte, ob die Geschichte wahr sei, antwortete er, dass zumindest die Hunderte von Pilgern, die hier eine Kerze anzündeten, daran glaubten. Schwarz war Maria nach Opas Ansicht vor allem wegen des Kerzenrußes und weil sie über achthundert Jahre alt war. Auch wir legten ein paar Peseten ins Kästchen und zündeten drei schmale Kerzen an. Ob Opa wieder Tränen in den Augen hatte, wie in der Oper, oder ob ihm nur der Rauch in den Augen brannte? Ich griff nach seiner Hand.

Im hellen Schein der Sonne sahen wir zuerst überhaupt nichts, blind wie Maulwürfe traten wir aus der Kirche. Vor dem Eingang hatte sich eine Schlange gebildet – auch wir hatten so lange warten müssen, dass Oma es nicht mehr ausgehalten und sich abseits in ein Café gesetzt hatte. Opa hatte sie auf ein Foto gebannt: die nackten Füße auf eine Steinmauer gelegt in der Sonne sitzend, die Augen geschlossen, den Mund leicht geöffnet. Dann hatte er sich herangeschlichen und sie mit einem Kuss auf die Lippen erschreckt.

Abends gingen wir die Rambla hinunter Richtung Strand; Opa berichtete, dass die Straße ursprünglich ein Graben oder ein Abfluss gewesen sei. Nun war sie eine baumgesäumte Flaniermeile mit Souvenirläden und einem Denkmal, das sich in Bewegung setzte, sobald man Geld einwarf. Auch Tiere wurden verkauft, von Schlangen bis zu Hühnern. Ich bekam eine Schildkröte, obwohl ich lieber ein schlappohriges Kaninchen gehabt hätte. Opa war jedoch strikt gegen das Kaninchen und sagte, die Schildkröte würde viel länger leben, sei leicht zu pflegen und schliefe den ganzen Winter. Omas Ansicht nach war das mit der Schildkröte ein dummer Einfall, genauso unsinnig wie die goldenen Sandalen, und sie vergaß nicht zu erwähnen, dass bereits die Sandalen nichts Gutes, nämlich eine hässliche Narbe auf der Stirn gebracht hatten. Im schlimmsten Fall könne die Schildkröte eine Krankheit auf mich übertragen. Ich bekam sie trotzdem, und dazu eine neue Puppe, die wir Esmeralda tauften. »Wenn die Schildkröte im kühlen Finnland eingeht, hast du wenigstens die Puppe als Erinnerung an Barcelona«, stichelte Oma in Opas Richtung.

Wir setzten uns in ein Straßenrestaurant und bestellten Tintenfisch; es roch nach Bratenfett und Zigarette, ein Kind heulte, Erwachsene lachten, irgendwo spielte jemand Gitarre. Den Rest des Abends sprachen Oma und Opa nicht miteinander. Das Kolumbus-Denkmal schimmerte zwischen den raschelnden Palmen hervor, hinter uns erhob sich der Montserrat. Finnland, Månvik und das Affenhaus schienen ebenso weit entfernt wie die blinkenden Sterne und die Wolken.

Die Hitze ließ nach, der Himmel trübte sich ein, und es regnete häufig. Oma schlug vor, auf direktem Wege in den Norden zu fahren, damit wir schnell zu Hause wären.

»Wieso hast du's so eilig? Ich will unbedingt die DDR und Berlin sehn und wie's da heute zugeht; so haben wir's ja auch geplant! Und du warst doch immer schon verliebt in Berlin.«

»*Du* hast es so geplant«, fuhr Oma ihn an, ohne dabei eine Miene zu verziehen.

»Ich will mich aber an die alten Zeiten erinnern! Und nach Holstein fahren wir auch noch!«

»Was ist denn dort?«, fragte ich in der Hoffnung, den Streit abwenden zu können.

Opa sagte, dass im norddeutschen Lockstedt finnische Soldaten ausgebildet worden und mehrere Freunde von ihm dort gewesen seien. Zur gleichen Zeit, als der Hund Tilu verschwunden war – der als Geisel genommen oder in die Luft gesprengt worden war, wie Hannu immer meinte.

»*Das* hätt man nicht gedacht, dass da Bruder gegen Bruder kämpft ...«, murmelte Opa. »Wegen der Unterdrückung durch den Russen sind sie nach Lockstedt in die Ausbildung gegangen! Und wegen der verdammten Sozialisten, die Finnland ruinieren wollten.«

Das Hotel hieß *Berliner Bär* und lag mitten am nass geregneten Kurfürstendamm. Opa wollte uns davor fotografieren, doch Oma protestierte, so wolle sie nicht geknipst werden, sie sei verschwitzt und erschöpft und brauche ein Bad. Opa erwiderte, dass auf einem Foto niemand den Schweiß riechen würde, vor allem dann nicht, wenn sie den Mund hielte und lächelte. Wütend marschierte Oma ins Hotelfoyer; auf dem Foto waren später nur ihre Schulter und ein Stück vom Saum des Veilchenkleides zu sehen.

Ich bürstete Omas sauber duftendes Haar, das sie frisch gewaschen und vor dem offenen Fenster getrocknet hatte. Sie genoss meine Behandlung, sang *Ich hab noch einen Koffer in Berlin* und brachte das Lied auch mir bei. Opa war telegrafieren gegangen, es handelte sich um irgendeine Lederfabrik, die er kaufen wollte. Als wir Omas Dutt fertig hatten, bürstete Oma meine Haare, flocht sie zu Zöpfen und befestigte sie mit Spangen auf meinem Kopf. Sie nannte mich »süßes kleines Fräulein« und trichterte mir ein paar Brocken Deutsch ein: *Bitte* und *Danke* und unsere Zimmernummer und das Wort *Schlüssel*, damit ich am Abend, wenn wir zum Schlafen zurück ins Hotel kamen, ganz erwachsen um den Schlüssel bitten konnte.

Opa zeigte uns das Kaiser-Wilhelm-Krankenhaus, in dem Lindroos tätig war und wo die Großeltern ihn im Sommer 1924 besucht hatten. Während dieser Reise war Opa am gefährlichen Flecktyphus erkrankt, musste ins Krankenhaus in Quarantäne und stand kurz vor dem Tod. Oma hatte ihn lange nicht besuchen dürfen und verbrachte ihre Zeit allein in Berlin, da sie sich wegen der ernsten Lage nicht traute, ihren Mann zurückzulassen und nach Hause zu reisen. Erst drei Wochen später konnten sie gemeinsam nach Finnland fahren, wo Helen und Julius, damals vier und drei Jahre alt, sie in der Obhut von Tante Ester erwarteten. Den kleinen Lennart gab es zu der Zeit noch nicht, der kam erst im April des folgenden Jahres.

Nicht weit entfernt vom Krankenhaus an der Lietzenburger Straße lag auch die Ruine der Kaiser-Wilhelm-Kirche. Im Krieg war die Kirche bombardiert worden, nur ein Teil des Turms war stehen geblieben. Man hatte einen neuen Turm danebengesetzt und eine achteckige Gedächtniskirche aus blauem Glas gebaut.

Drinnen brannten Kerzen und erklangen leise Gebete und Musik; die Menschen kamen und gingen.

»Ist ja 'n Treiben wie auf 'm Viehmarkt«, wunderte sich Opa.

Berlin war voller Baustellen, überall ragten Kräne wie riesige Vögel in den Himmel. An der Tauentzienstraße befand sich das Kaufhaus des Westens, aus dem Opa Hannu und Jussi Lederhosen mit Latz mitgebracht hatte. Wie oft hatte ich ihn gebeten, er möge auch mir so eine schenken, doch Oma vertrat die Ansicht, Lederhosen seien nichts für Mädchen, und dabei blieb sie, da konnte ich noch so quengeln. Stattdessen wollte sie, dass Opa mir einen vernünftigen Schulranzen kaufte, der der Haltung nicht schadete. Sie selbst blieb unten in der Parfümabteilung, und so zogen Opa und ich alleine los. Wir landeten vor einer Regalwand, die von grauen Bockslederhosen nur so überquoll – kurze, lange und halblange, alle mit dunkelgrünem Schmuckband verziert. Opa trat zu einer großen blonden Verkäuferin und wies auf mich.

Als ich in der Umkleidekabine stand, fiel ich beinahe in Ohnmacht vor Glück. Meine Hose hatte keinen Vorderlatz und auch keine Hosenträger wie bei den Cousins, sondern herzförmige Taschen, darunter grüne weiche Lederverzierungen und Reißverschlüsse an den Seiten.

»Lederhosen für Mädchen«, flötete die Verkäuferin in Richtung Opa.

Wir führten die Hose gleich Oma vor, die säuerlich lächelte. Goldene Sandalen und Lederhosen, das passe ja fantastisch zusammen.

Wir kauften mir auch einen großen schwarzen Schulranzen, bunte Kreiden und edle Schreibstifte, die man zu Hause nicht bekam. Oma zeigte uns das Etikett einer Glasflasche, das genauso aussah wie die Tapete im Schlafzimmer der Kalevankatu. Sie hatte ein neues Eau de Toilette gekauft und roch nun nach Madame Rochas.

Nach dem Einkaufen wollte Opa bei *Hühner-Hugo* essen, wo Akkordeonmusik dröhnte und rotgesichtige Kellnerinnen schäumende Bierkrüge servierten. Und fetttriefende Hühner, die man mit Fingern aß – so viele man schaffte.

Opa vertilgte zwei Hühner, Oma und ich je einen Schenkel. Nach ein paar Bieren erzählte Opa, dass viele Deutsche, die in Ostdeutschland lebten, lieber in den Westen wollten, sie jedoch zum Bleiben gezwungen würden, wie auch sein Freund Dieter von Wostrowsky, Stoffgroßhändler, von dem er seit einer Weile nichts mehr gehört habe. Auf einmal sei es mit dem Kontakt zu Dieter aus gewesen.

»Wieso?«, fragte ich.

»Weilse die Mauer hochgezogen haben! Partisanna, du erinnerst dich doch noch an Dieter?«

»Meine Güte, ja – er hatte diese riesige Nase!«, prustete Oma.

»Und ein gutes Herz«, fügte Opa hinzu. »Er hat mir mächtig geholfen, als wir keine Stoffe und gar nichts mehr hatten, während der Krise! Daran solltest du denken, nicht an die große Nase!«

Wegen des großnasigen Dieter und anderer Personen war mitten durch Berlin Stacheldraht gezogen worden, und als der nicht mehr reichte, bekam die Stadt eine Mauer. Opa wollte diese Mauer unbedingt sehen und sie uns zeigen.

Wir fuhren am Rathaus vorbei, vor dem John F. Kennedy mit dem Satz *Ich bin ein Berliner* die Einheimischen verzaubert hatte. Als ich Opa fragte, was damit gemeint sei, sagte er, dass es vor zweitausend Jahren in Rom geheißen hatte *civis romanus sum*, ich bin ein Römer – ein freier Mensch.

»Mein Gott«, schnaubte Oma und gähnte mehrmals hintereinander, doch Opa scherte sich nicht darum.

Mir war immer noch nicht klar, was Kennedy, Opa und die Römer meinten, doch da erhob sich hinter Schlagbäumen bereits das gewaltige Brandenburger Tor. In der Nähe stand eine stumme Schar Berliner und verfolgte, wie ein altes Haus abgerissen wurde. Ein Mann überreichte Opa sein

Fernglas, so konnten wir die Mauer und den Stacheldraht sehen, und einen Streifen geharkter Erde, auf dem Fallen aufgestellt waren. Jeder, der fliehen wollte, würde auf der Erde Spuren hinterlassen. Ein Mann war bereits erschossen worden. Als ich durchs Fernglas schaute, sprangen gerade zwei Eichhörnchen auf der Mauer umher.

Ich begriff nicht, wie so etwas geschehen konnte, mitten in einer Stadt, in der die Leuchtreklamen blitzten, die Geschäfte von schönen Sachen überquollen, die Menschen in Restaurants speisten und die Straßen vor Leben wimmelten. Und Oma begriff nicht, wieso man einem kleinen Mädchen all diese traurigen Dinge erzählen musste; sie wollte lieber in einem Café sitzen und Erdbeertarte mit dünnem Boden essen.

In Hameln spazierten wir durch enge Gassen. Opa erzählte vom Rattenfänger, der mit seiner Flöte haufenweise elende Ratten betört und sie in die Weser geführt hatte. In Celle jedoch hörte ich eine Geschichte, die nicht ausgedacht war, sondern wirklich stimmte.

Die dänische Königin Caroline Mathilde war drei Jahre lang im Celler Schloss gefangen gehalten worden und starb dort als Dreiundzwanzigjährige an Scharlach. Sie lebte an der Seite des psychisch kranken dänischen Königs, mit dem sie im Alter von fünfzehn verheiratet worden war. Als junge Königin verliebte sich Caroline Mathilde in den Hofarzt Struensee, einen Deutschen, von dem sie ihr zweites Kind kriegte. Als die Sache herauskam, köpfte man den Arzt und verbannte die Königin nach Deutschland ins Celler Schloss; die Kinder sahen ihre Mutter nie wieder. Struensee, dem Arzt, schlug man erst die rechte Hand ab und dann den Kopf. Seine Glieder wurden zur Abschreckung aufs Rad gespannt. Opa sagte, das Rad sei ein Foltergerät von früher; die Opfer würden auf ein rundes Gestell gebunden, das an ein Wagenrad erinnere, und während dieses sich langsam drehte, brach man ihnen mit einer Metallstange Arme und Beine, mehrfach. Wir mussten das Thema wieder beenden, da Oma die Geduld verlor, sie wolle keine Silbe mehr über das Rad hören, und ob Opa seine zehnjährige Enkelin als Nächstes vielleicht nach Bergen-Belsen führen würde, um ihr auch die dortigen Schrecken zu präsentieren.

Während wir mit Kurs auf Hamburg die Lüneburger Heide ein zweites Mal durchfuhren, dachte ich an Caroline Mathilde, deren Geschichte mir nicht aus dem Kopf ging. Auch an das geteilte Berlin und an Caroline Kennedy und an Jeanne d'Arc musste ich denken, die als Hexe verbrannt worden war, und an die Kinder, die die Irrwege in den Hamelner Bergen entlanggelaufen und schließlich verhungert waren. Wie es wohl für das letzte Kind gewesen sein musste – allein zwischen den toten Geschwistern und Freunden, den Ratten und Spinnen?

In Hamburg verlangte Oma, dass von nun an Schluss sei mit den Horrorgeschichten. Opa wurde fuchtig; das seien keine Horrorgeschichten, sondern historische Fakten, die die Reise amüsanter machten und mir helfen würden, mich an die Orte zu erinnern.

Ein wirrer alter Elefant warf seinen Kopf umher und trottete am Zaun auf und ab. Der Fotograf legte mir ein Löwenbaby in den Schoß, das mir sofort die Finger leckte. Wenn Opa mir in Barcelona eine Schildkröte gekauft hatte, so konnte er mir vielleicht in Hagenbeck ein Löwenbaby kaufen? Ich streichelte das kleine Tier und lächelte hingebungsvoll in die Kamera. Der kleine Löwe brummte zufrieden und schlief beinahe ein. Er war unendlich süß und wollte sich ganz offensichtlich von mir bemuttern lassen. Ich hätte auch schon einen Namen gehabt: Elsa – nach einem Löwen, von dem ich mal gelesen hatte. Doch als das Foto geschossen war, befahl mir der Fotograf aufzustehen und drückte den dösenden Löwen dem nächsten Kind auf den Schoß. Opa gab dem Mann ein paar Münzen für das Bild. Ich wusste, dass mein Traum nicht in Erfüllung gehen würde. Zu Omas Entsetzen trauerte ich Elsa noch im Kopenhagener Tivoli nach, wo bunte Lampen den Park beleuchteten und ein Orchester aufspielte. Ich hätte gern gefragt, was sich hinter Bergen-Belsen verbarg, doch ich traute mich nicht. Als Puppen-Kumpan für Caroline Mathilde kaufte Oma mir einen Wachsoldaten mit Fellmütze, und dank Jeppe vergaß ich Elsa. Für den Rest der Reise gab Jeppe Doktor Struensee, und Esmeralda und Schildkröte Nicki waren seine Kinder.

Nach unserer Europareise, am Ende des Sommers 1964, kaufte Opa zur Schuhfabrik eine komplette Lederfabrik hinzu, die sich westlich von Helsinki in Porvoo befand. Meine große Schwester Heli brachte ihr zweites Kind zur Welt, ein Schwesterchen für Tommy, womit ich zum zweiten Mal Tante wurde – und ganz offiziell wurde ich zu Maria Falk.

Hannu war in der kurzen Zeit so groß geworden, dass ich nach meiner Rückkehr ein wenig fremdelte. Sein Nacken war kräftiger, seine Augen kleiner, die Nase größer. Die Cousins lachten über meine Lederhose, die statt Latz und Hosenträgern herzförmige Taschen hatte. Ich wollte von der Reise erzählen, doch Hannu interessierte sich nicht dafür. Er prahlte, dass er und Jussi im Herbst in Amerika die Rocky Mountains, den Grand Canyon und Disneyland besuchen würden, was um Längen aufregender sei als ein Stierkampf und Kopenhagens Tivoli. Ich protestierte, immerhin hatte ich das Denkmal des Entdeckers von Amerika gesehen, doch Hannu gab mit der Freiheitsstatue von New York an und schob als endgültiges Argument seiner Überlegenheit hinterher, dass er schon als Baby Hamburger gegessen habe. Aber Schildkröte Nicki machte Eindruck auf die Cousins, vor allem Jussi war geradezu entzückt von ihr. Und als ich erzählte, dass ich einen Löwen auf dem Schoß gehabt und Opa ihn mir fast gekauft hätte, wurde sogar Hannu still. Die Jungfrau von Orléans und Caroline Mathilde konnten ihn und Jussi zwar nicht erschüttern, dafür aber das Rad, mit dem man Doktor Struensee malträtiert hatte. Jussi überreichte ich als Mitbringsel ein rotes Dalarna-Pferd aus Holz, Hannu bekam nur eine Tafel Marabou-Schokolade. Sein Dalarna-Pferd hatte ich Opa zum Hochzeitstag geschenkt.

Jussi bewunderte den roten Stein an meinem neuen Ring aus Stockholm und wollte ihn immer wieder sehen, sodass ich ihm den Ring schließlich ein Weilchen zu Untersuchungszwecken überließ. Als er am nächsten Tag wissen wollte, wieso ich den Ring bekommen hatte, beschummelte ich ihn: Er sei ein Geburtstagsgeschenk von Oma.

»War der teuer?«

»Klar war der teuer! Ist schließlich ein Rubin«, warf Hannu ein.

»Die schwarze Maske und der verschwundene Rubin«, seufzte Jussi verzückt. Er dachte an den Comic, den Opa an der Mannerheimintie für die Jungs gekauft und den Oma sofort in den Müll geworfen hatte, weil das Heft angeblich Dreck sei. Ich sagte nicht, dass es sich bei meinem Ring um einen Granat handelte, denn *Rubin* hörte sich vornehmer an und garantierte Jussis Bewunderung.

Solange ich mich entsinnen konnte, feierten wir meinen Geburtstag in Månvik. Tante Ester backte einen Tortenteig aus zehn Eiern, zwischen die Böden kamen Marmelade, Himbeeren, Pfirsich- und Schokoladenstückchen und obendrauf Sahne. Alle kriegten zum Geburtstag so einen Kuchen, und immer war schönes Wetter und festliche Stimmung, und morgens sangen die anderen ein Ständchen und brachten die Geschenke ans Bett. Jeden Sommer gab es drei Geburtstage: meinen, Opas und Omas, in dieser Reihenfolge.

Die Gratulanten schmetterten laut und schief »Hoch soll sie leben«, danach »Du reifst, mein schönes Fräulein, du«, wobei Oma mit hoher Stimme sang: »Du keifst, mein schönes Fräulein, du«. Hannu und Jussi hielten sich die Ohren zu und behaupteten, dass sie dieses Lied ohnehin nicht mochten, angeblich waren sie heilfroh, dass sie ihre Geburtstage im Herbst in den USA feiern konnten. Dann kamen ihre Freunde, man kriegte haufenweise Geschenke, und es gab Steaks und Marshmallows vom Grill und massenhaft Cheesecake und Erdnussbutter, und alle badeten im Swimmingpool.

In diesem Jahr schenkte mir Tante Ester ein Haarband und eine Spange, Opa ein neues Tagebuch und Oma glänzende Gummistiefel. Wie schon oft kam Mamas und Papas Glückwunschkarte einen Tag zu spät. Diesmal klebte auf der Karte eine gelbe Ente mit Plastikaugen, deren schwarze Pupillen sich drehten, wenn man die Karte schwenkte.

Oma schlug vor, dass wir »Kaputtes Telefon« oder das Versteckspiel mit der Variante »Zehn Stöcke auf dem Brett« spielen könnten, aber der Einzige, der Lust dazu hatte, war

Jussi. Mir tat das leid, doch Oma zog sich bereits gekränkt in ihr Bett zurück. Tante Ester brachte den Kuchen in den Keller, und Opa wollte am Boot herumbasteln und nahm Jussi mit. Das Fest sollte zum Mittagessen fortgesetzt werden, wenn das Leibgericht des Geburtstagskindes aufgetischt wurde.

»Mir war so, als hättn wir abgemacht, dass Marie dieses Jahr Schweinefüße isst?!«

Lieber hätte ich gekotzt; ich hasste Schweinefüße, es gab nichts Ekligeres.

»So darfste nicht übers Essen reden! Denk mal an die Gören in Afrika, die würden vor Freude in die Luft hüpfen, wenn die nur ein einziges Mal anständigen Fraß bekämen!«

Ganz bestimmt würden bei so einem Essen auch die Kinder in Afrika kotzen, aber gegen Opas Sprüche kam niemand an. Schweinefüße und Gehirnpüree! Doch dann gab es Nudelauflauf; das Fleisch dafür bestellten wir beim Kaufmannswagen. Wenn es in der Küche losging, standen die Jungs schon bereit. Tante Ester drehte an der Kurbel des Fleischwolfs, und Hannu und Jussi durften abwechselnd die Schüssel halten, in die sich das Fleisch wie ein dicker Wurm hineinschlängelte. Ich fand das widerwärtig und musste die rote Grütze rühren, die mit Erdbeergelee serviert wurde.

Nach dem Geburtstagskaffee und der Torte kletterten Hannu und ich auf den Sehnsuchtsfelsen. Und da geschah es: Kaum hatte ich mich auf die kleine Steinzunge gesetzt, umfasste Hannu mich von hinten und legte seine Hände auf meine Brüste. Ich erstarrte und spürte, wie er an etwas herumfummelte, was wohl vor allem in seinen Gedanken existierte. Am liebsten hätte ich mich vom Felsen gestürzt.

»Du kriegst langsam Titten«, stellte Hannu fest.

Seine Stimme klang rau und kiekste mittendrin komisch nach oben. Sein Körper war stämmiger und kräftiger geworden; beim Bäumeklettern besiegte ich ihn nicht mehr. In der Sauna trugen wir schon seit letztem Sommer Badesachen.

Meine Wangen glühten bereits vor Scham, aber dann kam Hannu vor mich gehüpft und wollte mich küssen! Dummerweise drückte er mir seine großen Schneidezähne schmerzhaft in die Lippen. Als ich hilflos grinste, stießen unsere Zähne hart aneinander.

»Was machst du da?«, brüllte ich; mein Mund schmeckte nach Eisen, Blut tröpfelte auf meine Bluse.

Hannu war mir so widerwärtig, dass ich ihn wegschubste. Er taumelte, griff nach meinen Haaren und drehte mir den Arm auf den Rücken, bis es schmerzte.

»Lass los, du bist ja verrückt!«, schrie ich.

Ich strampelte mich frei, verlor aber das Gleichgewicht. Panisch klammerte ich mich an eine kümmerliche Kiefer, deren dünner Stamm sich mit mir Richtung Abhang bog – ich fiel. Die Felswand schlug mir in den Rücken und schürfte mir die Haut auf, hinter mir her rieselte eine Staubwolke voller Moos. Als ich unten im Gras lag, wurde die Welt schwarz.

Oma war schockiert und säuberte meine Wunden mit Kölnischwasser, Opa mit Aftershave-Balsam. Ich bekam ein Brausepulver gegen die Schmerzen, und Oma murmelte ununterbrochen »hör mal, Oskar«, selbst als Opa schon draußen war und mit Jussi nach Hannu suchte, der sich versteckt hielt.

Lindroos kam, besah meine Wunden und stellte fest, dass nichts gebrochen war, man aber achtgeben musste, ob ich eine Gehirnerschütterung hatte. Die Wunden würden in der Sommerhitze nur langsam heilen. Tante Ester war so wütend, wie ich sie noch nie zuvor gesehen hatte. Niemand begriff, wie man das tun konnte: einen anderen vom Felsen stoßen, sodass dieser sich fast das Genick brach und starb. Ich erzählte natürlich nicht, dass Hannu mir an die Brust gefasst, mich geküsst und an meinen Haaren gezerrt hatte – ekelhaft! –, doch alle waren sicher, dass irgendein Streit vorgefallen sein musste, da sich Hannu sonst nicht verstecken würde.

»Maria, mein Häschen … Omas kleine Mandel –«

Doch dann brach Oma ab und starrte aus dem Fenster. Vom Felsen her kam ein fremder Mann aufs Haus zu. Omas Mund stand offen, Kölnischwasser rann aus der kleinen Flasche.

»Lennart …!« Der Name klang wie ein Seufzen, Oma stand in Zeitlupe auf.

Als der Mann Oma am offenen Fenster sah, blieb er stehen.

»Hallo Mama.«

Lennart, Oma und Opa saßen lange in der Bibliothek. Tante Ester war von Lennarts Besuch sehr bewegt – als ich die Küche betrat, weinte sie.

»Mein Gott, er ist gekommen!«, wiederholte sie gebetsmühlenartig und schüttelte ungläubig den Kopf, »mein Gott!«

Ich musste an Lennarts Vergehen denken. Er hatte gesoffen und Geld gestohlen und die Schuld für den Diebstahl Erik gegeben. Dabei hatte er auf den Fotos diese goldenen Locken und fröhlich blickende Augen und trug einen Matrosenanzug! Jetzt war er mit hängenden Schultern zurückgekommen und reichte auch mir seine schlaffe Hand. Er trug einen einigermaßen ordentlichen, aber zu großen

Anzug. Das weiße Hemd war bis zum Hals zugeknöpft, der Schlips fehlte. Er hatte schlechte Zähne und müffelte. Der Zeigefinger seiner rechten Hand war gelb – sogar der Mittelfinger schien etwas gelblich –, seine Haare lagen dünn und platt auf dem Schädel und wirkten nass. Mit Lennarts Auftauchen war mein Sturz vergessen. Auch die Schmerzen im Rücken ließen nach; man hatte mir zusammen mit dem Medikament einen Löffel Kognak verabreicht.

»Tischdecken!«, kommandierte Tante Ester mit fast böser Stimme.

Ich half ihr oft beim Tischdecken. Heute stellten wir auch für Lennart einen Teller hin. Ich holte die frisch gebügelten Servietten aus dem Wäscheschrank und faltete sie zu Schwänen, das hatte Erik mir beigebracht. Gerade hetzte ich Richtung Keller, um eine große Bierflasche heraufzuholen, als Hannu auftauchte. Er starrte meine Pflaster und Schrammen an und wollte wohl gleich wieder verschwinden.

»Lennart ist hier!«, flüsterte ich ihm zu.

Wir schlichen uns mit Jussi unter den Fliederbusch vor dem Esszimmer. Opas Stimme war deutlich zu hören.

»Du musst also mal wieder in 'n Knast?! Das wievielte Mal ist das jetzt? Oder kannst du's selbst nicht mehr zählen? Dein Kopf dürfte vom Fusel ja reichlich aufgeweicht sein.«

»Lieber Lennart ...«, setzte Oma an.

»Was soll an dem lieb sein? Ein eingefleischter Ganove ist das! Wagt es, hier anzukommen und die Hand aufzuhalten. Verschwinde! Du ekelst mich an!«, polterte Opa.

»Wie viel brauchst du denn?«, fragte Oma.

Lennarts angespannte Stimme war kaum zu verstehen, dafür hörte man Opas Faust auf den Tisch donnern.

»Keinen einzigen Pfennig, sag ich! Von mir kriegste

nicht mal ein Staubkörnchen! Und dass ich abkratz, darauf brauchste gar nicht erst warten, von mir kriegste nichts, gar nichts!«

Die Tür knallte, dann wurde es ruhig. Oma weinte. Lennart hustete.

»Wohin gehst du? Lennart! Geh nicht!«

Wieder knallte die Tür, nun war nur noch Omas Wimmern zu hören. Hannu, Jussi und ich schlichen uns unter die Veranda. Durch das Holzgitter beobachteten wir, wie Opa im Garten wütete, Steine schleuderte und gegen Bäume trat. Alle Pfeile von der Dart-Scheibe zu Boden schmiss. Und fluchte.

»Was ist, wenn er Lennart to-to-totschlägt«, stammelte Jussi. »O-o-o-der ihm die Kehle aufschlitzt und das ganze Blut rausläuft ...«

»Würde ihm recht geschehen«, flüsterte Hannu entschieden.

»Pssst!«, mahnte ich.

Ich bekam Angst – so hatte ich Opa noch nie erlebt. So außer sich. So voller Zorn, dass er Lennart bis aufs Hausdach hätte schleudern können.

Die Hände tief in die Hosentaschen vergraben, ging Lennart langsam auf seinen Vater zu. Jetzt ließ er den Kopf nicht hängen, sondern hatte das Kinn gehoben.

»Zum Teufel! Bist du etwa immer noch hier?!«

»Das bin ich.«

Es sah aus, als wollte Opa zuschlagen, doch dann ließ er die Hand sinken.

»Ich hab euch gesehen.«

Stille.

»Hast du gehört?! Dich und Aili! Die Chefin der Schneiderei«, höhnte Lennart.

»Gott im Himmel – geh mir aus den Augen!«

»Ihr wart im *Luftschloss*. Vorletzte Woche.«

»Blödsinn!«

»Vorher hab ich euch im Kaisaniemi-Park gesehen, ihr habt auf einer Bank gesessen. Du hattest deine Hand so nett auf ihre Titten gelegt. Schöne Titten hat sie ja. Deshalb hast du sie damals eingestellt. Ich hab das auch da schon alles mitgekriegt.«

»Erpresst du mich?«

»Ich bin euch bis zum *Luftschloss* gefolgt, dann seid ihr reingegangen. Du alter Bock – ekelhaft.« Lennart lachte und spuckte aus. »Aber für den Fall, dass es dich tröstet, verrate ich dir ein Geheimnis.«

»Hör mal, Oskar, Essen ist fertig! Lennart, mein Lieber, komm du doch bitte auch ...« Oma stand mit verunsichertem Gesichtsausdruck hinter den Pfingstrosen und rang die Hände.

»Mama hat mir gesagt, dass du nicht mein Vater bist«, sagte Lennart so leise, dass Oma es nicht hören konnte.

Stille. Opa räusperte sich die Kehle frei, sagte aber nichts.

»Du hast mich immer gehasst«, fuhr Lennart schließlich fort. »Jetzt wissen wir beide, warum.«

»Halt endlich die Fresse, du ...«

»... Bastard. Sag ruhig, dass ich ein Bastard bin. Ich verstehe dich. Es ist sicher nicht leicht, Tag für Tag das Balg eines anderen vor sich zu haben. Ich habe dich immer an das erinnert, was Mama getan hat.«

»Willst du etwa behaupten, ich wär dir kein Vater gewesen? Ich war dir ein Vater, so gut ich konnt!«

»Viel war das nicht«, erwiderte Lennart, und Oma rief ein zweites Mal zu Tisch.

Mein Geburtstagsessen verlief in drückender Atmosphäre. Jussi warf seinem Onkel neugierige Blicke zu, Hannu starrte auf den Teller. Oma versuchte ein Gespräch in Gang zu halten und stellte Lennart Fragen, die er knapp mit Ja und Nein beantwortete. Immer wieder musste er husten. Opa gab keinen Ton von sich. Die Tür zur Veranda stand offen, weder draußen noch drinnen rührte sich ein Lüftchen, nur die Fliegen surrten an den Fensterscheiben. Lautlos glitt eine Wolkendecke heran und färbte die Landschaft grau. Es war wie in einem bösen Traum. Das Geburtstagsessen und Lennart, der mir gegenübersaß. Ich fühlte mich meilenweit entfernt von allem, unter meinem Nabel zwickte es beunruhigend, meine Arme und Beine schienen eingeschlafen. Genauso schnell, wie eine Eidechse ihren Schwanz abstößt, hatte ich mich in zwei Teile aufgespalten: Eine Hälfte war ein fast durchsichtiger Himbeerlolli, die andere ein dunkler Salmiak-Kegel. Der Salmiak-Kegel beobachtete ängstlich die Großeltern, die durch den Lolli hindurchschimmerten. Ich sah sogar mein eigenes Herz in meiner Brust zappeln, sah Mäuse von innen meinen Bauch annagen und graublaue Luft in meinen Lungen zirkulieren.

Als wir bei der roten Grütze mit Milch angelangt waren, hellte Lennarts Miene sich auf.

»Ist das lecker«, seufzte er.

Es war das Rezept aus seiner Kindheit; Tante Ester hatte sie schon damals so zubereitet. Oma weinte, versuchte aber tapfer zu lächeln. Sie tat mir so leid. Lennart und Tante Ailis Titten … Und was hatte es mit dem *Luftschloss* auf sich und damit, dass Opa gar nicht Lennarts Vater war? Ich starrte auf die gelben Finger meines Onkels und wünschte, er wäre nie erschienen. Tante Ester zeigte sich den ganzen restlichen Tag nicht, erschien nicht mal zum Abendtee.

Die Tage nach Lennarts Auftauchen vergingen unnatürlich still. Nur aus den Büschen erklang das beständige Zirpen der Grillen, vom Himmel der Gesang der Schwalben und von den Klippen das Gezeter der Möwen. Wir spielten für uns allein im Rabenwald und auf dem Trollzahn und vermieden es, die Erwachsenen zu stören. Oma war in Trauer und lag mit Migräne im abgedunkelten Schlafzimmer. Opa wirkte abwesend und putzte den Keller, räumte das Gerümpel hinter der Sauna fort und lieh sich Antti Myyräs neuen Massey Ferguson, um das alte Zeug zum Vermodern in den Wald zu karren.

Eines Abends erschien Lindroos am Ufer, wie er es öfter tat. Er hatte eine Flasche dabei und ruderte mit Opa zur *Läskelä*, wo sie manchmal bis zum Morgengrauen blieben. Bei ruhiger See konnte man trotz der Entfernung jedes ihrer Worte hören. Doch sie redeten und lachten nicht immer – mitunter saßen sie minutenlang schweigend da, tranken Whiskey und schlugen Mücken tot. Manchmal grölten sie »Übers Eis, da läuft ein Füchslein, übers Eis, da läuft ein Füchslein! Dürfte ich, dürfte ich, Hosen mit dem Fräulein tauschen?«.

Tante Ester brachte mir aufgeregt meinen Ring, der beim Saunaputz aufgetaucht war. Ich hatte sein Verschwinden zwar bemerkt, mir jedoch insgeheim gewünscht, dass ein Rabe ihn geholt und in sein Nest getragen hätte. Dort hätte der Stein im Abendlicht zwischen den Stöckchen gefunkelt. Der Ring war Tante Ester wie durch ein Wunder in die Hände gefallen, sie wollte gerade einen Kübel Putzwasser über ihm ausschütten. Er war mir nach wie vor etwas zu groß, ich würde ihn weiterhin beim Schwimmen und Saunen abnehmen. Als ich ihn zurück an den Finger steckte, verspürte ich Angst: vor dem, was Oma mir in Stockholm erzählt hatte.

Hoffentlich trat es nicht ein! Doch die seltsamen Ereignisse der letzten Tage waren wie eine Prophezeiung.

Wir hatten einige Tage zusammen in der Stadt gewohnt, als Opa Besuch bekam. Vier Männer mit gebräunten Gesichtern, sie trugen alle die gleichen Anzüge. Sie rauchten übel riechenden Mahorka-Tabak, einer der vier saß mürrisch abseits und schwieg hartnäckig. Aber er hörte genau hin, was Opa und die anderen beim Mittagessen besprachen. Wir mussten artig guten Tag sagen; ich machte einen Knicks und die Cousins einen Diener. Einer der Männer sprach sogar ein wenig Finnisch, jedenfalls konnte ich ihn verstehen, er nannte mich *Zwerg*.

»Gehst sicher auch bald in Schule?«, fragte er und streichelte mir übers Haar. »Ich heiße Vasili, Vasili Bär.«

Opa erklärte, dass Vasili aus Ostkarelien stammte und Finnen sehr mochte. Das sagte er leise, damit der mürrische Mann es nicht hörte, denn der schätzte es nicht, wenn Vasili Finnisch sprach – die Männer sollten das Gespräch auf Russisch führen. Vasili schenkte Opa eine kleine Porzellanvase mit roten und goldenen Blumen. Ich sah genau, dass Oma die Vase nicht gefiel. In der Küche sagte sie mir, dass sie so eine Geschmacklosigkeit nicht in der Kalevankatu stehen haben wolle und Opa die Vase nach Månvik bringen müsse, sofern er sie überhaupt behielt. Ich fand das Geschenk sehr hübsch. Vielleicht gefiel es Oma nicht, weil es vom »Russen« stammte, wie sie in kritischem Tonfall sagte. Als Vasili zur Toilette ging, stand der vierte Mann ebenfalls auf und lungerte während Vasilis Geschäftsverrichtung vor der Klotür herum. Danach ging er jedoch nicht selbst aufs Klo, sondern setzte sich wieder abseits auf seinen Stuhl und schmauchte Mahorka. Noch den ganzen nächsten Tag mussten Oma und Tante Ester lüften, die Fenster zum Hof und zur Kalevankatu standen sperrangelweit auf, die Türen knallten wütend im Zug, die Vorhänge flatterten wie Wimpel. Für Hannu und Jussi war es eine spannende Abwechslung, auf dem Dachboden und im Keller der Stadtwohnung zu spielen, im Olympiastadion zu schwimmen oder am Ufer den großen Schiffen zuzusehen, obwohl wir das ohne Begleitung Erwachsener eigentlich nicht durften. Wir jubelten, wenn wir auf dem Meer das große Passagierschiff *Ariadne* erspähten, mit dem Oma und Opa nach Kopenhagen gereist waren. Unsere Großeltern hatten uns erzählt, dass Ariadne eine kretische Prinzessin war, die sich in Theseus verliebt hatte. Mit Hilfe ihres roten Wollknäuels fand der Prinz aus seinem Labyrinth heraus, nachdem er das Ungeheuer Minotaurus getötet hatte. Wir spielten die Geschichte in der Höhle beim Trollzahn nach: Hannu bekam von mir rotes Garn, und Jussi war das Ungeheuer, das er töten musste.

Das Ufer war noch aus einem anderen Grund spannend – am Hafen befand sich das Cholera-Becken, in dem schon viele Menschen ertrunken waren. Opa erklärte uns den Namen: Einst war ein Fischer aus Nauvo zum Heringsmarkt angereist und hatte Cholera bekommen. Die Krankheit war gefährlich, daher warf man seine Kotze und seinen Durchfall in das Becken. Tja, und so kam das Cholera-Becken zu seinem Namen. Zuletzt stand in der Zeitung, dass ein kleiner Junge in Beckennähe Regenwürmer verkauft hatte und plötzlich nur noch Möwen da waren, die sich um die Wurmbehälter zankten; eine Gelddose mit ein paar Münzen lag am Boden, vom Jungen keine Spur. Nachdem man den ganzen Markt abgesucht hatte, fand man ihn schließlich am Grund des Cholera-Beckens, verfangen in einem alten Netz. Wir gingen dennoch immer wieder hin und angelten mit Stöckchen nach Holzkisten und anderem Krempel, den der Wind angetrieben hatte.

Am allerliebsten mochten die Cousins den Panoramablick aus dem Café im vierzehnten Stock des Hotel *Torni*. Dort lauschten wir Opas Geschichten über die russische Kontrollkommission, die sich nach dem Krieg für drei Jahre im Hotel niedergelassen hatte. Die Kommission versetzte die Einheimischen in Angst und Schrecken, vor allem diejenigen, die in der Nachbarschaft wohnten oder täglich am Hotel vorbeikamen. Kinder nannten das Gebäude »die Kirche des Bösewichts«. Nach diesen Geschichten spuckte Erik Finne dort einmal vor die Tür. Dem Portier entging das nicht, Erik wurde festgenommen, und Opa musste für ihn vorsprechen und versichern, dass das Spucken reiner Zufall und keine Provokation gegen die Sowjets gewesen sei.

Als der Besuch der vier rauchenden Männer eine Woche zurücklag – wobei es in der Wohnung noch immer unangenehm roch –, hörte ich Opa mit gedämpfter Stimme telefonieren; Vasili habe sich abgesetzt, und die Geschäfte mit den Russen seien in Gefahr. Wohin Vasili sich wohl abgesetzt hatte und was das genau bedeutete? Opa verhielt sich längere Zeit auffallend nervös, bis die nächste Leningradreise bevorstand. Danach wurde er ruhiger, die Angelegenheit schien nicht mehr so wichtig. Als ich mich irgendwann traute nachzufragen, antwortete Opa:

»Vasili lebt nun als freier Mann in London, *civis romanus sum*.«

Zu spät entdeckte ich Omas braunes Kostüm und ihren violetten Hut. Sie saß allein im Alten Kirchpark, wo früher die Pest-Toten begraben wurden. An ihrer Körperhaltung erkannte ich, dass sie wieder weinte. Umdrehen ging nicht mehr – sie konnte jeden Moment in meine Richtung schauen und mich sehen. Sie würde mich fragen, woher ich käme, und dann hätte ich eine Lüge erfinden müssen. Ich knautschte die Pastillenschachtel in meiner Hosentasche zusammen und setzte mich neben Oma auf die Bank. Sie nahm an, ich sei gekommen, um sie nach Hause zu holen, seufzte tief und sagte, es habe sich alles geändert. Mir war sofort klar, dass sich das auf unser Geheimnis aus Stockholm bezog. Mit der Hand, an der sie den Granatring trug, griff sie nach meiner und fing wieder an zu weinen. Ich wusste nicht, was ich sagen sollte, was sie sich in dieser Situation wünschte. Es gab nichts, womit ich sie trösten konnte.

Wir saßen lange da. Ich fror. Irgendwann zog sie mich an sich, wobei ihr Diamantschmuck schmerzhaft in meine Wange drückte. Stumm harrten wir aus. Die Tauben stolzierten mit ruckenden Köpfen die Sandwege entlang, die alten Grabsteine ragten schief aus der Erde, und vom Bulevardi und der Mannerheimintie ertönte das Rattern der Straßenbahn. Am Himmel ballten sich Wolken zusammen und schütteten uns schließlich dicke Tropfen in den Nacken. Doch Oma bemerkte das nicht, genauso wenig wie sie bemerkte, dass ich in meiner Hosentasche eine Pastillenschachtel befingerte, die ich im Süßigkeitenladen an der Aleksanterinkatu gekauft hatte. Ich hatte zwanzig Pfennig aus Tante Esters Haushaltsportemonnaie entwendet, weil ich so entsetzliche Lust auf Süßes hatte. Manchmal, wenn das Portemonnaie leer war, holte ich mir eine von den reifen Riesentomaten, die Tante Ester auf dem Markt gekauft hatte, schnitt sie klein und bestreute sie mit Zucker. Dann versteckte ich mich zum Schlemmen in der Kleiderkammer.

Ich wusste, dass aus mir kein guter Mensch mehr werden und es mir schlecht ergehen würde, genau wie Lennart, und dass die Strafe schon auf mich wartete. Opa würde mir niemals mehr verzeihen. Er würde mich fortschicken, nie wieder beträte ich die Kalevankatu oder Månvik. Das alles wäre der Fingerzeig des Schicksals, wie Oma zu sagen pflegte. Ob mich meine Eltern wieder bei sich im Affenhaus aufnehmen würden? Lennart hatte von dem gestohlenen Geld Alkohol gekauft und ich wer weiß wie viele gelbe Schachteln mit dem Neger im roten T-Shirt und Käppi. Pastillen waren streng verboten, sie schadeten den Zähnen. Doch ich schob den Gedanken an den Fingerzeig des Schicksals beiseite, denn ich war verrückt nach dem salzigsüßen Salmiak, der so wunderbar im Mund schmolz und meine Gedanken zerstreute.

Noch im selben Sommer kehrten wir wieder auf die Insel zurück, da es in der Stadt stickig heiß geworden war. Wieder kam der Kaufmannswagen an die Weggabelung im Dorf gekurvt. Die weiß gekleidete Verkäuferin mit der kleinen Haube öffnete die Tür, und sofort drängten die ersten Kunden in den schmalen Gang, der zu beiden Seiten von deckenhohen Regalen umstellt war. Auch eine kleine Kühltheke mit Mortadella, Würstchen und Koteletts war eingebaut, und es roch süßlich und würzig, nach frischen Krapfen und frischem Brot. Ich angelte drei Tüten Milch und ein Paket Hefe aus dem Kühlfach und bat um drei französische Weißbrote. Dann kaufte ich noch Kaugummis mit Tieraufklebern. Jeden Freitag durften wir neue Kaugummis kaufen; wir sammelten die Bilder. Hinter mir schnaufte der verschwitzte Fischer Lundström, der sich Pilsner-Nachschub besorgen wollte. Er trug auch im Sommer einen Wollpulli und angeblich sogar lange Unterhosen, trotz der

Hitze. Ich suchte die passenden Münzen aus dem Haushaltsportemonnaie und bezahlte.

»Die kleine Falk … ganz schön gewachsen!«

Der Alte musterte mich unter seinen schweren, runzligen Lidern und stank nach Fisch. Schleunigst hüpfte ich aus dem Wagen.

»Schöne Grüße!«, schnarrte mir der Fischer hinterher.

Als Nächstes erschien das Postauto; eine Staubwolke aufwirbelnd, bremste es an den Briefkästen. Ich trat kräftig in die Pedale, um schnell wieder in Månvik zu sein, und überreichte Oma zusammen mit der übrigen Post einen Umschlag, auf dem stand:

Frau Catharina Falk
Mattby, Månvik
Storholm

Oma eilte zur Gartenschaukel, setzte sich und wischte sich den Schweiß von der Stirn. Ich brachte die Einkäufe zu Tante Ester in die Küche. Als ich wieder rauskam, schwang die Schaukel leer durch die Luft. Ich lief ans Ufer, wo die Jungs angelten, und übergab ihnen die Kaugummis, die sie sofort auswickelten. Ich kriegte eine Giraffe, Hannu ein Faultier und Jussi einen Tapir.

Opa wuselte am Boot herum, er trug ein Taschentuch auf dem Kopf, in dessen Enden er Knoten gemacht hatte. Es wehte eine steife Brise, und auf dem Meer hatten sich Schaumkronen gebildet. Opa zog Jolle und Ruderboot höher auf den Strand; das Wasser stieg. Einer langen Hitzeperiode folgte mit großer Verlässlichkeit ein plötzlicher Sturm, oft rollten dann noch Tage später große Wellen vom Meer heran, die das Segelboot kräftig an seiner Boje schaukelten.

Ich setzte mich auf die Brücke zur Kleinen Insel, ließ Kaugummiblasen platzen und striegelte zum Zeitvertreib mit meinen zerschrammten Fingern die grünen Büschelalgen, die auf den Steinen direkt unter der Brücke wuchsen. Als wir klein waren, erzählten uns die Erwachsenen die Geschichte vom Wassergeist, der in den Meerestiefen hauste und Kinder mit in seine Höhlen zerrte. Wir hatten so große Angst vor ihm, dass wir uns nicht allein ans Ufer trauten, selbst ans Plantschen und Schwimmen im Flachen war nicht zu denken. Zum Glück hatte der Wassergeist seinerseits eine Riesenangst vor Oma, sodass wir entspannt baden konnten, wenn sie dabei war.

Jussi kam angelaufen und präsentierte mir eine winzige Brasse, die an seinem Angelhaken zappelte. Ich sagte, er solle den Fisch wieder ins Meer werfen, und sah in dem Moment, wie sich die Tür der Umkleidekabine öffnete. Oma schritt langsam wie eine Königin bis ans Ende des Stegs. Ihr zitronengelber Badeanzug leuchtete in der Sonne, ihr Haar wehte im Wind. Es war eigenartig, dass sie die Badekappe nicht aufgesetzt hatte, ihr dickes Haar brauchte Stunden, bis es trocknete. Ihr Blick lag einen Moment auf Opa; dann streckte sie die Arme Richtung Himmel, beugte sich vor und sprang. Geschmeidig wie ein Hecht tauchte sie ins Wasser ein, etwas abseits flatterten die Möwen auf.

Hannu befahl Jussi, beim Kompost nach neuen Regenwürmern zu graben, und so zog Jussi mit schnellen Trippelschritten den Hügel hoch, eine rostige Kaffeedose in der Hand.

»Was war das für ein Brief? Von wem? Hat Oma was gesagt?«, fragte Hannu unruhig und griff hart nach meinem Arm.

»Nein, sie hat nichts gesagt.«

»Vielleicht war er von meinen Eltern?«

Ich schüttelte den Kopf. Ich kannte Tante Biggas Handschrift und auch Onkel Julius' blaue Par-avion-Umschläge mit der Freiheitsstatue auf der Briefmarke. Julius schrieb unbeherrscht und unordentlich, Tante Bigga rund und regelmäßig.

Oma tauchte lange – ihr Kopf erschien erst weit draußen wieder an der Oberfläche. Hannu und ich hockten auf der Brücke und warteten. Oma schwamm immer um die Kleine Insel herum und unter der Brücke hindurch, wo sie tief untertauchte, damit wir ihr mit unseren herabbaumelnden Beinen nicht auf dem Kopf herumtapsen konnten. Wenn sie wieder hochkam, lachte sie, schwamm noch mal zurück und ließ uns mit den Füßen die Plastikblumen ihrer Badekappe berühren. Doch heute schwamm sie nicht um die Insel herum, sondern steuerte aufs offene stürmische Meer zu.

Tante Ester hatte in den Trögen am Ufer Bettwäsche gekocht, die nun neben Omas Badekappe an der Leine hing und im Wind knatterte. Die Johannisbeeren, Pflaumen und Äpfel wurden Tag für Tag reifer, ein großer Apollofalter flog an Hannu und mir vorüber. Tief im Wald krächzte der Rabe, auf dem Wasser meckerten die Eiderenten, und es musste genau halb drei sein, denn Tante Ester trug das Küchentablett zum Felsen.

»Zum Kaffee!«

Hannu sprang auf und rannte los; er wusste, dass es Blaubeerkuchen und warmes Hefegebäck gab. Ich blieb sitzen und wartete auf Oma. Ich sah, dass Opa das Ruderboot wieder ins Wasser zog und losruderte, in Richtung des winzigen Kopfes, der auf den Wellen schaukelte. Der kleine Punkt war bereits an der Meerseite der Kleinen Insel angelangt und verschwand hinter den Klippen.

Auch wenn Hannu geografisch weit von mir entfernt lebt, hat es immer eine Nähe zwischen uns gegeben, all die Jahre. Man kann nicht alles durch einen einzigen Moment gewaltsam kappen. Denn gewaltsam, ja, das war es. Es war schon schrecklich genug, was mit Oma passierte – mussten wir obendrein noch auseinandergerissen werden, mussten die Jungs mit einem Schlag Finnland und die Insel verlieren? Nur weil Opa und Onkel Julius ihre Differenzen nicht klären konnten und Julius nicht über Oma hinwegkam, und wer weiß worüber er sonst noch nicht hinwegkam.

Jussi war damals noch sehr klein, meine Beziehung zu ihm konnte man nicht mit der zu Hannu vergleichen. Hannu und ich waren mehr als nur Cousin und Cousine, und wir hängen bis heute aneinander, sind verbunden durch all die Sommer in Månvik. Weinen und Lachen, Enttäuschung und Überraschung, Angst und Freude; unsere Kindertage, die zu jäh beendet wurden.

Warum sonst lässt Hannu auf einmal von sich hören und will nach Månvik kommen? Ja, ich bin ihm wichtig. Denke ich jedenfalls.

Ich liege in meinem Bett und lausche, wie der Frost in der alten Villa knackt. Vielleicht kommt Hannu schon morgen – es wird knapp, wenn er den Zeitplan aus seiner E-Mail einhalten will. Ich drehe mich auf die Seite und klopfe an die Wand. So haben wir es immer gemacht, wenn wir ins Bett geschickt worden waren und unten im Erdgeschoss Ruhe einkehrte. Wenn Hannu noch wach lag, klopfte er zurück; wir standen auf und schlichen leise in die Kühlkammer der Küche, wo uns der Zutritt streng verboten war. Fliegenpapier hing in klebrig-dicken Serpentinen von der Decke. Auf dem obersten Regal fanden wir immer Rote-Grütze- oder Puddingreste, mit Geschirrtuch abgedecktes Hefegebäck oder Biskuitrolle in Butterbrotpapier. Unter qualvollen Kicheranfällen tapsten wir mit den Leckerbissen in mein Bett; wir wollten Jussi, der in Hannus Zimmer schlief, nicht aufwecken. Wir schlemmten im Schein der Taschenlampe unter der Decke, so konnte niemand Licht durch die Türritze sehen. Einmal kippte uns ein Glas Milch um, aber das war kein Grund zur Sorge: Die Milch war weiß wie das Laken, niemand würde etwas bemerken. Morgens roch mein Bett jedoch auffallend säuerlich, was Tante Ester nicht entging, wie auch die Krümel im Laken nicht. Aufgebracht hielt sie uns eine Standpauke und beschwor uns einmal mehr, unsere Spielchen zu beenden.

Hannu und ich hatten vereinbart, dass Jussi zu mir ins Bett kommen durfte, wenn er schlecht träumte, denn Hannu ertrug seinen im Schlaf prustenden kleinen Bruder nicht. So wachte ich oft davon auf, dass die Uhr unten drei schlug und Jussi schweigend auf meiner Türschwelle stand. Kaum erteilte ich ihm die Erlaubnis, krabbelte er zwischen die Wand und meinen Rücken und schlief sofort ein.

Der dreifache Schlag der Uhr hallt ins Dunkel. Ich denke noch, dass nun der sechste Dezember ist, der finnische Unabhängigkeitstag, dann sinke ich in einen tiefen, winterlichen Schlaf.

Omas Leiche blieb verschwunden, doch niemand außer der Polizei hielt es für möglich, dass eine so gute Schwimmerin ertrinken konnte. Die Polizei fragte immer wieder, was wir gesehen hätten, aber ich konnte nie etwas Neues erzählen. Das Schlimmste war die Ungewissheit. Alle rätselten, was wohl auf dem Meer passiert sein mochte, und ich zerbrach mir den Kopf darüber, was in dem Brief gestanden hatte und von wem er stammte. Der Umschlag war unauffindbar.

In den nächsten Tagen spielten die Cousins und ich im Rabenwald, kletterten an den steilen Wänden des Trollzahns, und mehrmals floh die Elfe aus der Höhle der Trolle.

Tante Ester versuchte das Leben normal fortzusetzen, erledigte alles wie sonst, die Mahlzeiten, das Auskehren, das Herumkommandieren, während Opa im Krankenhaus lag. Mechanisch verrichtete sie alle anfallenden Arbeiten; das Leder ihrer schwarzen Schaftstiefel quietschte bei jedem ihrer Schritte zwischen Keller und Erdgeschoss, wenn sie Speisen, die niemand aß, hochholte und auftischte. Ich war nie eine gute Esserin gewesen, aber zu dieser Zeit verlor ich meinen Appetit vollständig.

Es schien, als sei in Månvik und auf der ganzen Insel das Licht ausgegangen. Der Sommer war zu Ende, alles war zu Ende – Hannu und Jussi würden vorzeitig zurück in die

USA reisen. Wieso musste gerade in diesem Sommer so viel Schlimmes passieren? Das fragten Hannu und ich uns immer wieder, während wir am Ufer saßen und Steinchen übers Wasser hüpfen ließen. Der Moment des Abschieds war jedes Jahr hart, aber dieses Jahr kam er uns noch härter vor.

»Die Welt ist nicht mehr dieselbe«, stellte Hannu im Ton der Erwachsenen fest; sein Stein hüpfte drei Mal.

»Bei vier Mal wäre sie zurückgekommen.«

Hannu hielt weiter an dem Glauben fest, dass Oma nicht tot, sondern irgendwo ans Ufer geschwommen war; in ein paar Tagen würde sie besänftigt wieder zurückkehren. Aber was war es eigentlich, das sie so aufgeregt hatte? Wieso war sie ohne Badekappe ins Wasser gesprungen, und was geschah, nachdem Tante Ester zum Kaffee gerufen hatte? Hannu sah mich streng an, befragte mich stets aufs Neue, doch ich konnte nichts anderes antworten, als dass Opa Oma hinterhergerudert sei. Damit gab Hannu sich nicht zufrieden, ich müsse mehr wissen, schließlich wäre ich zu dem Zeitpunkt noch am Ufer gewesen – wenn Oma zurückkehrte, würde sich endlich alles aufklären. Hannu rannte auf den Dachboden und kam mit der *Husmodern*-Zeitschrift wieder, in der sich der Artikel über Madame Hériot befand, die allein auf ihrer *Ailée* die Weltmeere besegelte. Wir lasen die Seite mehrere Male und untersuchten penibel das Foto, das Oma immer ähnlicher wurde. Vielleicht hatte sie denselben Wunsch gehabt wie Madame Hériot, wollte allein die Welt umsegeln, aber niemandem etwas davon sagen? Hatte sie die Reise im Stillen vorbereitet, um dann einfach zu gehen? Eines schönen Tages würden wir auch über sie einen Artikel finden. Vielleicht hatte der Brief bereits etwas mit der Vorbereitung dieses Artikels zu tun, überlegte Hannu.

Doch für eine Segelreise ließen sich keinerlei Beweise finden, so sehr die Polizei auch die Ufer und das Meer absuchte. Später war Hannu der Ansicht, dass Oma nach Helsinki aufgebrochen sei und in der Kalevankatu auf uns wartete. Als sich auch das als falsch erwies, beschloss Hannu, dass Oma schlicht und ergreifend verreist war. Und dann hatte er eine zündende Idee: Er stürmte in den Keller, kam mit einer leeren Essigflasche zurück und erklärte außer Atem, dass wir schleunigst eine Flaschenpost losschicken müssten. Voller Eifer holte er Stift und Papier.

Hannu, Jussi und ich standen am äußersten Zipfel der Kleinen Insel. Hannu stellte sich breitbeinig hin, holte weit aus und schleuderte die Flasche in einem hohen Bogen ins Meer. Jussi staunte verzückt, als sie weit entfernt in die Wellen platschte. Ein kräftiger Nordostwind trieb sie aus der Bucht hinaus. Still standen wir auf den Felsen, bis die Flasche nicht mehr zu erkennen war. Hannu wirkte zufrieden.

»Da schwimmt sie nun!«

Er war es, der den Zettel zusammengerollt und in die Flasche geschoben hatte. Auf dem Zettel stand, dass am Nachmittag des 20.8.1964 eine Oma mit Namen Catharina Falk verschwunden sei. »Kennzeichen: braunes Haar (auch etwas grau dazwischen), gelber Badeanzug, keine Badekappe, Alter 70 Jahre«. Darunter die Telefonnummern von Månvik und der Kalevankatu, die der Finder der Post und der Oma doch freundlicherweise anrufen solle.

Onkel Julius kam aus Amerika angereist und besuchte Opa im Krankenhaus. Danach erschien er in Månvik, um die Jungs abzuholen und mit ihnen zurück nach Connecticut zu fliegen. Er trug einen dunkelgrauen Anzug mit weißem Hemd und reichte Tante Ester, die ihn umarmen wollte, nur die Hand. Er trat sogar richtig zur Seite, und Tante Esters Arme sanken beschämt herab.

Die Haare des Onkels waren so kurz geschnitten wie auf dem Foto des Neunjährigen, das auf der Kommode stand. Auch sein Gesicht war so leblos wie auf dem Bild. Er ging, die Hände auf dem Rücken verschränkt, im Garten auf und ab, stieg auf die Felsen und spazierte von dort ans Ufer, wo er die *Läskelä* musterte. Als er endlich wieder zurückkam, setzte er sich selbstbewusst auf Opas Stuhl und strich über die ledernen Armlehnen. Tante Ester stolperte herein, um zu sagen, dass es in einer halben Stunde Lammhackauflauf, Kartoffelpüree und Pilzsoße gäbe. Doch Onkel Julius erwiderte, er habe eine Verabredung in Helsinki, er würde mit seinen Söhnen in einem Restaurant auf der Esplanade essen, gleich neben dem Hauptkontor seiner Firma. Tante Ester erinnerte ihn daran, dass Lammhackauflauf früher sein Lieblingsessen gewesen sei, so wie es heute das Lieblingsessen von Hannu und Jussi war. Die Jungs sagten dazu nichts, trotteten nur leise in ihr Zimmer und packten ihre Sachen.

Jussi wollte sich noch von Schildkröte Nicki verabschieden. Aus seiner Nase lief Rotz, sein Gesicht war rot vom Heulen. Mit schmuddeligen Händen streichelte er Nickis Panzer und setzte sich das Tier, das so groß war wie eine Apfelhälfte, auf den Schoß. Als er sie wieder zurück in die Kiste hob, sagte er, er würde Nicki »sehr stark« vermissen. Er schärfte mir ein, dass ich Kröti einmal am Tag rausbringen und am Ufer laufen lassen müsse, da sie so gern Sand aß. Jussi nannte Nicki manchmal Kröti, da das Tier seiner Ansicht nach so ähnlich aussah wie eine Kröte.

»Willst du sie haben?«

Nicki war im Grunde Jussis Haustier geworden. Er spielte jeden Tag mit ihr, gab ihr Salatblätter, stellte sie auf die Küchenwaage und schrieb ihr Gewicht in ein kleines blaues Buch.

»Ga-ganz für mich allein?« Jussis Augen leuchteten.

»Diesen Winter über«, schränkte ich ein. »Du bringst sie nächsten Sommer wieder mit. Sie kann uns ja zusammen gehören.«

Jussi umarmte mich, wie er immer alle umarmte, und rannte los, um sich von der *Läskelä* und der Brücke zur Kleinen Insel zu verabschieden. Er schenkte mir seinen besten flachen Stein, mit dem man viele Hüpfer auf dem Wasser erzielen würde. Der Stein war weiß und hatte genau die richtige Größe. »Mindestens sechs Mal!«, sagte Jussi voraus.

»Wir sehen uns dann nächstes Jahr, vielleicht schon eher«, meinte Hannu.

»Wieso?«, fragte ich.

Er zuckte mit den Schultern.

»Vielleicht bei der Beerdigung.«

»Stimmt, wenn Oma gefunden wird«, sagte ich unsicher.

»Papa hat gemeint, dass auch Opa sehr schlecht aussah im Krankenhaus.«

»Wird er etwa sterben?«, fragte ich entsetzt.

»Papa hat gesagt, anytime. Und er hat außerdem gesagt, dass Oma wegen der Scheiß-Aili gestorben ist. Ich hasse diese Frau. Am liebsten würde ich sie umbringen …«

Ich hörte nicht mehr, was Hannu noch über Aili zu sagen hatte. Ich dachte nur an Opas nahenden Tod und was dann aus mir werden würde.

Hannu legte sich Nicki aufs Knie und streichelte sie.

»Wo wirst du wohnen? Oder bleibst du hier?«, erkundigte er sich.

»Weiß nicht.«

»Papa hat gefragt, wo Helen und dieser Autere stecken. In Paris?«

Ich wusste nichts zu antworten; die letzte Postkarte war schon veraltet. Vielleicht waren meine Eltern bereits auf der Rückreise? Ich hatte keinen blassen Schimmer, wie es weitergehen sollte.

»Boys, let's go!«

Onkel Julius wartete im Flur und wedelte mit irgendwelchen Papieren. Jussi schleppte eine Apfelkiste mit sich – Nickis neues Zuhause.

»Was ist das denn?«, fragte Onkel Julius scharf.

Jussis Erklärung war nicht zu verstehen. Das passierte schnell, wenn er unter Druck geriet; allerdings hatte ich ihn diesen Sommer selten so schlimm stottern hören.

»Da-da-das ist Krö-krö-ti«, kriegte er schließlich hervor.

»Was?«, fragte Onkel Julius und zog die schwarzen Augenbrauen hoch. »Eine Kröte?!«

»Krö-Kröti, Schildkröti«, sagte Jussi.

»Meine Schildkröte Nicki, ich hab sie Jussi überlassen«, erklärte ich und hatte ebenfalls Angst.

Onkel Julius lachte schallend. Es käme absolut nicht in Frage, Nicki mit nach Amerika zu nehmen.

»Wir könnten sie schmuggeln«, schlug Hannu vor.

Der Onkel schüttelte den Kopf. »Mach dich nicht lächerlich, Hans, du bist schließlich schon ein Mann!«

Tante Ester streichelte Hannu und Jussi übers Haar, holte ein Taschentuch aus der Schürzentasche, putzte Jussi die Nase und sagte den Jungs, sie sollten sich anständig benehmen. Jussi schluckte hörbar seine Tränen hinunter. Ich fürchtete, dass Tante Ester losheulen würde, doch sie bat die Jungs nur, Postkarten aus Amerika zu schicken, und eilte geschwind in die Küche, um den Auflauf aus dem Ofen zu holen. Und dann waren sie fort: Die Türen des Wolga von Isaaksson knallten, Hund Josef musste mit den Cousins auf die Rückbank, schon kroch das Taxi den Hügel hinauf. Wenige Sekunden später herrschte in Månvik Totenstille. Es war, als hätten alle, die noch am Leben waren, die Insel verlassen.

Eine sorgenvolle Ungewissheit über das, was kommen würde, nahm von mir Besitz. Alles bisher Gewesene war mit einem Moment in Stücke zerborsten, der Boden, auf dem das Leben fußte, war mit Oma in unbekannte Tiefen gesunken.

Die Dinge, die Tante Ester Oma gefragt hatte, fragte sie nun mich, und ich musste mir irgendwelche Antworten ausdenken. Während wir im Erdgeschoss putzten, wollte sie wissen, was mit dem Obergeschoss passieren sollte. »Das heben wir für später auf«, erwiderte ich. Als sie fragte, ob wir die Bettwäsche von meinen Großeltern wechseln sollten, brach ich in Tränen aus. Ich weinte noch am Abend, als Tante Ester mich zum Tee rief. Ich dürfe nicht weinen, sagte sie, das täte den Augen nicht gut. Das hätte die werte Herrin auch immer gesagt. Sie setzte sich auf meine Bettkante.

»Es geht vorüber«, sagte sie mit zittriger Stimme und fingerte an den Bändern ihrer Schürze.

Sie erklärte mir, dass es mit der Zeit nicht mehr so wehtun und ich nicht mehr so oft an die Ereignisse denken würde. »Die Ereignisse?« – Oma war verschwunden, so was konnte man doch im Leben nicht vergessen! Sie war und blieb bis in alle Ewigkeit fort, niemand würde mich mehr »kleine Mandel« nennen und »hör mal, Oskar« sagen, nach

Kölnischwasser riechen, »Ich hab noch einen Koffer in Berlin« trällern – und was sollten wir mit all ihren Kleidern tun, wo kämen das helle Veilchenkleid und das ärmellose Kleid mit den ägyptischen Figuren hin, wohin der Schmuck und die Hüte? Was würde mit all den Dingen geschehen? Niemand sonst konnte sie tragen, *durfte* sie tragen! Die einzige Lösung war, Omas Sachen von Kleiderhüllen geschützt auf dem Dachboden zu verwahren; dort konnten sie warten, ob Oma nicht doch eines Tages zurückkäme.

Aber das Allerschrecklichste wäre, wenn Opa sterben würde. Bei dem Gedanken heulte ich noch lauter, sodass Tante Ester sich nicht traute wegzugehen, obwohl ich sehnlichst darauf wartete. Sie war nicht mehr dieselbe Tante Ester; nichts war mehr wie vorher. Das Haus, Månvik, die ganze Insel, alles sah anders aus, auch Morgen und Gestern und ich selbst. So ist der Tod. Er veränderte die gesamte Umgebung, nicht nur den, der stirbt. Er tötete in jedem etwas.

Nachts scharrte Nicki in ihrer Kiste, und ich konnte nicht schlafen. Die Schildkröte verkroch sich tief in eine Ecke. Ihre Geräusche waren tröstlich, allmählich hörte ich auf zu weinen. Vielleicht stimmte, was Tante Ester gesagt hatte: Die Tränen würden versiegen, Opa würde gesund werden, die Trauer über Omas Tod nachlassen, und ich würde mich an all das Schöne erinnern – Barcelona und die Rambla, das Kolumbus-Denkmal und den Fotografen. Ich würde mich an Omas Kleider und ihren breitkrempigen Hut und ihre Bernsteinkette und Ohrringe erinnern. Ihre braunen, gefleckten Arme und ihre eckigen rot lackierten Zehen. An das Versteckspiel, die kleine Meerjungfrau und Nils Holgersson. Und die Puppen – ich besaß ja die Puppen noch, denen wir gemeinsam Namen gegeben hatten. Doch den zitronengelben Badeanzug, den wollte ich vergessen. Wollte diesen Gelbton ein für alle Mal aus meinem Gedächtnis tilgen.

Tante Ester schlief im Gästezimmer; anders als in den Nächten zuvor schnarchte sie nicht.

Ich schlich hinunter, holte die Taschenlampe aus dem Flur und ging zum Felsen. Ich versuchte, mich auf den Lichtkegel der Taschenlampe zu konzentrieren und die Dunkelheit ringsum zu vergessen. Die Kiefern rauschten leise, auf dem Meer flackerte das grünliche Licht eines Segelbootes mit Kurs auf West.

Ich blieb lange im Gartenhäuschen, wollte mich nicht aus der dortigen Ruhe und dem Augenblick lösen. Ich wollte nicht zurück ins Haus, wo nur noch Tante Ester war. Ich wollte ihre Trauer über den Verlust der werten Herrin nicht sehen, die ihr Aufträge erteilt und ihr seit ihrer Ankunft bei den Falks so viel beigebracht hatte – daheim in Vaasa hatte Ester nur gelernt, Fische auszunehmen und Kartoffelsuppe zu kochen. Heute kannte Tante Ester sogar jede Apfelsorte im Garten! Sie und Oma hatten kleine Holzschildchen um die Bäume gebunden, in die sie die Namen der jeweiligen Apfelsorte geritzt hatten. Sogar wir lernten, Gravensteiner, Melba, Berlepsch, Weißen Klarapfel und Sommerapfel zu unterscheiden. Die festen Wintersorten hatten Oma und Tante Ester einzeln in Seidenpapier eingeschlagen und in Holzkisten gelagert, von denen der Keller vollstand, ebenso wie von Marmeladengläsern, gesalzenen Pilzen, Gewürzgurken und Kürbissalat. Den ganzen Herbst verbrachten Oma und Ester mit Ernten, Einmachen, Marmeladekochen. Saft pressten sie durch ein feines Mulltuch, das sie auf die Beine eines umgedrehten Küchenhockers spannten. In der Sauna überkreuzten sich die Schnüre mit trocknenden Pilzen – wir Kinder hatten darauf achtzugeben, dass die

Stückchen einander ja nicht berührten. Omas Wirbel um die Ernte begann schon im April; dann befahl sie Opa, alle nach oben ausschlagenden Apfelbaumzweige zu kappen.

»Warum sagst du nich gleich, dass ich jeden neuen Zweig abhaun soll? Wieso sagst du immer, nur die, die nach oben zeigen? Ein Baum wächst nun mal nach oben. Nich zur Seite und nich nach unten!«, raunzte Opa und schwankte beim Sägen bedrohlich auf der Sprossenleiter.

Für Opa gab es nichts Überflüssigeres als das Beschneiden von Apfelbäumen, und er fragte grantig, warum Ester sich keinen Mann genommen hätte, der das erledigen könne und die anderen Hausmeisterpflichten gleich mit. Oma fand es haarsträubend, dass Ester allein zu dem Zweck hätte heiraten sollen, Opa läge in Månvik ohnehin schon zu viel auf der faulen Haut. Er lebte stets nur nach Lust und Laune: werkelte am Boot, segelte oder ging mit Lundström angeln. Oder er becherte, wie Oma die Whiskey-Treffen mit Lindroos auf der *Läskelä* nannte. Den Rest der Zeit studierte er seine Papiere, harkte das Grundstück, spazierte im Wald umher oder war auf Reisen. Fort. Kein »Hör mal, Oskar«.

Ich ging den moosbewachsenen Steinpfad hinunter und sah, dass im alten Fischerhaus Licht brannte. Tante Ester! Sie hatte mich allein in der Villa zurückgelassen, obwohl sie angekündigt hatte, im Gästezimmer zu schlafen. Ich lief aufs Fischerhaus zu, mein Nachthemd flatterte im Wind, der Lichtkegel der Taschenlampe irrte hin und her. Auf der Uferwiese glomm wie eine schützende Laterne ein freundliches Glühwürmchen. Die nachtfeuchten Gräser schmiegten sich an meine nackten Beine, und ich blieb stehen und pflückte das Glühwürmchen in meine Hand. Das Tier krümmte sich leicht zusammen – mir fiel ein, was Juhani gesagt hatte. Dass der Wurm eigentlich ein Käfer sei und das Licht einer chemischen Reaktion zu verdanken, mit der die Weibchen die Männchen anlockten. Ich fand es überaus mutig von diesem kleinen Weibchen, dass es ganz allein im Dunkeln Männchen anlockte! Wie der weiße Falsche Jasmin, der mit seinem walderdbeerähnlichen Duft Nachtfalter zum Bestäuben rief. Ich wollte bereits ein Schraubglas aus der Küche holen und das Glühwürmchen am Morgen Hannu und Jussi zeigen, da fiel es mir ein: Sie waren weg, fortgebracht von der Insel, und Opa war im Krankenhaus und Oma verschwunden. Unauffindbar.

»Tante Ester?«, flüsterte ich zaghaft.

Keine Antwort. Die niedrige Hütte war aufgeräumt, alles lag an seinem Platz. Das Feuerholz ordentlich aufgeschichtet am Herd, die Schürze zusammengelegt auf der Bank, die schwarzen Schaftstiefel neben der Tür. An der Garderobe hing die graue Strickjacke, gleich neben der schwarzen Jacke für die Stadt. Auf dem Regal lagen ein kleiner Hut und eine große Haarnadel mit Perle.

»Tante Ester!«, rief ich, doch im Haus blieb es still.

Ich ging wieder hinaus, dann sah ich es: die Gestalt eines schwarzen Mannes im Mondschein, auf dem Hügel mitten in unserem Garten. Ich stand wie angewurzelt, mir stockte der Atem; in meiner Brust zirpten nervöse Grillen um die Wette, begleiteten meinen wummernden Herzschlag. Irgendwo knackte ein Ast – der Mann spähte zum Glück nicht zu mir, sondern Richtung Villa, wo ich das Licht angelassen hatte. Da kapierte ich. Lennart! Ohne ihn aus den Augen zu lassen, trippelte ich rückwärts zur Fischerhütte zurück. Ich überlegte, mit was ich Tante Ester und mich verteidigen konnte. Mir fiel ein, dass Oma und ich die spitzen Würstchengrillstäbe am Feuerplatz gelassen hatten, doch bis dort war es zu weit. Lennart würde längst ins Haus gedrungen sein. Ich schlich mich auf die Rückseite der Hütte und sank schluchzend an der Holzwand zu Boden; neben mir hingen Opas Fischernetze. Mir blieb nichts, als darauf zu warten, dass er Tante Ester umgebracht hatte und die Reihe dann an mich käme. Vielleicht wollte er Månvik in Brand stecken, sodass die gesamte Insel in Schutt und Asche liegen und jede Spur von uns ausgelöscht werden würde.

Als die Gestalt schließlich im Morgenmantel an der Hütte stand, das dunkle Haar zu einem langen Zopf gebunden, zitterte ich vor Kälte und Panik und hatte keine Kraft mehr zu fliehen. Ich presste die Augen zusammen und versuchte unter die Hütte zu kriechen – da erkannte ich Tante Esters Stimme.

»Liebes Kind, mein liebes kleines Kind«, wiederholte sie immer wieder.

Ich krabbelte heulend hervor, mit zitternden Händen half sie mir auf die Beine.

Der mannshohe Wacholderbusch stand im Garten an derselben Stelle wie immer, neben den Pfingstrosen; ich hatte mich beim Versteckspiel schon oft darin verborgen. Doch in dieser Nacht hatte der Busch sich in den Killer Lennart verwandelt. Um mich herum waren nur noch Dunkelheit und Tod; es gab keinen Trost mehr in der Welt und niemanden, der sich um mich kümmerte.

Tiefe Mattigkeit drückte mir die Augenlider zu, Tante Ester hielt meine Hand, die frische Bettwäsche roch nach dem vergangenen Sommer. Durch die Gardinen konnte ich den Nachthimmel sehen, Sterne, den Vollmond. Ich wünschte mit der ganzen Kraft meines Herzens, dass Hannu und Jussi bei mir wären, doch der Sommer war vorbei. Ich fürchtete, dass die Cousins nie wieder kämen.

Ich stand an der Haltestelle für den Kaufmannswagen und das Postauto und wartete auf Juhani, der uns mit Opas neuem Mercedes abholte. Er sah fremd aus, größer als beim letzten Mal. Er hatte Opa bereits leicht überragt, als er seine Jawa bekommen hatte, doch jetzt war er mindestens einen ganzen Kopf größer, und er trug einen Bart – und einen Ring. Er erzählte, dass er sich in Lappland verlobt hatte. Der schwarze Bart stand ihm nicht, und ebenso wenig gefiel es mir, dass er sich mit irgendeiner Marja-Liisa verlobt hatte, die mir noch nie zuvor begegnet war. Juhani nannte sie zärtlich Marre.

Tante Ester und ich hatten alles gepackt. Als sie mich fragte, ob wir Marmelade und Gurken mitnehmen sollten, sagte ich Nein. In der Kalevankatu angekommen, erzählte Tante Ester, sie würde gern für ein paar Tage zu Erik und dessen Freund Gustav nach Stockholm reisen, wenn das für mich und Juhani in Ordnung sei.

Endlich konnte ich mal wieder im Affenhaus wohnen, doch meine triste Stimmung ließ sich nicht verscheuchen. Ich fror ständig, obwohl draußen noch immer sommerliche Hitze herrschte. Ich schlief unruhig und träumte schlecht. Wir besuchten Opa im Krankenhaus an der Unioninkatu; er war wegen eines Herzinfarkts dorthin verlegt worden.

Als wir sein Zimmer betraten, sah ich Tante Aili Opas Wange streicheln. Kaum bemerkte sie uns, zog sie errötend ihre Hand zurück. Tante Ester blickte sie scharf an, doch Juhani ergriff versöhnlich die Hand, die eben noch Opas Wange liebkost hatte. Ich umarmte Opa und weinte in seinen Pyjama; er klopfte mir auf den Rücken.

»Alles wendet sich zum Guten, glaub mir, Marie. Du bist ein starkes Mädel. Viel stärker, als du's weißt.«

Ich glaubte ihm. Bald wäre alles wieder gut, Opa wusste

es. Das Rot verschwand so schnell von Tante Ailis Wangen, wie es gekommen war; jetzt glühten nur noch ihre dunklen Augen. Sie trug ein cremefarbenes Kostüm und hochhackige Schuhe, an Opas Fußende ruhte ihre grüne Lacktasche. Ich hatte Tante Aili stets gemocht und sie bei meinen Besuchen in der Fabrik regelmäßig gesehen, sie sprach immer mit tiefer ruhiger Stimme. Zu Anfang hatte sie mit den anderen Näherinnen in einer Halle gesessen, später arbeitete sie in einem Extraraum, der durch eine getönte Scheibe von den übrigen Frauen abgetrennt war. An der Tür stand *Frau Aili Plyhm, Direktorin des Nähsaals.* Aili bot aus einer runden Büchse großzügig Mon-Pensier-Fruchtpastillen an, und nebenan im Nähsaal roch es nach Stoff, Zimtwecken und Kaffee, der in einem kleinen Hinterzimmer gekocht wurde. Die Maschinen surrten, und der Boden war übersät mit Fäden, die nach dem Besuch an den Hosenbeinen klebten. An den Fäden erkannte Oma immer, dass Opa einen Abstecher in die Näherei gemacht hatte. Opa und Aili gingen oft gemeinsam auf Dienstreise, und wenn in der Kalevankatu gesellige Abende stattfanden, war auch sie mit dabei. Sie hatte lange rote Nägel in der Farbe ihres Lippenstifts und rauchte ihre Zigarette mit einem elfenbeinfarben verzierten Mundstück. Mit Ailis Besuchen war es nach einem heftigen Streit zwischen Oma und Opa vorbei – Opa hatte in der Fabrik übernachtet. Ich hörte, wie Oma fragte, ob Opa möglicherweise mit Aili Plyhm im selben Raum genächtigt habe, woraufhin Opa erwiderte, und wenn schon, was sei schon dabei, wenn man im selben Zimmer schläft.

Mit einem Knall zerbrach der Kübel der Amaryllis – Juhani hatte die eingegangene Pflanze vom Balkon in den Garten geworfen.

»Du wirst einen kurzen Weg zur Schule haben«, sagte er und stellte den Wasserkessel auf den Tisch.

Das Wort *Schule* bohrte sich wie eine Lanze in meine Brust. Eingeschult wurde Maria Falk, Maria Falk … nicht Maria Autere.

Sogar Hannu hatte sich gewundert, als er von dem neuen Namen hörte. »Als hätten wir beide geheiratet«, scherzte er.

Ich versuchte meinen Kummer herunterzuschlucken. Ich mochte den Namen Autere lieber als Falk und testete es vor dem Spiegel: Sagte man »Au«, schürzten sich die Lippen vorne so lustig, bei »tere« zogen sie sich nett in die Breite. Ich wiederholte es viele Male, dann wechselte ich zu Falk, Falk, Falk und dachte an einen hoch am Himmel segelnden Turmfalken, der mit scharfen Augen weit blicken konnte, in jede Richtung.

Juhani stellte einen Teller mit Mortadella vor mir ab, in deren Mitte ein Spiegelei ruhte, wie auf einem Nest. Das beste Essen, das ihm einfiel. Und das er konnte.

»Wirst du sie heiraten?«, fragte ich.

»Ja.«

Ein Brocken stieg in meine Kehle. Ich musste ihn mit Milch hinunterspülen; Soße gab es ja keine. Ich fragte Juhani, ob er wisse, wann Mama und Papa wieder nach Hause kämen. Bis zum Schulanfang war noch reichlich Zeit, ich überlegte, was ich tun sollte; die anderen Kinder waren noch auf dem Land oder in Ferienlagern. Ob ich wieder ins Affenhaus zurückkonnte? Oder würde ich mit Tante Ester in der Kalevankatu wohnen?

»Helen und Heikki müssen erst mit dem Zug nach Stockholm fahren, und von da geht's mit dem Schiff nach Finnland.«

Es folgte eine lange Stille.

Ich rührte weder die Wurst noch das Ei an, und Juhani drängte mich nicht.

»Denk nicht an Oma. Niemand kann was dafür.«

»Findest du sie hübsch?«

»Wen?«

»Na, deine Marre.«

»Klar. Du etwa nicht?«, fragte er interessiert.

»Natürlich! Eine Hässliche würdest du sicher nicht nehmen.«

»Genau. Ich wollte eine, die genauso hübsch ist wie meine kleine Schwester.«

»Ich bin nicht hübsch!«, protestierte ich verwirrt.

Ich begutachtete mich vor dem Klospiegel. Erst von vorn, dann von der Seite. Die Himmelfahrtsnase und den Schmollmund. Ich trug die Unterwäsche aus Berlin, die kleinen Kreise auf dem Stoff erinnerten mich an Seifenblasen. Hier und da waren die Seifenblasen etwas gewachsen; unter meinem Unterhemd begannen sich zwei empfindliche Erhebungen zu wölben. Ich hatte in diesem Sommer einen gewaltigen Schuss gemacht, lange Haare umrahmten mein gebräuntes, kummervolles Gesicht. Seit Oma fort war, hatte niemand mehr mein Haar zum Zopf geflochten oder es zum Pferdeschwanz gebunden; es wuchs vor sich hin und verzottelte.

Juhani fielen solche Dinge nicht auf, genauso war ihm entgangen, dass ich dünn war wie eine Bohnenstange und alles Essbare wegtat, sobald er nicht hinsah.

Zu Anfang fremdelte ich in ihrer Gegenwart und sagte nicht viel. Marre hatte lange braune Haare wie Juhanis frühere Freundinnen, allerdings nicht so große Brüste. Ihre Beine erinnerten an eine Giraffe, vermutlich konnte sie sie auch verknoten. Sie trug oft eine graue Männerschirmmütze, ein ärmelloses weißes Oberteil und enge Hosen mit Blumenmuster – darin unterschied sie sich von seinen Exfreundinnen. Als ich entdeckte, dass auch Marres Hosen kurz über dem Knöchel aufhörten, jubelte ich; kürzere Hosen waren also in. Sie und Juhani wollten in den Vorort Otaniemi ziehen, da Juhani dort studierte, doch bis Mamas und Papas Rückkehr wohnten wir zu dritt im Affenhaus. Marre hatte einen Sommerjob bei einer Zeitung, Juhani arbeitete auf dem Bau. Sie schliefen im Schlafzimmer unserer Eltern, ich in meinem eigenen Zimmer. Marre dachte sich Aufgaben für mich aus; den Abfalleimer leeren und mit ihr einkaufen gehen, die Liste hatte sie vorher fertig geschrieben. Sie machte Schmorfleisch, Ofen-Pfannkuchen, Käsespieße und einen Nudelauflauf wie bei Tante Ester.

Wir putzten die Wohnung: klopften die Teppiche aus, wischten die Böden, wienerten die Fenster, säuberten den Kühlschrank, lüfteten die Bettwäsche. Wir legten eine Tischdecke auf den Tisch und stellten Blumen in die Vase. Marre malte mit mir. Doch sobald sie Fragen zu Oma und Opa oder Mama und Papa stellte, verstummte ich. Also fragte sie nicht mehr.

Abends gingen wir zu dritt zu Opa ins Krankenhaus.

»Da isse ja, das Mädchen aus Lappeenranta!«

»So sieht's aus! Fehlte noch, dass ich Vera heiße, wie in dem Film von der schönen Vera aus Lappeenranta, aber ich bin Marre, einfach Marre.«

Opa mochte Marre. Na ja, eigentlich mochte er alle hübschen Frauen.

»Schön biste! Wie die Lilie von Saron. Gehst noch zur Schule, was?«

»Ich bin Journalistin, oder ich werd eine. Ich studier an der Uni Kommunikationswissenschaften.« Marre hatte diesen lustigen kleinen Dialekt, fast als wäre sie mit Opa verwandt.

»Ich seh, ihr zwei habt Brunftgesichter. Dann heiratet mal flott und macht ordentlich viel Nachwuchs!« Opa lachte und verhielt sich fast wie früher, und das im Krankenhaus.

Er bat uns, in Månvik vorbeizufahren und auf der Nachbarinsel noch bei den Östermanns nach Heli und ihren Kindern zu schauen. Er gab Juhani Geld und sagte, er solle etwas Neues für mich zum Anziehen und ein nützliches Mitbringsel für Heli, den kleinen Tommy und das Baby kaufen.

Als wir gehen wollten, kam uns Lindroos im Flur entgegen. Er stand noch immer unter Schock und redete wirres Zeug. Er fragte uns, ob Omas Leichnam gefunden worden sei und was eigentlich genau vorgefallen war. Juhani erwiderte, dass es doch inzwischen jeder mitbekommen haben müsse, ein Unfall sei es gewesen. Doch Lindroos beharrte; Oma war eine gute Schwimmerin, sie konnte unmöglich ertrinken und musste irgendwo anders sein. Juhani versuchte ihn zu beruhigen, doch Lindroos sagte, er wolle nun Opa befragen, er würde es schon herausfinden. Dann sagte er noch, dass auch seine Frau Helga im Krankenhaus läge und die Ursache unklar wäre. Das Herz wohl. Ich fühlte mich elend, da ich so viel über Lindroos wusste, was ich nicht erzählen durfte, niemandem – ich hatte geschworen, das Geheimnis für mich zu behalten. Eigentlich verabscheute ich Lindroos ja. Ein kleines dürres Männchen, das säuerlich roch und immerzu klagte.

Im Warenhaus Stockmann begleitete uns ein Fahrstuhlmädchen mit Uniform, einem schief aufgesetzten Hütchen und weißen Handschuhen. Sie klimperte mit falschen Wimpern und kaute Kaugummi.

»Zweiter Stock«, sagte sie, öffnete mit einem Ruck die Tür und entließ uns zusammen mit ein paar weiteren Kunden.

Ich bekam die ersten Jeans meines Lebens, echte Jeans! Und dazu ein gelbes Baumwollhemd mit Knopfleiste und einem Tunnelzug am unteren Saum. Im Schuhgeschäft an der Kalevankatu kauften wir Clogs mit Holzsohle und Lederriemen und einem goldenen Knoten obendrauf. Als Abschluss teilten wir uns bei *Primula* eine Flasche Orangenlimonade, und Marre rauchte eine Zigarette.

Abends badete ich. Marre schrubbte mich vom Scheitel bis zur Sohle, wusch mir die Haare, rubbelte mich trocken, schnitt mir einen kleinen Pony, steckte mir einen Dutt und sagte, ich sähe aus wie Holly Golightly.

»Toller Film, ich mochte ihn wahnsinnig, und du, Juhani? Ich hab die Platte dazu, die müssen wir mal hören«, plauderte sie, summte ein paar Takte und fingerte an meinen Haaren. Herrlich fühlte sich das an.

Juhani fand den Pony seltsam, doch Marre scherte sich nicht darum, schickte auch ihn in die Badewanne und stieg selbst hinterher. Als sie ihm die Haare wusch, kicherten die beiden laut. Danach verpasste Marre auch Juhani einen neuen Haarschnitt und zündete Kerzen auf dem Balkon an, wo die beiden sich zusammen auf einen Stuhl quetschten. Marre rauchte wieder eine Zigarette und las aus John Lennons verrücktem Buch vor.

Ich wurde am 9. Oktober 1940 gebohrt, als, glaube ich, die Nazmiefs unter Adoof Hitzler (der nur eins hatte) uns noch bombastierten. Mich haben sie jedenfalls nicht gekriegt. Ich besuchte verschwielenartige Schulen in Liddypuhl. Dort habe ich sehr zum Ergo meiner Tanten nicht viel getan. Als Mitglied der hochgepriesten Beatles mögen meine (und P. G. und R's) Platten euch komischer erscheinen als dieses Buch, aber es ist meine feste Erzeugung, dass diese Stammlung von Kurzgekichten die wunderfaulste Lache ist, die ich jemals losgelassen habe. Gott säge und verhüte Euch.

»Ich werde mein Bestes geben«, versprach Juhani und schob seine Hand unter Marres Pullover.

Die Dinge hatten sich grundlegend geändert, nie würde es mehr sein wie früher. Ich wusste nicht, wer ich war und was passieren würde, wenn Mama und Papa zurückkehrten. Doch Juhani und Marre durchs Wohnzimmerfenster zuzusehen tröstete mich. Marre hatte ihren Plattenspieler ins Affenhaus geschleppt, auf dem Teller drehte sich langsam eine große Vinylplatte. Ich betrachtete die langhaarigen Jungs auf der Hülle – obwohl Marre John Lennon am besten fand, bevorzugte ich Paul McCartney, wegen seiner dunklen Augen. Braun und tiefsinnig, wie bei Papa.

Ich weiß nicht, wie alt ich war, als ich noch Mittagsschlaf hielt. Jedenfalls lagen wir in dem Birkenholzbett mit dem hohen Kopf- und Fußende. In Papas Mundwinkel glomm eine Zigarette, er kraulte mir den Nacken. Der Rauch kratzte in meinem Hals, doch der Mentholduft roch gut. Mit der anderen Hand hielt Papa die Zeitung – ich wartete, dass er die Nachrichten durchlas und wir uns den Mumins widmen konnten. Der Comic bestand aus drei Bildern, auf denen sich Mumin und Snorkfräulein auf die Ankunft des Winters vorbereiteten. Papa spielte beide nach: Als Snorkfräulein sprach er mit schriller Stimme und hielt sich die Haare straff aus der Stirn, sodass er wie ein Mädchen aussah. Dann schüttelte er sich die Haare ins Gesicht und sprach als Mumin mit einer Jungsstimme. Ich feuerte ihn an, das Spiel mehrmals zu wiederholen, denn eine drei Bilder lange Geschichte war ziemlich kurz, und das Snorkfräulein war so witzig, dass Papa sogar selbst kichern musste. Kurz bevor ich einschlief, hörte er mit dem Nackenkraulen auf – »weitermachen«, bat ich. Die Zeitung knisterte, eine neue Zigarette brannte, und das Kraulen ging weiter. Als ich aufwachte, lag ich allein im Zimmer. Die Vorhänge waren zugezogen, Papa hatte seine Strickjacke über mich gebreitet. Die Abendzeitung ruhte zusammengefaltet auf der Matratze neben mir, im Aschenbecher lagen zwei Stummel. Papa, das blaue Textheft und die Menthol-Meil-Zigaretten waren fort.

Ich lasse heißes Wasser in den Eimer laufen und gebe Kiefernschmierseife dazu. Der unschuldige Geruch beruhigt mich; ich wische den Boden der Villa, obwohl es sauber ist und alles an seinem Platz steht. Schon im Oktober haben wir einen gründlichen Herbstputz veranstaltet und das Haus bereit gemacht für den Winter. Eigentlich besuchen wir Månvik zu jeder Jahreszeit, in der wirklich dunklen Zeit allerdings seltener. Bis Weihnachten sind es nur noch eineinhalb Wochen.

Ich putze mich schwungvoll zur Küche vor, bücke mich zwischendurch, um auch die Kanten der Türschwellen gründlich zu bearbeiten, und verspüre große Zufriedenheit, wenn ich in irgendeinem Winkel ein Spinnennetz mit einer toten Fliege entdecke. Aus dem Rauchfang des Holzofens ist Ruß auf den Boden gerieselt, auch da wische ich sorgsam nach. Ich hebe die Stühle verkehrt herum mit der Sitzfläche auf den Tisch und wienere unter der Tischplatte. In regelmäßigen Abständen wringe ich graues Schmutzwasser aus dem Lappen, tauche ihn ins Wischwasser und lasse ihn wieder weiterwandern, links, rechts, links, rechts, bis ich ihn erneut auswringe und ins Wasser tauche. Draußen herrscht klirrend kalter Frost, die Uhr in der Bibliothek schlägt halb. Auf einmal klingelt in der Schürzentasche mein Handy. Ich schleudere den Lappen in den Eimer,

Wasser spritzt auf den Boden, auf dem Display steht *Huttunen*. Enttäuschung schießt durch meinen Körper. Huttunen, natürlich. In einer halben Stunde beginnt die Generalprobe, da ist die Atmosphäre im Theater entsprechend hysterisch und der Regisseur aus dem Lot. Ich bin wehmütig, weil wir etwas Wichtiges loslassen müssen, doch kann man es auch mit Tschechow halten. Forte beginnen und pianissimo enden. Der Regisseur und ich haben beschlossen, dass Mascha in der letzten Szene, ehe hinter der Bühne der Schuss losgeht, ein weißes Tuch mit leuchtend blauen Stiefmütterchen trägt. Die Kostümbildnerinnen wollen es bis zur ersten Hauptprobe gefertigt haben, damit Huttunen sieht, welche Wirkung es erzielt. Ich muss dafür nicht anwesend sein, ich weiß auch so, wie es wirkt. Mir gefällt diese Lösung, aber Huttunen hält sie inzwischen für verwirrend. Ich erkläre ihm die Hoffnungskomponente der Farbe Blau, doch gleichzeitig fällt mir ein, dass Huttunen teilweise farbenblind ist; Farben bedeuten ihm nichts. Und wieso überhaupt Hoffnung, wozu muss das Blau der Hoffnung aufscheinen, obendrein noch an Mascha? Schließlich fällt mir eine gute Begründung ein: Die Hoffnung, das ist Maschas Jugend, das Kind – Kinder haben schon immer Neues in ein Leben gebracht, das auf der Stelle tritt. Ich schlage vor, dass Mascha das Tuch mit großer Geste ganz langsam um sich hüllen könnte, das sei sehr vielsagend. Unklar ist nur noch, welches Material am besten für den richtigen, zeitlupenartigen Effekt geeignet ist. Huttunen wird den Stoff schon kaufen. Mit Regisseuren muss man ständig feilschen, besonders dann, wenn die Idee nicht von ihnen kommt.

Ich kenne seine zweifelnde Stimme genau.

»Na ja. Aber okay, wir probieren's. Wir müssen uns ranhalten«, sagt er, dann ist die Leitung unterbrochen.

Auf der Insel ist es leichter, auf Hannu zu warten, als in der Stadt. Und mein Warten wird immer aufgeregter. Brennende Gedankenfetzen, Erinnerungen steigen auf, an die ich eigentlich nicht denken möchte, von denen ich annahm, sie seien bis in alle Ewigkeit im Sumpf des Vergessens versunken. Sie sind wie ein Lippenherpes: erst das kaum wahrnehmbare Pochen, dann eine deutliche Empfindlichkeit, ein Kribbeln und schließlich das Bläschen, das mit Zovirax versorgt werden muss. Doch jetzt helfen weder Salben noch andere medizinische Mittel. Jetzt steigt alles an die Oberfläche und platzt auf, Zurückdrängen oder Beiseiteschieben gilt nicht. Es wuchert weiter, zu einer großen, unkontrollierbaren Traube.

Wir taten, was Opa uns aufgetragen hatte, und besuchten Heli und ihre Kinder auf der Insel. Während die Fähre laut vibrierend auf das gegenüberliegende Ufer zusteuerte, starrte ich ins Wasser – vielleicht blitzte Oma irgendwo hinter dem dunklen Spiegel auf. Auf das trübe Meer und in den Nieselregen starrten auch der alte Isaaksson, an seinen Wolga gelehnt, Antti Myyrä und Lundström. Hund Josef hatte in alle Himmelsrichtungen Witterung aufgenommen. Leise redeten sie mit Juhani. Alle wussten, dass Catharina Falk verschwunden war, höchstwahrscheinlich ertrunken. Das war auf der Insel keine Seltenheit; so mancher Fischer hatte sein Leben bei einem heftigen Sturm auf dem Meer oder auch am heimischen Ufer gelassen. So wie Lundströms Vater, der zum Heringsmarkt nach Helsinki aufbrechen wollte. Nach dem Abendessen hatte er seine Frau zum ersten Mal in vierzig Jahren geküsst und ging dann ans Ufer, um zu prüfen, ob das Boot ordentlich festgemacht war. Als er nicht wieder auftauchte, lief sie ihm nach. Im ruhigen Wasser schwamm die Schirmmütze, und später fand die Küstenwache den Fischer am Meeresgrund, nur wenige Meter von seinem Boot entfernt. Auch der Bruder von Antti Myyrä war Ende der 40er Jahre ertrunken; er war mit seinem Boot in Senkholz geraten. Obwohl gründlich gedreggt wurde, blieb das Boot unauffindbar. Irgendein Unglück musste es gegeben haben, die Leiche wies Quetschungen auf. »Das Meer nimmt, was ihm gehört«, mit diesem Spruch mussten sich die Insulaner zufriedengeben.

Wir sahen nach, ob die *Läskelä* ordentlich festgezurrt und die Villa gut verschlossen war und ob es irgendwo eine Spur von Oma gab, auch wenn das keiner aussprach. Noch immer glaubte keiner, dass sie ertrinken konnte.

Die *Läskelä* thronte neben ihrer Boje, der Bug zeigte nach Norden. An der Wäscheleine spielte der Wind mit Omas weißer Badekappe, die keiner abzunehmen gewagt hatte.

Nachmittags kamen wir auf der Insel an, der Fischtrawler von Östermanns war am soliden Steg festgemacht. Eisenschrott, Motorteile, Brunnenringe, rostiger Draht und schuppige Fischkisten lagen kreuz und quer am Ufer herum. Das Fischerhaus stand an einer Bucht, wo nur der Nordwind hingelangte. Im Garten blühte der letzte Phlox des Sommers, in den Büschen streiften graue Katzen umher, die erstarrten, als sie uns sahen, und dann in ihre Verstecke glitten.

Die Tür des rot gestrichenen Hauses schwang im Luftzug, an der Leine bellte ein Hund. Im Kleintiergehege vor dem Stall trippelten die Hühner, ein Stück weiter weidete eine Herde Schafe. An der Wäscheleine trockneten Mullwindeln, Strampler und Jäckchen.

Im Erdgeschoss des Hauses saß eine zahnlose Alte am Webstuhl und wies uns nach oben. Lasse und Thelma seien auf dem Markt und kämen am Abend zurück, sagte sie. Lasse und Thelma waren Bennys Eltern.

Oben im kleinen Zimmer lagen überall weiße Laken; auf dem Tisch, den Stühlen, sogar auf dem Boden. Als würden wir in Schneewehen stehen. Das Baby schlief in einer

Pappkiste, aus der nur sein Haarflaum hervorschaute. Der ältere Tommy spielte mit Lego, Heli saß im Nachthemd mit verwuschelten Haaren daneben.

»Wascht euch die Hände.«

An einem Kleiderhaken hing ein Handtuch, in der Ecke stand eine Waschkommode mit einer Schüssel und einer Flasche grüner Flüssigseife.

»Phisohex. Das desinfiziert. Wasser ist in der Kanne.«

Heli lugte in die Pappkiste, wo das Baby laut im Schlaf atmete. »Muss wieder was zu trinken kriegen.«

»Es schläft doch«, warf Marre ein und schaute zu Juhani.

Heli nahm das schlafende Kind auf den Arm und versuchte es zu wecken.

»Man muss es alle vier Stunden stillen.«

»Auch wenn es schläft?«, fragte Marre verwundert und nahm Tommy auf den Schoß.

»Haben sie im Krankenhaus gesagt.«

Das Baby wollte den Mund nicht aufmachen, so sehr Heli ihm auch die Brustwarze ins Gesicht drückte und ihm in die Wangen kniff.

»Darf ich mal halten?«, bat Marre und ließ Tommy wieder zu Boden.

»Erst, wenn es satt ist und ich die Windeln gewechselt habe.«

Doch das Baby wollte nicht wach werden, und schließlich nahm Marre das kleine Mädchen einfach auf den Arm.

Helis Bauch stand trotz des weiten Nachthemds deutlich sichtbar hervor. Sie, Benny, Tommy und das kleine Mädchen wohnten zu viert hier oben; die Schwiegermutter, der Schwiegervater und dessen Mutter lebten unten. Juhani überreichte Heli einen Briefumschlag mit Opas Geld, Marre schenkte Tommy kleine Pantoffeln und eine Latzhose aus Helsinki. Juhani erzählte, dass es keine Beerdigung für Oma geben würde, weil man sie noch nicht gefunden hatte. Heli war in ihre Gedanken versunken; schaute nur nervös zum Baby, als würde Marre ihm Böses wollen.

»Ich muss es wickeln«, wiederholte sie.

»Willst du es wirklich aufwecken?«, beharrte Marre.

»Es kriegt sonst Ausschlag.«

»Mama und Papa kommen aus Paris zurück«, sagte Juhani, um das Thema zu wechseln. »Soll ich ihnen sagen, dass sie dich besuchen sollen?«

»Hier?!«, fragte Heli gereizt.

Sie nahm das Mädchen und wechselte ihm auf dem Bett die Windel. Ich fragte, ob es schon einen Namen habe.

»Annika.«

»Wie bei Pippi? Tommy und Annika!«

»Da bin ich gar nicht draufgekommen«, staunte Heli, und ein Lächeln huschte über ihr bleiches Gesicht. »Daher habe ich die Namen also!«

Ich sah zu, wie sie den kleinen Popo abwusch, der rot war wie bei einem Pavian.

»Jetzt schaut nur. So sieht das aus, wenn man sie nicht oft genug wickelt.«

Marre warf Juhani einen zweifelnden Blick zu.

»Da ist doch nichts dabei, so sehen Babypopos halt aus.«

Heli puderte die Pobacken mit Talkum, der statt nach Rosen nach Medizin roch. Das Mädchen wachte auf und begann zu quengeln. Ich streichelte sein seidig schwarzes Haar.

»Ich glaube, ihr geht es jetzt besser.«

Das Baby sah überhaupt nicht aus, wie ich es mir vorgestellt hatte – süß, rundlich und großäugig, so wie Tommy.

Das Mädchen war dünn und zerknautscht, und seine Augen rollten unruhig umher.

»Wir müssen sie von hier wegkriegen«, stellte Juhani fest, als er den Motor startete. »Es gibt ja nicht mal fließend Wasser.«

»Mischt man sich bei euch immer so radikal ins Leben der anderen ein?«

Marres Stimme übertönte mit Leichtigkeit das Motorengeräusch. Ich hatte Angst, dass sie zu streiten anfingen.

»Nein, aber –«

»Anscheinend doch! Sie sagt schon Bescheid, wenn sie Hilfe braucht.«

»Du kennst sie nicht. Sie ist solche Verhältnisse nicht gewöhnt. Stell dir nur mal vor, wie es hier im Winter ist! Wenn man nicht mehr mit dem Boot durchs Eis kommt, aber das Eis auch noch nicht trägt. Dann ist man vollkommen abgeschnitten.«

»Klar ist sie das nicht gewöhnt! Meine Güte, Juhani, sie ist daran gewöhnt, dass nie einer zu Hause ist und sich um sie kümmert!«

»Klar kümmert sich jemand …«

»Ach, so wie um Marie, ja? Deine Mutter und dein Vater?!«

»Marie hat immer jemanden gehabt, der für sie da ist.«

Ich kauerte an meinem Platz im Bug; Juhani steuerte das Boot aus der Bucht. Hinter uns zeigte sich die hufeisenförmige Insel in voller Größe, doch je weiter wir fuhren, umso kleiner wurde sie, bis der winzige Punkt vollständig vom Horizont verschluckt war.

Von Südwesten wehte es kräftig, salziges Meerwasser spritzte an Bord. Marre zog ihre Schirmmütze tief in die Stirn, Juhani warf mir seine Öljacke zu.

Ins Affenhaus war eine neue Familie mit einem Mädchen in meinem Alter eingezogen. Der Vater war Regisseur, die Mutter Souffleuse, und Tuikku würde im Herbst auf dieselbe Schule gehen wie ich. Ich erzählte ihr nicht, dass ich eigentlich in der Kalevankatu wohnte und dass Oma im Meer lag oder sonst irgendwo und Opa im Krankenhaus.

Tuikku durfte zu Hause tun und lassen, was sie wollte; ihre Oma war blind. Sie saß im Wohnzimmer im Lehnstuhl und wandte ihre Ohren in unsere Richtung, sobald wir reinkamen. Tuikku trug mir auf, laut mit ihr zu reden, damit sie unbemerkt Geld aus deren Portemonnaie nehmen konnte. Die Oma hatte große Augen, die beinahe wie Hühnereier aus ihrem Gesicht hervortraten. Hätte ich nicht von ihrer Blindheit gewusst, ich hätte angenommen, dass sie ausgesprochen gut sieht. Sie rauchte Pfeifentabak, Klub 77, der anders roch als Marres Kent, Opas Meester Hans oder Papas Menthol Meil.

»Was machst du?«, gellte die Oma mit einer Stimme, die an Popeye erinnerte.

Sie drehte ihren Kopf Richtung Tuikku, die gerade die Scheine aus dem Portemonnaie nahm. Tuikku antwortete, sie hole uns zwei Äpfel aus der Schale, woraufhin ihre Oma Essensreste vom Vortag anpries.

Wir verzogen uns schleunigst in die Drogerie, in der wir Plastikgoldringe und glitzernde Perlenketten auswählten. Im Haushaltswarenladen kauften wir Gummibären zu einem Pfennig, kleine Kirschlollis und dicke Salmiak-Kegel und in der Filiale von Helsinkis Molkerei noch zwei Moskauer, ein Himbeergebäck mit rosa Zuckerschicht. Zum Trinken holten wir zwei Flaschen gelbe Jaffa-Limonade, und mit diesem Paket gingen wir an den Strand.

Das Wasser der Bucht Laajalahti glänzte in der Sonne. So

langsam wie möglich ließ ich die Zuckerschicht in meinem Mund schmelzen, dann spülte ich mit Limonade nach. Beduselt von den Süßigkeiten legten wir uns hin und machten mit den Armen Engelfiguren im Sand. Wir bogen Fingernägel aus den Verschlüssen der Limonade, planschten im flachen Wasser, kreischten auf der Rutsche. Über uns war der Himmel so gleißend hell, dass man die einzelnen Wolken kaum erkennen konnte. Alles verschmolz zu einem sanften Schaum, Geräusch, Licht, Wärme, und die Zeit verlor ihre Bedeutung. Wichtig war allein, dass ich eine neue Freundin hatte.

Als Tuikku im A-Treppenhaus verschwunden war, überlegte ich, was ich sagen könnte, wenn Juhani und Marre nach dem Schmuck fragten.

»Hab ich am Straßenrand gefunden.«

»*Wo?*« Marre lachte und sah Juhani amüsiert an.

»Hast du etwa geklaut?« Juhani wirkte nervös.

»Nein.«

»Woher ist das dann?«

»Aus dem Laden am Park!«, brüllte ich, um nicht zu weinen.

»Und von welchem Geld?«

»Von Tuikkus Oma!«

Ich rannte ins Badezimmer und riegelte ab, bibbernd setzte ich mich auf den Klodeckel. Ich hatte immerhin teilweise die Wahrheit gesagt. Dennoch überlegte ich, mich auf den Badewannenrand zu werfen, sodass mein Schädel entzweisprang und Juhani und Marre und Mama und Papa und alle anderen um mich trauern und ihr Verhalten bereuen würden.

Als ich abends im Bett lag, kam Juhani an meine Tür.

»Mama und Papa kommen am Montag.«

»Mhm.«

»Wir ziehen dann nach Otaniemi.«

»Mhm.«

»Wieso hat Tuikkus Oma euch Geld gegeben?«

»Sie ist blind.«

Morgens warf ich den billigen Ring und die falschen Perlen in den Ofen, spürte dabei aber noch immer den Zucker auf meiner Zunge schmelzen. Im nächsten Moment erschrak ich. Wann hatte ich zuletzt meinen Granatring gesehen? Am Vortag am Strand? In der Drogerie beim Schmuckkauf? Ich lief zurück an die Kasse und fragte nach dem Ring. Nein, die Verkäuferin hatte ihn nicht gesehen. Ich flitzte zum Strand, in mir nur der eine hämmernde Gedanke: Wenn der Ring verschwunden blieb, war das ein endgültiges Zeichen, Oma wäre für immer fort. Es gäbe keinen Hoffnungsschimmer mehr. Dabei hatte ich mir insgeheim so heftig gewünscht, dass sie zurückkäme, dass sich alles, was passiert war, als schlechter Traum erwiese und die Dinge wieder so wären wie vorher, so wie sie immer gewesen waren. Der Sommer in Månvik würde weitergehen, Hannu und Jussi wären wieder da, wir würden im Rabenwald und auf dem Trollzahn spielen, und Mama und Papa arbeiteten in Paris.

Ich suchte dort, wo Tuikku und ich gelümmelt hatten. Ein Stück weiter hüpften Kinder in ihren Sandburgen umher. Ich wühlte mich immer tiefer, der Sand wurde dunkel und feucht, dann machte ich an einer anderen Stelle weiter. Es wurde dämmrig, die Menschen verschwanden, ich grub mit zerschrammten Händen, robbte und kroch am verlassenen Strand umher, doch der Ring blieb verschwunden. Irgendwann lag ich hechelnd im Sand, und die Dunkelheit legte sich über mich wie ein schwarzer Teppich. Oma war tot.

Seit meine Eltern aus Paris zurück waren, nannte ich sie nicht mehr Mama und Papa, sondern Helen und Heikki. Helen sah zart und schmal aus, ihre Augen schienen noch größer geworden. Sie trug ein enges, türkis kariertes Hemdblusenkleid mit Gürtel und langer Knopfleiste. Um die Haare hatte sie ein Band aus demselben Stoff gebunden. Stilvoll, wie aus einem der französischen Modemagazine, die bei Frau Hilden lagen.

»Meine Güte, bist du aber groß geworden«, wunderte sich Helen und gab mir ein Küsschen.

»Und der Pony, der ist neu«, stellte Heikki fest und strich mir über die Wange, im Mund eine brennende Zigarette.

Sie packten ihre Koffer aus. Davon, dass aus mir Maria Falk geworden war, sprachen sie nicht. Ich hatte mich selbst schon daran gewöhnt. Im Grunde waren wir geschieden, so wie Onkel Julius und Tante Bigga. Dass Helen und Heikki sich ein neues Kind nehmen würden, so wie Onkel Julius eine neue Frau genommen hatte, glaubte ich allerdings nicht. Julius hatte die Amerikanerin Karen geheiratet und mit ihr noch ein Kind gekriegt. Na ja, ich hatte ja auch neue Eltern gekriegt – obwohl Oma inzwischen nicht mehr da war. Ich war also eine Halbwaise, und Opa Witwer. Seit Omas Tod sprach ich kein Schwedisch mehr, außer hier und da mit Tante Ester und selten mit einem der Insulaner, und so verkümmerte ich auch sprachlich. Mit Mama, oder Helen, sprach ich nur noch Finnisch, da Heikki es so wollte.

Als Mitbringsel schenkten meine Eltern mir eine Puppe mit klappernden Wimpern, und zwar nicht als Reiseerinnerung für den Schrank in Månvik, sondern zum Spielen. Sie wussten nicht, dass ich kein Kind mehr war und aufgehört hatte mit Puppen zu spielen. Sie waren erschöpft von der

Reise und schockiert über das, was geschehen war; auch Helen konnte die Sache mit Oma nicht begreifen. Nie im Leben würde ihre Mutter ertrinken, sie hatte ihr und den Enkeln das Schwimmen beigebracht, da sie nicht wollte, dass in Månvik jemand ertrank.

Als wir Opa im Krankenhaus besuchten, las er das *Neue Finnland*. Helen brachte ihm Zigarren mit, ich hatte Kuhbonbons gekauft. Opa erzählte, dass Tante Ester ihn besucht hatte und mich in der Kalevankatu erwartete. Ich brachte keinen Ton heraus – der Gedanke an die Kalevankatu erdrückte mich. Es war schön gewesen, mit Juhani und Marre im Affenhaus zu wohnen, obendrein hatte ich dort eine Freundin gefunden. Doch nun zogen Juhani und Marre nach Otaniemi. Opa berichtete Helen knapp, was geschehen war, und meinte, dass man eine Beerdigung erst abhalten könne, wenn der Leichnam aufgetaucht sei. Dann fragte er überraschenderweise, ob Helen von Lennart gehört habe.

»Ob der überhaupt noch am Leben ist?«, fragte Helen. »Aber er müsste dringend erfahren, dass Mama gestorben ist.«

»Das kriegt er schon zu hören. Böse Glocken schallen weit! Wart's ab.«

Dann sprachen sie übers Umziehen und von einer Wohnung in der Mariankatu, die Helen sich anschauen sollte. Opa war merkwürdig einsilbig, wir blieben nicht lange. Ich überlegte, ob ich Helen von Lennarts Besuch in Månvik erzählen müsste oder davon, was Oma mir in Stockholm anvertraut hatte, oder dass ich den Ring, den Oma mir geschenkt hatte, nicht mehr wiederfand. Doch ich traute mich nicht. Ich hatte Angst, dass dadurch alles nur schlimmer werden würde.

Ich wohnte noch ein paar Tage im Affenhaus. Dann hieß es, Helen und Heikki zögen in eine Wohnung in der Mariankatu im Stadtteil Kruunuhaka. Was würde aus mir werden? Ich hatte mich so wohlgefühlt im Affenhaus! Ich erzählte Tuikku von der Mariankatu, auch davon, dass ich eigentlich sogar in der Kalevankatu und nicht im Affenhaus wohnte, dass ich nur vorübergehend mit Juhani und Marre gelebt hatte und von meinen Eltern geschieden war. Tuikku kapierte nicht, wie man mit seinem Opa und dessen alter Haushälterin leben und sich von seinen Eltern trennen konnte.

Auch Juhani und Marre würde ich sehr vermissen. Es half nur wenig, dass sie mich einluden, sie so oft wie möglich in Otaniemi zu besuchen.

Schließlich wurde Opa aus dem Krankenhaus entlassen, und wir wohnten zu dritt in der Kalevankatu, mit Schildkröte. Eigentlich wohnten Tante Ester und ich sogar zu zweit mit Nicki, denn Opa war oft auf Reisen. Er hatte feste Geschäftspartner in Russland gefunden und verkaufte Unmengen von Stiefeln. Das Material kam aus Südamerika, wurde in der Lederfabrik in Porvoo bearbeitet und dann in Opas Schuhfabrik gefahren. Bei uns waren regelmäßig irgendwelche Wanjas zu Besuch, wie Opa die Russen nannte. Sie brachten reichlich Geschenke mit; Opernschallplatten, Sekt, Gläser, Schalen und Vasen und Schokolade mit eigenartigem Geschmack. Tante Ester befahl, die Schokolade wegzuwerfen, weil man nicht wisse, was drin sei. Opa ließ den Besuchern Essen servieren und fuhr sie in seinem Mercedes nach Månvik, wo er Spritztouren mit dem Segel- oder Motorboot veranstaltete. Er brachte es nicht übers Herz, sich von der *Läskelä* zu trennen, allerdings wurden die Motorboote immer größer. Die Russen liebten es, mit voller Fahrt an den Ufern des Finnischen Meerbusens entlangzupreschen und edlen französischen Kognak zu schlürfen.

Einmal saßen sie zum Abkühlen auf der Saunaveranda, lachten laut und rauchten Zigarren. Während ich ihnen Getränkenachschub brachte, sah ich zu, wie Opa sein Glas zwischen den großen und den zweiten Zeh quetschte und den Kognak schwenkte.

»Prösterchen!«, polterte er, beugte sich vor und leerte das Glas mit dem Fuß in den Mund. Gellendes Gelächter; die Russen applaudierten und versuchten es Opa nachzutun, aber niemand war so gelenkig wie er. Ganz nebenbei schlossen sie Verträge ab.

Auch nachdem Helen und Heikki aus dem Affenhaus fortgezogen waren, ging ich ab und zu dort vorbei und besuchte Tuikku. Die blinde Oma mit der Stimme von Popeye kochte uns Essen, später entflohen Tuikku und ich nach draußen. Anfangs nörgelte Tante Ester an diesen Ausflügen herum, doch schließlich gewöhnte sie sich daran, dass ich spät nach Hause kam und zur gleichen Zeit aß wie Opa – wenn er denn in Finnland war und nicht auf Reisen.

Aili kam oft zu uns, allerdings immer erst, wenn Tante Ester in ihrer eigenen Wohnung im C-Treppenaufgang verschwunden war. Manchmal hörte ich Aili und Opa über Oma sprechen; Omas Tod belastete Aili und dass man ihren Leichnam nicht finden konnte. An den Wochenenden übernachtete sie bei Opa, und manchmal fuhren wir mit Tante Ester zu viert nach Månvik. Tante Ester gab es zwar nicht zu, aber sie wollte in Wahrheit nur nachsehen, ob Oma nicht zurückgekommen war. Sie hastete am Ufer entlang, stocherte mit einem langen Ast in der Wiese und behauptete, sie wolle nur frische Luft schnappen. Ich hatte Angst, dass sie sie wirklich finden würde, und atmete erst auf, als Ester ruhiger wurde, ins Fischerhaus ging und das Licht anknipste.

Zu Heli auf die Insel fuhren wir nicht mehr, denn wir hatten die Boote im Oktober aus dem Wasser geholt und winterfest gemacht. Heli würde den ganzen Winter mit den Kindern bei Bennys Familie bleiben; nur solange das Meer noch nicht zugefroren war und wenn Bennys Familie etwas vom Festland brauchte, konnte sie mit ihnen mitfahren. Im tiefen Winter verkehrte dann lediglich ab und zu die Fähre – oder man fuhr mit dem Auto übers Eis.

Als ich mit Opa zum letzten Mal in diesem Herbst in Månvik war, um dort die Vorkehrungen für den Winter zu treffen, sah ich Lindroos an unserem Ufer. Er taumelte und stolperte verloren umher und tauchte irgendwann verfroren bei uns auf. Er hatte sich erschreckend verändert, sah ungepflegt aus, sein Haar war zerzaust wie ein Krähennest, das Gesicht unrasiert. Mit triefender Jacke stand er da und wollte Opa sprechen. Ich verzog mich in die Küche und hörte Lindroos stammeln, wie furchtbar leid ihm das ganze Elend täte, das er ausgelöst hätte. Dann erzählte er, dass Lennart bei ihm gewesen sei und um Geld gebeten habe. Lindroos' Stimme wurde schrill und hoch, Opa bat ihn, sich zu beruhigen. Bevor ich mich nach oben ins Bett schlich, hörte ich Lindroos noch schluchzen, dass Helga von ihm gegangen sei. Er und Opa seien nun beide Witwer, arme Tattergreise ohne Frauen, klagte er.

Helen, Juhani und Marre wurden im April des nächsten Jahres zu einer familiären Bekanntgabe in die Kalevankatu gerufen. Auch Heli war eingeladen, konnte aber nicht kommen, da Annika und Tommy kränkelten. Eigentlich waren sie ständig krank. An Onkel Julius hatte Opa ein Telegramm geschickt, bis nach Amerika.

Der Leichnam war an die Oberfläche gestiegen, kaum dass das Eis geschmolzen war, und hatte sich am Südufer von Storholm verfangen, wo Lindroos ihn beim Netzeheben entdeckte. Die gerichtlich angeordnete Autopsie hatte Tod durch Ertrinken ergeben.

Die Beerdigung fand in der Alten Kapelle von Hietaniemi im engsten Familienkreis statt. Onkel Julius, seine neue Frau Aunt Karen und Hannu und Jussi saßen neben Helen in der Reihe hinter mir. Heikki hatte eine Theatermatinee und konnte nicht kommen.

Sanna Catharina Falk
* 25.8.1893
† 20.8.1964

Beerdigung in der Alten Kapelle
von Hietaniemi am 5.5.1965

Albinoni: *Adagio*
Geleitwort: *Pfarrer Benjamin Forsblom*
Wikfeldt: *Leise wie der Tau*
Kranzniederlegung
Järnefelt: *Berceuse*
Lied: *Liebster Herr Jesu*
Gebet: *Vaterunser*
Schubert: *Ave Maria*

Orgel: Reino Ahlbäck; Gesang: Erica Malmi

Beim *Adagio* von Albinoni begann Heli erst zu zittern und dann zu schluchzen. Juhani und Marre saßen neben ihr und versuchten sie zu trösten, doch Heli weinte lauter und lauter, bis sie keine Luft mehr bekam und Juhani sie nach draußen führen musste.

Als die Kränze am Sarg niedergelegt wurden, ertönte vom Eingang her ein Poltern – alle drehten sich um. Doch niemand war zu sehen, und die kleine Innentür zum Kirchenraum blieb zu. Wir legten die restlichen Kränze ab, und als auch Tante Ester ihr Blumengesteck zum Sarg gebracht hatte, wurde es totenstill. Schließlich hallte ein Husten die kalkweißen Wände entlang, und die Seitentür ging auf. Lindroos schritt langsam zu Omas blumenbedecktem Sarg, und wie ein Schatten folgte ihm – Lennart. Schmal, mit unsicherer Haltung stellte er sich neben Lindroos vor den Sarg. Helen seufzte tief und senkte den Kopf, alle Übrigen schauten einander verwundert an. Opa war unruhig, seine Finger verkrampften sich, die Knöchel wurden weiß. Lindroos legte üppige Rosen nieder, Lennart einen gemischten Strauß in Weiß. Wortlos verbeugten sie sich Richtung Opa und verschwanden wieder, wobei Lindroos Lennart stützte.

Der Pfarrer hielt die Aussegnungsansprache erst auf Schwedisch, dann auf Finnisch, anschließend sangen wir ein Lied und beteten das Vaterunser, wieder in beiden Sprachen. Zuletzt hörten wir Schuberts *Ave Maria*, und ich überlegte, wo Omas zitronengelber Badeanzug wohl war und wie sie ausgesehen hatte, als sie das letzte Mal schwimmen ging. Dann fiel mir die kleine Meerjungfrau ein – vielleicht war Oma wie sie! Genau, meine Oma war ins Reich des Meeres gelangt. Wahrscheinlich hatte sie da schon immer hingewollt! Schließlich liebte sie das Meer; nicht umsonst hatte ich ihr einen Fischschwanz auf dem Plumpsklo-Bild gemalt.

Als wir aus der Kirche traten, blieb Helen zurück und ging nochmals zum Sarg. Sie bückte sich und las die Karte von Lindroos, die an den Rosen hing. *Für Catharina von Axel* stand drauf, wie sie sagte. An Lennarts weißen Blumen hing ein kleines Zettelchen: *Für meine liebe Mama von Lennu.*

Nach der Kirche war die Verwunderung über Lennart und Lindroos groß. Dass Lindroos als alter Freund erschienen war, konnte jeder verstehen, aber wieso hatte er Lennart im Schlepptau gehabt, der wegen seiner kriminellen Machenschaften längst aus der Familie verbannt war? Scham beschattete das Auftauchen der beiden, es war, als hinge ein übler, stechender Geruch in der Luft. Nur Helen sagte, dass sie sehr gern mal wieder mit ihrem kleinen Bruder reden würde.

Wir aßen im Kabinettraum des Hotel *Torni*, danach gingen wir gemeinsam in die Kalevankatu. Onkel Julius konnte nicht begreifen, dass ausgerechnet Oma ertrunken war, und noch unbegreiflicher fand er es, dass Lennart mit Lindroos bei der Trauerfeier aufgetaucht war. Dass Lennart gleich wieder abhaute, konnte er nachvollziehen, doch wieso war Axel Lindroos, jahrzehntelang ein enger Freund der Familie, zusammen mit ihm weggegangen?

Opa hatte einen sitzen und wurde zunehmend gereizter, weil Onkel Julius, der ebenfalls ständig ein Glas in der Hand hatte, ihn hartnäckig belagerte und nach Einzelheiten zu Omas Ertrinken fragte.

»Schluss, es war einfach Schluss! Und genau das wollte sie auch.«

»*Was* wollte sie?«, fragte Julius angriffslustig.

»Na, sterben! Weil sie so unglücklich war! Ich bin so

uuunglückliiich, das hat sie wieder und wieder gesagt. Hölle noch mal!«

»Papa –«, wollte Helen sich einschalten, doch Julius ließ sie nicht zu Wort kommen.

»Oma hat also Selbstmord begangen?!«

»So hab ich das nich gesagt!«, blaffte Opa, Wut blitzte in seinen Augen auf.

»Und wieso war Mama unglücklich?«, fragte Onkel Julius mit kalter Stimme. »Wegen Aili Plyhm natürlich, alle wussten doch davon! Das hat sie nie vergessen können …«

»Und sie wollt's auch nicht, verdammt! Immerzu hat sie davon angefangen. Dabei hat auch sie ihre Spielchen gespielt! Ja, und auch noch jemand anders!« Opa lachte ein sonderbares Lachen, ging zum Schrank und holte eine neue Kognakflasche.

»Ihr habt doch von nichts 'ne Ahnung!«

Hannu, Jussi und Aunt Karen saßen auf dem Sofa, und Aunt Karen verstand in der Tat nichts, saß nur mit runden Augen da und starrte uns alle der Reihe nach an. Ich hatte nie erfahren, warum Onkel Julius und Tante Bigga sich scheiden ließen. Jedenfalls war die neue Ehefrau eine Kopie von Tante Bigga, nur dass sie statt Schwedisch Englisch sprach. Haarfarbe und Frisur, sogar die Kleidung waren gleich. Beide gehörten zum Typ großer Frauen mit hervortretenden Knochen, breiten Schultern und kräftigen Beinen. Beide trugen eine Brille, hatten eine schmale Nase, schmale Lippen und winzige Zähne. Ich saß Karen genau gegenüber, hatte von meinem Platz aber auch alle anderen im Blick.

»Sollen wir gehen?«, flüsterte Marre Juhani zu.

»Was hast du uns verschwiegen?«, fragte Onkel Julius laut und herausfordernd.

»Sie hat mich nie geliebt …«

»Ganz sicher nicht, schließlich hattest du diese Fabrikhure mit den Riesentitten!«, lallte Onkel Julius; seine Stirnader schwoll an. »Eine Geliebte, und das jahrzehntelang! Mein Gott, wie konntest du das Mama antun! Kein Wunder, dass man bei so einer Demütigung lieber sterben will!«

Aunt Karen versuchte Julius zum Gehen zu bewegen. Opa atmete schwer und sank kalkweiß in seinem Stuhl zusammen.

»Du verschwindest jetzt besser und vergisst die ganze Angelegenheit«, zischte er.

»Nun nehmt euch mal zusammen«, sagte Helen leise. »Hörst du, Julius? Papas Herz! Es ist doch auch so schon alles traurig genug.«

»Ach, er hat also ein Herz? Und darf man in diesem Haus etwa noch immer nicht die Dinge beim Namen nennen?«

»Aber die Kinder …«

»Die wissen doch viel besser Bescheid als wir! Wir waren ja woanders, aber die Kinder haben in der Stadt und auf der Insel immer alles mitgekriegt! Doch damit ist jetzt Schluss, jedenfalls für meine Jungs! Nie wieder. Krankes Treiben! Pfui Teufel.«

»Bitte, lieber Julius«, sagte Helen.

»Lieber Julius? Hör auf mit dem Geheuchel, und du selbst bist nun ganz bestimmt nicht lieb! Eine Mutter, die ihre Kinder im Stich lässt! Maria hast du dir von Opa sogar wegnehmen lassen! Und was ist dein Autere schon für ein Mann, für ein Vater? Ist euch etwa nicht bekannt, dass Kinder zu ihren Eltern gehören? Ihr habt doch gesehen, was aus Lennart geworden ist … dass erst ein Außenstehender kommen und ihn zur Beerdigung mitbringen muss … Gott, was für eine Familie!«

Es war, als hätte Onkel Julius mir mit seiner Bemerkung über Mama und mich die Faust auf den Brustkorb geschmettert. Ein Schatten der Scham zog über mich, in meinen Schläfen pochte es dumpf – als wäre ich in tiefes Wasser gesunken und alle Geräusche kämen nur noch von weither. Hannu warf mir einen sonderbaren Blick zu, anklagend und dunkel. Woher kam dieses Gefühl, dass alles meine Schuld, dass ich Opas Komplizin war? Hannu, der einen weiteren Schuss in die Länge gemacht hatte, schien wütend, Jussi dagegen wirkte völlig in seiner eigenen Welt versunken, wahrscheinlich hörte er nicht einmal zu. Ein paarmal schnitt er in meine Richtung Grimassen und bewegte die Lippen, als wollte er irgendetwas sagen. Ich schloss die Augen und stellte mir vor, wir säßen im Schutz des Fliederstrauchs hinter dem Holzgitter unter dem Haus und würden von Weitem das Geschehen verfolgen. Gleich würden wir aufspringen und in den Rabenwald laufen, in die Höhle des Trollzahns, wo uns niemand finden konnte.

»Warum spricht keiner aus, was sowieso alle wissen? Oskar Falk hat seine Frau ertränkt! Dafür müsstest du ins Gefängnis, du verrückter Greis! Verflucht noch mal!«

»So, wir gehen jetzt, und Heli und Marie kommen auch mit«, sagte Juhani und zerrte mich vom Stuhl.

Auch Helen stand hastig auf und sagte, sie würde sich uns anschließen.

»Und ich werde nicht zu deiner Beerdigung kommen und Tränen vergießen, und dein verdammtes Geld will ich auch nicht und auch nichts aus deinem Haus – einer Mördergrube!«, brüllte Onkel Julius.

Er baute sich vor Opa auf, als wollte er ihn schlagen.

»Hast du gehört? Nichts will ich, nichts! Über Esters kleinen, schwulen Erik, über den hast du die Hand gehalten, aber um deine eigenen Söhne hast du dich nicht geschert! Karen, boys, let's get out of here!«

Onkel Julius nickte Hannu und Jussi streng zu, die sich folgsam wie Soldaten erhoben. Hannu würdigte mich keines Blickes, Jussi lächelte mir zu und deutete ein kleines Winken an.

»Grüß Nicki von mir«, flüsterte er mir im Vorbeigehen zu.

Als Onkel Julius' Familie fort war, schnaubte Opa verächtlich. Er sagte, er sei sich zu hundert Prozent sicher, dass Julius nach seinem Tod noch mal auf die Sache mit dem Geld zurückkommen würde.

Nachts lag ich in Juhanis und Marres Wohnung in Otaniemi neben Heli auf dem Fußboden. Der Kühlschrank surrte, draußen war Frühling. Heli hatte die Lippen geöffnet und atmete schwer, manchmal wimmerte sie im Traum. Juhani und Marre schliefen Hand in Hand. Mein Rücken war steif, und mein Bauch tat weh. Ich drückte meine Faust hinein, um den Schmerz nicht so zu spüren, doch das wellenartige Grummeln wurde nur schlimmer.

Was Onkel Julius zu Opa und Helen gesagt hatte, war entsetzlich. Wieder überlegte ich, ob ich erzählen müsste, welche Pläne Oma mir in Stockholm anvertraut hatte. Und dass Opa sie vielleicht deshalb ertränkt hatte. Doch ich konnte nicht, denn ich hatte ja versprochen zu schweigen! Und wahrscheinlich hätte mir sowieso niemand geglaubt; alle hätten nur gedacht, dass ich mich hinter Opa stellen wollte.

Als ich morgens aufwachte, erschrak ich.

»Oh«, sagte Marre und wiegte mich in ihrem Schoß. »Du hast deine Tage bekommen! So jung! Komm mit.«

Im Badezimmer überreichte sie mir ein Gummiband für die Hüfte, an dem eine Monella-Binde befestigt wurde. Sie nahm noch eine Litalgin aus dem Apothekenschränkchen und überreichte mir dazu ein Glas Wasser – das würde gegen die Schmerzen helfen, die nun mal dazugehörten. Wir gingen hinaus auf den Hof und setzten uns auf die Bank. Marre zeichnete Gebärmutter und Eileiter auf ein Blatt Papier und erklärte alles über den Eisprung. Sie drückte mir ein kleines Heftchen in die Hand, auf dem ein Junge und ein Mädchen abgebildet waren, die nachdenklich an einem Baumstamm lehnten. Das Heft hieß *Jugendliche verstehen*, und ich fand, dass es mir alles beibrachte, was ich wissen musste über die Verwandlung von Junge und Mädchen in Mann und Frau. Die Sache kam mir gar nicht mehr so widerwärtig vor, sondern eher spannend. Ich konnte sogar Hannu verstehen, der an meinem Geburtstag nach meinen kaum vorhandenen Brüsten gegriffen hatte. Auch er veränderte sich: Bei der Beerdigung verunstalteten Pickel seine Stirn.

Der Wäscheschrank ist so groß, dass wir in Månvik seinerzeit keinen anderen Platz für ihn fanden als die Eingangshalle. Dort steht er noch immer wie ein Wachturm zur Begrüßung, und die Wäsche wird weiterhin nach dem alten Prinzip einsortiert. So, wie es Oma schon Tante Ester beigebracht hat: je ein Bettbezug, ein Laken und ein spitzenverziertes Kissen zu einer ordentlichen Rolle gebunden. Ich habe Tante Esters Ordnung beibehalten – es ist praktisch, gleich so viele fertige Rollen aus dem Schrank holen zu können, wie man braucht. Außerdem hat es durchaus therapeutische Wirkung, sich mit sauber duftender Wäsche zu beschäftigen. Allerdings habe ich nie damit angefangen, die Verschlussbändchen für die Kopfkissen zu Korkenzieherlocken zu drehen, wie es bei Oma und Tante Ester Sitte war. Opa schüttelte immer den Kopf, wenn die Frauen sich andächtig um den Wäschekorb versammelten und die eine die Verschlussbändchen mit dem Heizstab kringelte, während die andere die fertigen Wäschebündel zusammenrollte und in den Schrank balancierte.

Ich habe noch immer etliche Laken mit den vertrauten Monogrammen. Omas *SCF*, Mamas *HF* … auch für Opa und uns hatte Oma Bettwäsche mit Initialen bestickt. Die kleinere Kinderbettwäsche liegt wie früher im untersten Fach; ich hole die Rolle mit dem Kopfkissen heraus, auf dem *HJF* steht. Hans Julius Falk. Ich überlege, ob mein Cousin Kinder hat und was für ein Typ Frau wohl an seiner Seite lebt. Seine Kinder sind vielleicht schon erwachsen, doch für Enkelkinder könnte man die Bettwäsche noch verwenden. Ich nehme alle drei mit Hannus Monogramm bestickten Wäschepacken aus dem Schrank und lege sie ihm auf der Kommode bereit. Da fällt mir ein, dass es sicher noch andere Dinge in Månvik gibt, die Hannu gehören. Die Tex-Willer-Hefte auf dem Dachboden, und wer weiß, vielleicht möchte er auch ein paar Bücher von Opa mitnehmen und alte Fotos. Ich überlege, ob er Zeit haben wird, über Nacht zu bleiben, und in welchem Zimmer er dann wohl schlafen will. Das Zimmer der Cousins ist heute mein Arbeitszimmer – ich beziehe ihm das Bett im Gästezimmer.

Ich öffne das kleine Lüftungsfenster und betrachte die vor mir liegende Landschaft. Die Bucht ist am Ufer bereits zugefroren, etwas entfernt schaukeln die Schwäne auf dem noch offenen Wasser. Im Garten liegt dunkel das Blumenbeet, in der Mitte thront die hohe Säule, die Oma mit Rosen und Kresse umrankt hat. Leuchtend orangene Blüten flossen herab wie ein Wasserfall, ringsherum leuchteten die Pfingstrosen, in Weiß, Zartrosa und flammendem Pink. Die Kresse mussten wir jedes Jahr neu ziehen; die ganze Veranda stand voller Töpfchen. Ich habe ausgerechnet, dass einige der Gartenpflanzen und Obstbäume über siebzig Jahre alt sein müssen, denn Oma wird sie in den allerersten Jahren gepflanzt haben, als Månvik gebaut wurde. Im Vergleich dazu mögen drei Jahre wie ein rascher Lauf erscheinen – für eine Vierzehnjährige sind sie allerdings eine Ewigkeit. So lange braucht es, bis man taub wird gegenüber der Tatsache, dass manche einfach fortbleiben, während man selbst sich verändert und auch die ganze Welt um einen herum.

Es war der 5. Juni 1968, und Opa, Tante Aili und ich saßen beim Frühstück. Die Radiosendung wurde unterbrochen, das verhieß nichts Gutes. Eine Stimme sagte, dass jemand auf Robert Kennedy geschossen habe. Fünfundzwanzig Stunden später starb der amerikanische Präsidentschaftskandidat in Los Angeles. Im April desselben Jahres war bereits Martin Luther King einem Attentat zum Opfer gefallen.

»So isses immer gewesen, und so wird's auch immer sein. In diesem Land wurde schon so mancher abgeknallt, dazu vier Präsidenten. Lincoln, Garfield, McKinley, Kennedy«, zählte Opa auf.

Ich hatte in einer Zeitschrift von Ethel und Robert Kennedy und ihrer großen Familie gelesen. Auf dem Foto neben dem Artikel liefen sie im Rockefeller Center Schlittschuh. Ethel trug eine Jacke aus Wildleder mit dekorativem weißem Fellbesatz. Es hieß, sie sei schwanger, woraufhin Aili Ethels schlanke Silhouette bewunderte – zumal diese bereits zehn Kinder zur Welt gebracht hatte und immer noch jugendlich wirkte.

»Aha, gestern war der Jahrestag vom Nahostkrieg«, stellte Opa am nächsten Tag mit Blick in die Zeitung fest.

»Was hat das mit dem Attentat zu tun?«, erkundigte sich Aili verwundert.

»Was das damit zu tun haben soll?«, fuhr Opa auf. »In der Welt hängt alles mit allem zusammen! Der Mörder war ein Araber! Kennedy hat letzte Woche verkündet, dass sie Israel so lange Waffen liefern, wie die Araber Israel attackieren. Und deshalb sind diesem Sirhan die Nerven durchgegangen, und deshalb hat er auf Kennedy geballert!«

Ich dachte an Hannu und Jussi, die in diesem Land lebten. Was würde aus ihnen werden, wenn ein Krieg ausbräche? Vielleicht würden sie nach Finnland kommen, wo sie sicher waren, und ich könnte sie endlich wiedersehen. Aber sie kamen nicht nach Finnland.

Im gleichen Sommer gab Opa knapp bekannt, dass Lennart im Krankenhaus an Lungenkrebs gestorben war, im Alter von nur dreiundvierzig Jahren. Lindroos hatte Opa angerufen, um ihn zu informieren, und Opa hatte Lennart noch kurz vor dessen Tod besucht. Er erzählte nie, worüber sie miteinander redeten und ob sie überhaupt redeten. Jedenfalls wurde Lennart im Familiengrab der Falks neben Oma gelegt – ich prüfte es später auf dem Stein nach.

Lennart Axel Falk
** 5.4.1925*
† 20.6.1968

Auch in diesem Sommer hörte ich die Vögel nicht singen und roch nicht den Duft von Regen und Heu. Ich lag trotz der Hitze unter zwei Decken und bibberte. Mich umgab eine durchsichtige zweite Haut, ich fühlte mich zermalmt wie ein Insekt aus der Eiszeit.

Heli hatte mit Tommy und Annika alle Hände voll zu tun. Sie kam nicht dazu, von ihrer Insel nach Månvik zu fahren, und ich selbst mochte dort kein zweites Mal aufkreuzen. Benny und Helis Schwiegervater angelten, die Schwiegermutter nähte, und die zahnlose Oma ließ den Webstuhl klappern …

Ich war einsam, denn Onkel Julius hatte seine Drohung wahr gemacht: Die Cousins blieben fort. Gut, es gab noch Tante Ester und Opa – sofern er nicht in der Fabrik war oder in Leningrad, Moskau oder bei einem Geschäftsessen im Hotel *Torni* oder in Turku in der *Hamburger Börs*. Mit der Zeit hatte ich es raus, ihm in die Restaurants und Hotels hinterherzutelefonieren, mich als Maria Falk vorzustellen und nach Direktor Falk zu fragen, wenn ich etwas Wichtiges wollte.

Im Oktober kam Juhani nach Månvik. Ich hörte, wie er und Opa über Prag sprachen; Soldaten hatten mit fünftausend Panzerwagen die Tschechoslowakei besetzt. Juhani war völlig aufgebracht, er hatte vor der Sowjetischen Botschaft mitdemonstriert. Opa fürchtete, dass es wieder ein Blutbad geben könnte, so wie irgendwann in Ungarn. Ich flüchtete mich in mein Zimmer, als sie ihre Erinnerungen an Ungarn hervorholten, und drehte das Radio auf. Wieder lief die Sendung *Kaleidoskop*, gerade kam *Mrs. Robinson*.

Für meinen Geburtstag hatten Juhani und Marre sich eine Überraschung ausgedacht: Sie brachten Tuikku mit nach Månvik. Sie durfte so lange bleiben, wie sie Lust hatte – für mein Befinden gab es keine bessere Medizin. Wir mutierten zur Sgt. Pepper's Lonely Hearts Club Band und sogen jede Zeile auf, die über die Beatles geschrieben wurde, schnitten Zeitungsbilder aus und tapezierten die Wände der Saunakammer. Der Kaufmannswagen bot Beatles-Kaugummi an, das eklig schmeckte, doch was zählte, waren die Aufkleber, die wir eifrig in kleine Heftchen klebten. Ich wusste, dass Paul in Wirklichkeit James Paul hieß und am 18.6.1942 in Liverpool geboren wurde, dass seine Mutter Krankenschwester war, Mary hieß, an Brustkrebs starb und dass Paul als Vierzehnjähriger ohne Mutter zurückblieb – genauso alt, wie wir in diesem Sommer waren. Ich verliebte mich immer leidenschaftlicher in Paul, und Tuikku in George. Wir waren wie Lucy in the Sky with Diamonds, faulenzten auf den glatten Steinen der Kleinen Insel und träumten davon, gemeinsam nach Liverpool zu fahren und die beiden zu treffen. Niemals würde ein anderer Pauls Platz einnehmen. Mit Tränen in den Augen hörte ich ihn für mich singen: »Day after day, alone on the hill ...«. Tuikku und ich waren sicher, dass unsere Zeit noch anbrechen würde – wenn nur endlich das Jahr verginge und wir fünfzehn werden würden.

Zur gleichen Zeit trennten sich Heli und Benny. Heli und die Kinder verließen die Insel, zogen in eine Wohnung in der Eerikinkatu, die Opa organisierte, und ließen sich auch sonst von Opa unterstützen.

In der Schule saß Tuikku am Nebentisch. Niemand wusste, dass ich mal Autere geheißen hatte, ich erinnerte mich kaum selbst daran. Für meine Freundinnen war ich Marie, für die Lehrer schlicht Falk. Die Beatlemania hatte mich und Tuikku mit Haut und Haar gepackt, wir ließen uns den Pony in die Stirn wachsen und trugen alte Parkas, die Marre von schwedischen Armee-Restbeständen bestellt hatte. Auf die Gummikappen vorn an unseren Turnschuhen schrieb ich *Paul* und Tuikku *George*. »Falk und Harju stecken tief in der Pubertät«, stellte unsere Klassenlehrerin Aune Sorsa fest, als wir an der Tür zum Direktorat arrogant Kaugummi kauten. Sie hielt uns eine Standpauke und fragte mit ihrer kehligen Stimme, ob wir uns für kleine Stars hielten, da wir auf jegliche Anweisungen pfiffen und unsere Haare wuchern ließen. Den Gesangstest traten wir gemeinsam an und schmetterten so laut wir konnten das Lied der Nordfinnen: »Im Norden, da gibt es ein kraftvolles Land« – die schockierte Musiklehrerin konnte uns nur noch hinauswerfen. Statt in der Pause auf den Schulhof zu gehen, versteckten wir uns im Klassenwandschrank, dessen Tür zuschnappte, sodass wir fast erstickten. Der Hausmeister, der uns an eine humorlose Gestalt aus der Fernsehserie *Der Mann aus Virginia* erinnerte, brach auf Anordnung von Aune Sorsa das Schloss auf. Zur Strafe mussten wir nachsitzen, wobei wir so hysterisch kicherten, dass wir gleich zwei weitere Stunden aufgebrummt bekamen. Doch davon ließen wir uns nicht bremsen! Wir fälschten die Namen unserer Erziehungsberechtigten, und so erfuhr niemand von unseren Vergehen. Dachten wir jedenfalls.

Im Kunstunterricht malte ich Tuikkus Bilder, sie hatte einfach kein Talent und schon gar kein Gespür für Farben. Wir kriegten beide nur ein Befriedigend, denn Sorsa kam uns auf die Schliche. Sie wurde mir erst gnädig, als ich einen Extrakurs bei ihr belegte, eine Ikone mit der Gottesgebärerin Jungfrau Maria malte und ihr erzählte, ich sei zum orthodoxen Glauben übergetreten. Sorsa hatte tatsächlich nichts weiter zu kritisieren, als dass das Blau des Marienmantels nicht korrekt wäre, es hätte Lapislazuli sein müssen. Als wenig später herauskam, dass ich gar nicht orthodox geworden war, bekam ich in Benehmen eine schlechte Note, und ich fühlte mich very as a *rubber soul.*

Tante Ester war in ihre Wohnung im C-Treppenaufgang verschwunden; ich löffelte alleine meine Fleischsuppe. Ich hörte die Eingangstür aufgehen; zu dieser Zeit kamen Opa und Aili von ihrem Abendspaziergang zurück. Davor hatten sie gegessen.

»Du als Frau, nimm se doch mal ’n bisschen an die Hand«, hörte ich Opas Stimme aus dem Flur.

Wie peinlich. Ich wagte nicht mal zu schlucken, damit sie mich nicht hörten.

»Ich geb euch Geld, und du kaufst mit ihr ein anständiges Kleid, sie läuft in so komischer Kluft rum, dieses Monstrum von Mantel, dazu die Haare durcheinander, das fällt dir doch auch auf? Sie hat sich verändert! Ihre Lehrerin hat mich sogar angerufen.«

Unzählige Male hatte ich Opas Unterschrift im Abwesenheitsheft gefälscht, und irgendwann hatte Sorsa sich offenbar über das viele Fehlen gewundert und Opa angerufen.

Nun ging es nicht mehr anders, ich musste schlucken, und dabei blieb mir eine Fleischfaser in der Kehle stecken. Ich presste mir die Faust an den Mund, damit mein Husten nicht bis in den Flur drang. In diesem Moment ertönte obendrein die Melodie des Finnischen Fernsehens, doch Opa und Aili hörten offenbar nichts.

»Partisanna hat bei uns immer mit den Kindern geredet. Ich werd den Gedanken nich los, dass aus Marie ein zweiter Lennart wird.«

Tante Aili schwieg wohl, jedenfalls konnte ich durch das Plingpling hindurch nur Opas Stimme hören.

Schließlich sagte Aili: »So ein Unsinn, Marie ist ein ganz normales nettes Mädchen! Sie fängt eben an sich zu entwickeln.«

»Und trägt Hochwasser-Röcke und Jacken so riesig wie ’ne Plane für Bierkübel! Was soll das für eine Entwicklung sein?!«, stöhnte Opa. »Jetzt bräuchten wir Partisanna …«

»Oder die richtigen Eltern, Vater und Mutter«, sagte Tante Aili mit ihrer tiefen Stimme.

Ihrer Meinung nach war die Situation jetzt an einem

Punkt, wo ich zu meinen Eltern müsste; Oma war tot, und es wäre nicht das Richtige für mich, mit Tante Ester und Opa zu leben.

Das war eins der seltenen Streitgespräche, die ich zwischen ihnen hörte. Und eigentlich war es auch kein Streitgespräch, sondern ein Wutablassen von Opa. Ich hörte, wie er an den Barschrank ging, eine Flasche holte, Whiskey ins Glas goss und die Flasche auf den Tisch knallte.

»Autere, dieser Saufkumpan, wird Marie bestimmt nich in die Finger kriegen! Wusstest du, dass Heikki Auteres Vater im Bürgerkrieg ein Heckenschütze bei den Roten war? Teufel noch mal, vielleicht hat der am Ende meinen Vater erschossen!«

»Jetzt lass die alten Sachen mal ruhen und schrei mich bitte nicht an«, sagte Aili gefasst. »Was ist mit Helen? Marie hat schließlich eine Mutter.«

»Das Mädel ist zu nichts zu gebrauchen, die hat nichts anderes im Sinn als ihr Theater, und warum hat sie auch diesen roten Knaben geheiratet?! Verdammt, ich hab sie doch gewarnt.« Opa lachte düster auf.

»Ach, ist *das* vielleicht der Grund für alles? Weil Helen dir nicht gehorcht hat, hast du ihr Marie weggenommen«, bemerkte Aili kühl.

»So ein Humbug! Das Mädchen wär doch völlig allein gewesen, wenn wir sie nicht zu uns genommen hätten! Wir hätten das schon mit Juhani und Heli so machen sollen, doch damals war ich noch zu sehr an die Fabrik gekettet. Aber dass ich mich für irgendwas gerächt hätt, mit so einem Unfug kommst du mir verdammt noch mal nicht! Du hast doch sowieso keine Ahnung, hast ja nicht mal eigene Kinder!«

Ihre Absätze klackten ruhig Richtung Tür, die leise ins

Schloss fiel. Dann herrschte eine dumpfe Stille, die unangenehm in meinen Ohren klang.

Ein Wochenende nach diesem Wutausbruch fuhren wir nach Månvik; Opa war wortkarg und nachdenklich. Ich wartete darauf, dass er die Unterschriftenfälschung, Aune Sorsas Anruf und Lennart ansprach, doch er sagte kein Wort. Als er mich gebeten hatte, ihn zu begleiten, traute ich mich nicht abzulehnen. Auf meine Frage, wieso Aili nicht mitkam, zuckte er mit den Schultern und behauptete, nur meine Hilfe zu benötigen. Tante Ester war kurzfristig mitgefahren, um im Wald Pilze zu suchen.

Auch im Boot blieb Opa stumm. Er saß zusammengesunken in Fischerjacke und Strickmütze auf der Ruderbank und drehte das Netz von der Netzrolle, ich ruderte. Ab und zu mahnte er mich, keine Schlangenlinien zu fahren oder langsamer zu rudern. Ansonsten nur drückendes Schweigen. Meine Hände waren eiskalt, das Meer ölig still. In den Fenstern unserer Villa flackerte der Feuerschein der Kamine, ein alter Baum stand im Gegenlicht wie eine stumme Gestalt, streckte seine Äste zum dunklen Meer aus, erspähte und erwartete uns.

Am Abend hatte ich bereits gute Nacht gewünscht und mich schlafen gelegt, war aber noch einmal in die Küche zurückgegangen, um mir Saft zu holen. Das Holz knarrte unter meinen rastlosen Schritten, die viel beanspruchte Farbe blätterte hier und da ab. Am Fuß der Treppe sah ich Opa. Er stand mit einem Whiskeyglas vor der Kommode und betrachtete die Fotos. Julius und Lennart in Matrosenanzügen, Mamas Konfirmation, sein eigenes Hochzeitsbild.

Morgens lag das Hochzeitsbild mit dem Foto nach unten auf dem Tisch, daneben stand die leer getrunkene Whiskeyflasche. Aus dem Schlafzimmer tönte lautes Schnarchen, in der Küche schepperte die Besteckschublade. Gleich würden Tante Esters Schaftstiefel herbeigeklackert kommen. Kaum hatte ich das Bild zurück an seinen Platz auf die Kommode gestellt, da erschien Ester auch schon und dehnte müde ihren Hals.

»Komm frühstücken und lass Opa in Ruhe«, ordnete sie an und ging zurück in die Küche.

Die Apollo-Mondfähre *Adler* landete im Sommer 1969 im Meer der Ruhe, und niemand sprach mehr vom Mord an Robert Kennedy oder Martin Luther King. Die Astronauten sammelten Mondsteine als Mitbringsel für die Erde ein, und ich fand während der Konfirmandenfreizeit zum Glauben – wie so viele andere Mädchen auch. Der Grund dafür war Paavo, unser Pastor.

»Wirklich fantastisch, dass die Mondmänner uns Steine mitgebracht haben«, sagte er belustigt.

»Was könnten wir denn mit denen anstellen? Wer hat eine Idee? Wer wirft den ersten Stein?« Er zupfte an seiner Gitarre.

»Vielleicht bringt es die Wissenschaft weiter«, schlug jemand vor.

»Wär's nicht sinnvoller, erst mal die Dinge auf *unserem* Planeten zu ordnen? Aber die Fähigkeit des Menschen beschränkt sich wohl darauf, das Weltall zu erobern, das Leben auf der Erde kriegt er nicht organisiert.«

»Wieso müssen wir dann überhaupt von einem Gott quatschen?«, warf jemand dazwischen.

»Müssen wir nicht! Aber ich glaube fest an Gott und daran, dass der Mensch im Grunde dennoch gut ist«, erwiderte Paavo. »Gott hilft auch dir, gut zu werden, wenn du an ihn und an dich selber glaubst.«

Wir versammelten uns an langen Augustabenden um das Lagerfeuer und diskutierten die ewigen Themen Glaube, Liebe und Sexualität und darüber, ob Sex erst in der Ehe stattfinden oder es voreheliche Intimbeziehungen geben durfte. Wir sangen »Kann irgendjemand wirklich lieben, in dieser elend kranken Welt«; Paavo begleitete uns auf seiner Gitarre. Ich war mir sicher, dass zumindest Paavo lieben konnte, er war ein neuer Jesus auf diesem Erdball. Auf die Frage, was Glaube sei, antwortete er, dass Glaube die Erwiderung der Liebe Jesu sei, die er uns am Kreuz erwiesen habe. Glaube käme vom Herzen, nicht vom Kopf. Ich fand, Glaube war auch die Liebe zu Paavo.

In meinem Umfeld hatte es niemanden gegeben, der betete oder von Gott sprach. In meiner Familie waren alle sehr weltlich, Kirche gehörte bisher in keiner Weise zu meinem Leben, obwohl Oma einst Lehrerin war und auf dem Harmonium Gesangbuchlieder gespielt hatte. Sie meinte, dass man die so schön heruntersingen könne, das entspanne und befreie die Lungen. Zum Weihnachtsgottesdienst schafften wir es vor lauter Weihnachtswirbel kein einziges Mal, daher waren die Frühjahrsgottesdienste der Schule und Omas Beerdigung meine einzigen Kirchenerfahrungen. Das Lied *Liebster Herr Jesu*, das bei Sanna Catharina Falks Beerdigung gesungen wurde, konnte ich nicht hören, ohne loszuheulen. Vom Religionsunterricht in der Grundschule waren mir die Geburt Jesu im Stall in Erinnerung geblieben und die Geschichte von Marta und ihrer Schwester Maria, die sich zu Füßen Jesu niedergelassen, ihm zugehört und alle Arbeit Marta überlassen hatte. Natürlich kannte ich auch den niederträchtigen Judas, der seinen Lehrer beim Letzten Abendmahl verriet, was zu Jesus' schrecklichem Tod auf einem Hügel führte – er wurde unschuldig neben einem Räuber und einem Mörder gekreuzigt. Als zur Veranschaulichung dieser Geschichte Bilder über die Klassenwand flimmerten, kochte ich innerlich vor Wut, weil der himmlische Vater seinen eigenen Sohn nicht vor diesem entsetzlichen Tod gerettet hatte. Meine christliche Erziehung setzte sich in der Gesamtschule mit den morgendlichen Radioandachten fort, bei denen Hausaufgaben abgeschrieben, gekichert oder gedöst wurde. Zu Ostern sahen wir im Fernsehen einen offensichtlich auf dem Thron eingenickten Papst, jedenfalls hing sein Kopf schief wie ein schlecht platziertes Osterei.

Als ich zum ersten Mal betete, stand ich allein am Ufer eines Sees. Am Himmel leuchtete groß der Vollmond und warf seine trügerische Spiegelbrücke auf die stille Wasserfläche; hinter der Sauna jagten Fledermäuse Insekten. Ich schaute auf den Mauerbogen der Steinbrücke, die auf die nächste Insel führte, zu den Ruinen einer alten Kirche. Diese Brücke war für mich ein kleines Wunder; jeder Stein stützte den anderen. Ich schaute mir diesen Bogen, der zwei Ufer miteinander verband, genau an. Paavo hatte Brücken als Vergleich gebraucht, hatte gesagt, dass das die Aufgabe des Glaubens sei: verschiedene Menschen zu verbinden. Mir gefiel die Steinbrücke besser als die Mondbrücke auf der Wasserfläche, die verschwand, sobald eine Wolke vor den Mond zog.

Ich ging zum höchsten Punkt in der Brückenmitte, faltete die Hände, schloss die Augen und bat um Liebe. Gnade. Vergebung. Um Erlösung, die Gott den sündigen Menschen durch das Opfer seines eigenen Sohnes versprochen hatte.

Nachts wachte ich mit Schmerzen auf, mein linkes Ohr war glühend heiß. Am Morgen brachte Paavo mich zum Arzt; ich saß neben ihm im alten Kombi, die anderen Mädchen blickten uns neidisch nach. Gott hatte mein Gebet auf überraschende Weise erhört.

Der Krankenhausarzt stellte fest, dass ich vom Tauchen im See eine Gehörgangentzündung bekommen hatte, und verschrieb mir Ohrentropfen. Wir machten auf dem Marktplatz von Forssa halt, Paavo kaufte mir ein Eis, lehnte sich ans Auto und zündete eine Marlboro an.

»Was für Musik magst du?«

»Die Beatles, schon seit ich zehn bin.«

»Also bist du ein treuer Typ«, sagte er und lachte. »Was hältst du vom Doppelalbum? Hast du das?«

»Ich hab alle ihre Platten.«

»Ein ziemlich revolutionärer Wurf, das Doppelalbum.«

Ich überlegte, was er wohl genau meinte, und nickte nur.

»Zum Beispiel *Back in the USSR* und *Revolution*.«

Er selbst mochte andere Musik, Deep Purple, Led Zeppelin, Pink Floyd und Bob Dylan.

»*Good Times Bad Times*, das erzählt vom wirklichen Leben. Nicht nur *She Loves You* und *I Need You*. Obwohl die Liebe natürlich wichtig ist. Das Größte auf der Welt. Das, was von all dem hier auf der Erde übrig bleibt. Ist ein sehr umfassender Begriff. Philosophisch.«

»Ja.«

Mein Herz schlug wie wild und hüpfte mir fast aus der Brust. Paavo sprach mit mir über Liebe!

»Scott McKenzie ist auch gut. Kennst du den?«, fragte ich, weil mir Bob Dylan, Led Zeppelin und Pink Floyd nicht so gefielen.

»Hippiezeugs. Haschrauchen und der ganze Kram, wie bei *Lucy in the Sky with Diamonds*. Davon erzählt der Song ja, von LSD. L-ucy in the S-ky with D-iamonds. Verstehst du?«

Ich verstand. Tuikku holte sich einen Vorgeschmack davon, gammelte in der Innenstadt herum und war nicht zur Konfirmandenfreizeit gekommen, weil sie lieber Klebstoff schnüffelte. Sie *war* Lucy in the Sky.

»Man lässt sich aber besser nicht drauf ein. Ich hab mal aus Versehen Marihuana geraucht, wo Koks mit reingemischt war.« Paavo schüttelte den Kopf und lachte wieder. »Mein Kumpel hatte so 'ne Maispfeife ...«

Die Jungs nannten Paavo den Papst. In seinem Unterricht ging es neben dem Glauben auch um viele andere Themen. Er spielte uns Dylans *Blowing in the Wind* vor, auch in der Version von den Hollies, und brachte uns Joan Baez nahe, die er ebenfalls schätzte. Er wollte, dass die USA aus Vietnam abhauten. In dieses Horn blies er, seit ich ihn kannte; wieso wurde eigentlich nie gerufen, dass die Berliner Mauer wegmusste? Doch Paavo ritt immer weiter auf Vietnam herum. Manchmal drehte er Led Zeppelin voll auf, und regelmäßig setzte er eine Stunde an, in der man auf anonymen Zetteln alle möglichen Fragen stellen konnte. Die Marschroute seiner Antworten wurde schnell klar: Küssen und Streicheln war erlaubt, aber Sex vor der Ehe verboten. Er hatte auch einen Namen für diese Vorstufe: Petting. Auf die Frage, ob man dabei auch Knutschflecke saugen dürfe, meinte Paavo, wer er denn sei, so was zu verbieten, er selbst küsse allerdings lieber den Mund als den Hals. In der folgenden Nacht träumte ich, Paavo habe mich wundervoll auf den Mund geküsst, und wachte davon auf, dass ich mein Kopfkissen nass gesabbert hatte. Als die Mädchen mich fragten, was eigentlich auf Paavos und meiner Tour ins Krankenhaus passiert sei, antwortete ich, dass wir tiefgehend über Liebe und Sex gesprochen hätten und Paavo einfach süß sei.

Am Besuchstag rückten alle Schwestern und Brüder, Mütter und Väter, Omas und Opas an; auch Helen hatte versprochen, mit Heikki zu kommen. Während die Familien der anderen bereits eintrudelten, stand ich mit leicht panischem Gefühl auf dem Parkplatz. Die Besucher hatten ganze Tragetaschen mit Mitbringseln dabei: Negerkussschachteln, Limonade, Kekse, Salzstangen, Süßigkeiten. Als auf dem Parkplatz außer Paavo und mir niemand mehr stand, fing es zu allem Übel heftig an zu regnen. Paavo stellte seinen Kragen auf.

»Wollten deine Eltern nicht auch kommen?«

Nach einer weiteren Stunde war klar, dass ich keinen Besuch kriegen würde. Im Grunde hatte ich es von Anfang an gewusst.

Bei meinem ersten Abendmahl gab mir Pastor Paavo Nieminen den Segen.

»Christi Leib für dich gegeben, Christi Blut für dich vergossen.«

Er schrieb seinen Namen in meine Bibel und kritzelte ein Peace-Zeichen daneben. Paavo wurde überall »der Vietnampastor« genannt, weil er auf jeder Demo gegen den Vietnamkrieg mitmarschierte. Er trichterte uns ein, dies sei für jeden, der sich als vernunftbegabtes Wesen verstand, absolute Pflicht, Amen.

Mein neuer Glaube und die aufgekratzten Kirchenbesuche hielten bis Weihnachten an. Ich ging in alle Gottesdienste, in denen Paavo predigte, und nahm an sämtlichen Gemeindeausflügen und Demos teil, auf denen auch Paavo war. Bei den Ausflügen lag ich im Schlafsack neben vielen, vielen anderen, robbte mich aber immer in die Nähe meines Pastors – bis Paavo für ein Jahr aus meinem Leben verschwand.

Noch als Sechzehnjährige glaubte ich – jedoch ganz unchristlich – an das Wunder von Weihnachten, denn die Erwachsenen erschufen es jedes Jahr aufs Neue. Wieder hatten Weihnachtswichtel in der Nacht auf den Vierundzwanzigsten einen Teller mit Leckereien auf meinen Nachttisch gestellt, mit Lucia-Hefegebäck, das Safran enthielt, Geleekugeln, Pfefferkuchen, Äpfeln und Nüssen. Das von Ester gebastelte Anker-Kreuz aus rotem Seidenpapier – Glaube, Hoffnung, Liebe – hing im Wohnzimmerfenster. Die mit Fähnchen, Wichteln und Silberlametta geschmückte Tanne stand im Durchgang vom Esszimmer zum Wohnzimmer, die elektrischen Kerzen brannten, geheimniskrämerisches Rascheln hinter verschlossenen Türen füllte den Tag. Das ganze Haus duftete nach Hyazinthen und Festessen; im vereisten Erkerfenster funkelte der Stern von Bethlehem, an Weihnachtspantoffeln und -mützen klingelten goldene Glöckchen. Als ich noch klein war, bekam ich das alte graue Wichtelkostüm von Helen übergezogen, mit rotem Gürtel und Manschetten. Ich wuchs heraus, und das Kostüm wurde mit Naphthalin auf dem Dachboden verwahrt, bis es dem nächsten kleinen Menschen passte. Tante Ester trug eine weiße Festtagsschürze und war Weihnachten immer besonders fröhlich, da ihr Sohn Erik nach Finnland kam. Erik Finne arbeitete als Kellner in einem Restaurant in Stockholm und kannte sich gut aus mit Küchendingen. Sein Freund Gustav hatte einen Friseursalon; die beiden teilten sich schon lange eine Wohnung im zentralen Södermalm.

Tante Aili war trotz der Streitereien zu Opa zurückgekehrt, Helen kam zu Weihnachten wie immer in die Kalevankatu, Heikki war verschollen. Wir saßen um das Weihnachtsmahl versammelt, der kleine Thomas zwischen Marre und Juhani im Kinderhochstuhl, Heli, Tommy und die kleine Annika im Wichtelkostüm mir gegenüber. Tante Ester hatte sich stolz zwischen Erik und Gustav platziert, und Opa und Aili saßen an den Tischenden. Helen glitt wie ein Schatten neben mich. Sie hatte ihre dünne Jacke an, ihre Augen waren gerötet und müde.

»Na? Wie steht's bei dir?«, fragte Opa und stand auf, um Helen aus der Jacke zu helfen.

Helen lächelte gezwungen in die Runde. »Frohe Weihnachten.«

Alle wünschten einander im Chor frohe Weihnachten, Thomas hämmerte mit dem Löffel auf die Tischplatte.

»Sagt denn auch der kleine Thomas seinem Opa ›frohe Weihnachten‹?«, drängte Marre, doch Thomas schleuderte nur munter Milchreis durch die Luft.

»Ich kann nicht mehr«, stöhnte Helen, »und ich will euch auch nichts vormachen. Heikki ist seit zwei Wochen verschwunden.«

Ihre Nerven waren angespannt; sie hatte kurz vor Weihnachten eine Premiere gehabt, deren Kritiken niederschmetternd waren. Sie schüttelte unglücklich den Kopf und brach inmitten köstlicher Speisen, flackernder Kerzen und Weihnachtsschmuck in untröstliches Heulen aus. Auch Tante Esters Mund verzog sich zu einem Greinen, doch sie tupfte sich schnell mit der Serviette die Augen trocken. Ich stand zusammen mit ihr auf und räumte die Vorspeisenteller in die Küche. Helen schlug die Hände vors Gesicht und wiegte sich rastlos vor und zurück.

In der Küche seufzte Tante Ester und machte ein ernstes Gesicht.

»Dass Helen so unglücklich ist …! Wie schrecklich, wie entsetzlich schrecklich.«

Auch Erik und Gustav kamen zum Helfen in die Küche.

Als ich zurück ins Esszimmer ging, hatte Helen sich beruhigt und Opa ihr Wein eingeschenkt.

»Heikki ist bestimmt nichts zugestoßen«, beruhigte Tante Aili.

»Der und ein Unglück? Papperlapapp!«, tönte Opa. »Pass auf, der kommt zurück nach Haus wie immer, wenn er keine Kraft mehr hat. Unkraut vergeht nicht!« Er machte eine wegwerfende Handbewegung und trommelte dann mit den Fingern auf die Tischplatte.

»Aber wie wär's denn, wenn *du* nicht mehr zurückkommst? Oder erst dann, wenn Autere dort wieder verschwunden ist?«

»Worauf willst du hinaus?«

»Du lässt dich eiskalt scheiden! Wirst schon zurechtkommen, ich regel das.«

»Und wo soll Heikki dann hin?«

»Das ist nich mehr meine Sache, die Wohnung in der Mariankatu läuft auf Maries Namen, da kann Heikki nichts machen, egal mit welchen Tricks. Und du, Helen, bleibst nach Weihnachten erst mal hier.«

Helen lachte auf und schüttelte den Kopf.

»So einfach ist das nicht.«

»Mama, du würdest ein ganz neues Leben kriegen. Mir und den Kindern ging's doch genauso«, sagte Heli scheu.

»Du hättest das längst tun sollen«, bekräftigte Juhani und wischte Thomas den Mund ab.

Die arme Helen seufzte tief. Ihr Blick wanderte im Zimmer umher und blieb dann an Heli haften.

»Wir helfen dir. Uns ist es bislang auch gut gegangen.«

»Liebe Helen«, sagte Aili ruhig, »du schuldest Heikki überhaupt nichts. Du hast deine Kinder und Enkelkinder, und auch dein Vater lebt noch.«

Helen warf Opa einen eigenartigen Blick zu und schnaubte, doch Aili fuhr gelassen fort. »Der Mensch macht Fehler und trifft falsche Entscheidungen. Manche wagen es nie, eine Entscheidung zu treffen.« Bei diesem Satz sah sie Opa an. Ob sie sich selbst oder jemand anderen meinte, ich wusste es nicht.

»Gut«, sagte Helen überraschend schnell. »Es ändert sich ja sowieso nichts. Heikki macht Versprechungen, fleht und schwört, und ich verzeihe ihm jedes Mal. Und dann bricht er seine Versprechen, und alles fängt wieder von vorne an. Das Schlimmste ist, wenn ...«

Ihre Stimme erstarb, Tränen liefen über ihr ausgezehrtes hübsches Gesicht. Fünfzig Jahre alt war sie nun, und ich bekam wieder eine Mutter. Wir würden zusammen in einer Wohnung leben, jede ein Zimmer haben, und ich wüsste immer, wo sie ist, und würde auf sie aufpassen. Ich malte mir aus, wie wir gemeinsam durch die Stadt schlenderten und die Sommer in Månvik verbrachten, wo wir Blaubeeren und Pilze sammelten. Ich musste niemandem mehr etwas vormachen. In der Grundschule hatte ich mir bei den Aufsätzen stets ausgedacht, was Mama und ich zusammen unternahmen: Skilaufen im Wald, Pfefferkuchen backen, Puppenkleider nähen – was Mütter und Töchter eben so taten. In meinen Geschichten war meine Mutter rund um die Uhr zu Hause und flocht mir jeden Morgen Zöpfe. Und schon damals wusste ich: So ein Leben könnte meine Mutter nie leben.

Nach Weihnachten ließ Helen wochenlang nichts von sich hören. Die Ferien waren zu Ende, auf meinem Plattenteller drehte sich *Let it be*, ich berechnete Ableitungen. Opa betrat mein Zimmer; ich hob den Plattenarm hoch, wobei die Nadel das Vinyl ankratzte.

»Verflixt!«

»Nicht fluchen«, mahnte Opa erstaunlicherweise – wie Oma.

Ich reagierte inzwischen misstrauisch bis ängstlich auf Unvorhergesehenes. Und normalerweise kam Opa nicht in mein Zimmer. Er betrachtete die Paul-McCartney-Poster, das Filmplakat zu *Ein Mann und eine Frau*, auf dem Anouk Aimée und Jean-Louis Trintignant sich küssten, und den Klamottenhaufen auf dem Fußboden.

»Gehört das nich in den Wäschekorb?«, setzte er an.

»Was ist los?«

Ich fürchtete seine Antwort.

»Ich hab Helen vorgeschlagen, dass sie mit dir bei Tante Aili einzieht. Denn ehe der Autere aus der Mariankatu wegzieht, kackt ein Ochse Kaviar«, knurrte er und hieb gereizt in die Luft.

Ich verstand nicht, worauf er hinauswollte, und schwieg eine Weile.

»Ähm … wieso? Zieht Tante Aili denn aus ihrer Wohnung aus?«, fragte ich schließlich.

Opa nickte.

»Sie kommt zu mir. Ich wollt nur Bescheid sagen, was Sache ist.«

Er schritt in seinen Pantoffeln hinaus, ich rannte hinterher.

»Und was hat Helen gesagt? Ist sie einverstanden? Und bleibt Heikki auch wirklich in der Mariankatu?«

Opa sank in seinen Stuhl, setzte die Brille auf und griff nach der Zeitung.

»Opa!«, brüllte ich, und ein schiefes Lächeln breitete sich über sein braunes Gesicht mit den feinen Falten, die mich an Cordstoff erinnerten.

Er legte die Zeitung beiseite und zog mich auf seinen Schoß.

»Helen ist einverstanden«, sagte er und strich über meine langen Haare.

»Wirklich? Und sie trennen sich?«

»Jawoll! Jedenfalls ziehen sie erst mal auseinander. Könntest du deine Haare nicht 'n bisschen anständiger tragen, als Dutt oder so? Ich bezahl dir auch den Friseur.«

Juhani und Marre waren erleichtert, als ich ihnen erzählte, dass ich mit Mama in Ailis Wohnung ziehen würde. Obendrein wohnten Heli, Tommy und Annika ganz in der Nähe. Wir konnten uns regelmäßig treffen, und Helen wäre wieder meine Mutter. Ich freute mich auch darüber, dass Heikki nicht aus der Mariankatu wegziehen musste. Wohin hätte er gehen sollen? Er hatte doch niemanden.

Das weiße Haus lag an der Kreuzung der Uudenmaankatu und der Annankatu, in der Wohnung befanden sich noch Ailis Sachen. Doch alles war unglaublich aufgeräumt, und durch die Fenster schien helles Tageslicht. Ich bekäme das kleine Dienstmädchenzimmer hinter der Küche und Mama ein eigenes Schlafzimmer. Dazu gab es noch das Wohnzimmer mit dem Kamin und den rosa Säulen, die das Zimmer in zwei Bereiche teilten. Die Aussicht aus dem Erkerfenster zum Johanniskirchpark erinnerte Mama an Paris.

Sie wanderte still und verloren durch die Zimmer. Im Haus gab es keinen Fahrstuhl, der Aufstieg in den zweiten Stock hatte sie erschöpft. Ich hatte bis dahin nicht gewusst, wie schlecht es wirklich um sie stand. Sie versuchte, unbemerkt eine Tablette zu schlucken, doch ich sah es.

»Nitroglycerin, das erweitert die Gefäße, putzt den Dreck raus«, kommentierte sie und ließ das Mittel unter der Zunge zergehen.

»Was hast du denn? Bist du beim Arzt gewesen?«, fragte ich und setzte mich zu ihr aufs Sofa.

Ich sah, dass ihre Haare an den Schläfen ergrauten, und bewunderte lieber ihre schönen Beine und zarten Knöchel, die unter ihrem Übergangsmantel hervorschauten. Sie schnaubte höhnisch und sagte, sie gehe schon jahrelang zum Herzspezialisten und schlucke auch die Tabletten schon jahrelang. Sie litt an Angina Pectoris, an verhärteten Herzkranzgefäßen.

»Aber dieses enge Gefühl geht gleich vorüber.« Sie lächelte. »Das wird ein schönes Zuhause! Auf alle Fälle haben wir genug Platz.«

Ihre Stimme klang glockenhell. Aber war sie immer schon so zart gewesen? Ich wusste es nicht.

»Und wenn wir erst eigene Möbel hier haben!« Sie ließ den Blick über Ailis schickes kleines Sofa, den Tisch mit den geschwungenen Beinen und die zwei goldgerahmten Spiegel gleiten.

»Was daraus wohl wird? Opa macht sich nichts aus solchen Möbeln. Das Bild im Schlafzimmer könnte ihm allerdings gefallen.«

Über dem riesigen Doppelbett mit aprikosenfarbener Tagesdecke hing ein Gemälde, das ich sofort wiedererkannte: ein stattliches südländisches Weib in weißer Bluse, die eine Schulter freigab. Die langen braunen Haare hingen offen herab, die dunklen Augen sahen den Betrachter verführerisch an, die vollen Lippen waren einladend geschürzt. Oma hatte das Bild, das Opa von einer Reise mitgebracht hatte, stets verabscheut, und eines Tages war es weg. Und hier wieder aufgetaucht! In diesem Moment wurde mir klar, dass ich die Frau kannte: Tante Aili. Auch wenn sie sich nie so kleidete – Gesichtszüge und Ausdruck stimmten.

»Wie … wie geht es eigentlich Papa?«, wagte ich schließlich zu fragen.

Ich hatte Mühe, Heikki *Papa* zu nennen. Doch wir hatten das Thema so lange gemieden, dass es allmählich peinlich wurde.

»Der hat in zwei Wochen eine Premiere. Schwieriges Stück, Becketts *Warten auf Godot*. Er ist Vladimir. Wollen wir zur Generalprobe?«

Ich nickte und fragte nicht weiter nach. Vielleicht würde Mama mir mehr erzählen, wenn sie die Kraft dazu fand.

»Wir haben es in Paris gesehen. Wer hätte gedacht, dass er das mal selber spielt. Habe ich dir eigentlich von der *Kahlen Sängerin* erzählt?«, fragte sie und wurde munter.

»Wovon?«

»Ein Stück von Ionesco. Vollkommen absurd. Da kommt natürlich gar keine kahle Sängerin vor! Laut Programmheft hat der Autor alle Repliken aus einem Englischwörterbuch«, erzählte Mama belustigt. »Aber wir mochten es! Und davor hatten wir auch schon *Die Nashörner* gesehen, das ist genauso genial.«

Sie kam richtig in Fahrt, fragte nach der Schule und dem Französischunterricht – ich hatte in der siebten Klasse Französisch als Fremdsprache gewählt. Sie sagte, dass Opa nun wenigstens mich zum Studieren nach Paris schicken könne; sie habe sich damals ja geweigert und die Schauspielschule vorgezogen.

Ich ging hinüber in mein neues Zimmer und ließ den Blick schweifen. Fürs Auslandsstudium war ich garantiert ungeeignet, allein der Gedanke, von zu Hause wegzugehen, ließ mich frösteln.

»Wir müssen Jalousien besorgen.« Mama schmiedete Pläne.

»Und eine Nähmaschine!«, fiel ich ein. »Ich nähe ziemlich viele Klamotten selbst.«

»Wirklich?«, fragte Mama erfreut.

Ich nickte und präsentierte ihr die schwarze Weste, die ich aus Opas altem Frack geschneidert hatte.

»Wer weiß, vielleicht gehst du ja wirklich nach Paris? Du hast dich schon immer für Mode interessiert.« Mama sah sich in meinem noch leeren Zimmer um.

Da ich schwieg, fuhr sie fort.

»Opa würde dich unterstützen. Und du würdest endlich all die Erwartungen erfüllen, die ich damals enttäuscht habe.«

Ich schwieg noch immer, und Mama ließ das Thema fallen.

»Ich werde mucksmäuschenstill sein, wenn ich nach den Vorstellungen zurückkomme und noch was essen will. Meistens reicht mir sowieso ein rohes Ei mit Zucker, das kann ich ganz leise zusammenmixen.«

Obwohl ich schon ewig nicht mehr mit Mama zusammengelebt hatte und nur selten mit ihr allein war, fühlte sich alles vertraut und heimelig an. Wie von weit her hörte ich das nächtliche Geräusch aus der Küche, wenn sie Eier und Zucker im Glas verrührte, klack-klack-klack …

»Früher habe ich heimlich einen Schuss Kognak von Opa dazugetan. Das machte ich, wenn ich besonders müde war. Ist die beste Medizin.«

Noch ehe wir mit unseren Möbeln einzogen, sahen Mama und ich im Adlon *Rat mal, wer zum Essen kommt*. Katherine Hepburn zählte zu Mamas Lieblingsschauspielerinnen. Die Liebesgeschichte zwischen ihr und Spencer Tracey war traurig und wunderschön, und ich fand Sidney Poitier sogar noch besser als in dem Film *In der Hitze der Nacht*, aber das Allerbeste war sowieso, mit Mama zu zweit im Dunkeln zu sitzen. Nach dem Film brachte ich sie bis zur Bushaltestelle und umarmte sie. Wir standen lange im kalten Wind. Endlich hatte ich das Gefühl, dass alles richtig war. Alles gut war. Mama stieg mit ihrer Luchsfellkappe in den Bus, zahlte und fuhr die Runeberginkatu hinunter, hinter ihr verpuffte eine kleine Abgaswolke.

Im Affenhaus hatten sich ein paar Dutzend Jugendliche versammelt. Tuikkus Oma lag im Krankenhaus, ihre Eltern waren unterwegs. Da Tuikku viel im Zentrum und am Bahnhof herumhing, hatte sie etliche neue Bekanntschaften geschlossen. Wir saßen im abgedunkelten Club-Raum auf dem Sofa und tranken süßen Tokajer, den jemand im Alko, dem staatlichen Alkohol-Shop, gekauft hatte. Im Kassettenrecorder leierte *Surfer Girl*; in der Zimmermitte tanzten einige eng umschlungen. Mädchen hingen den Jungs um den Hals, in den Ecken glommen Zigaretten. Irgendein Petri nahm mich bei der Hand, Brian Wilson sang gerade *God Only Knows*. Er entführte mich in Tuikkus stockdunkles Zimmer, machte die Tür hinter uns zu und hob mich neben sich aufs Bett. Er zog mir die Bluse aus und öffnete die Knöpfe seiner Jeans. Alles drehte sich vom süßen Wein, mein BH sprang auf, und im gleichen Moment spürte ich etwas Hartes, Heißes auf meinem Bauch. Vorsichtig griff ich danach. Es war glatt und weich wie feinstes Wildleder, pulsierte und ließ mich an eine Wasser pumpende Qualle denken. Petri saugte an meinem Hals herum und riss mir ächzend die Hose runter. Ich spürte seine rauen Lippen und roch seinen schlechten Atem. Ich schob ihn von mir und versuchte aufzustehen, aber er war stärker und presste mich nieder.

»Nicht!«, keuchte ich und wollte mich losreißen, doch er

hielt mich fest und zerrte meine Hose noch tiefer Richtung Füße.

»Ich mein's ernst, lass mich!«, brüllte ich. In dem Moment stöhnte er laut auf.

Eine warme Flüssigkeit breitete sich auf meinem Bauch und meinen Schenkeln aus. Petris Griff löste sich. Angeekelt rannte ich nach draußen, mir war plötzlich schlecht. Ich lehnte mich an das Gestell zum Teppichklopfen und übergab mich. Danach rieb ich mir Mund und Hände mit Schnee ab.

Im Affenhaus waren so gut wie alle Fenster dunkel, auch die im zweiten Stock, wo wir früher gewohnt hatten.

»Hier, zieh mal.« Petri stand breitbeinig hinter mir und reichte mir eine Selbstgedrehte, die süßlich roch. »Hast 'nen netten Namen, Marie – Marie-huana!« Grinsend wankte er vor und zurück. Sein Oberkörper war nackt.

Es war so kalt, dass unser Atem Wölkchen hinterließ, der Frost fuhr mir scharf in die Lungen. Als ich an der Zigarette gezogen hatte, bot er mir einen Schluck aus einer kleinen braunen Flasche an, übel schmeckendes Hochprozentiges. Er fing wieder an zu grabschen und zu knutschen, leider waren seine Lippen so nass wie eine Tasse voller Speichel. Ich schob ihn von mir.

»War keine Absicht«, brabbelte er, »ging vorhin leider daneben … Tschuldigung.«

»Hau ab.« Ich stieß ihn weiter fort.

Blitzschnell trat er den Rückzug an, schmetterte noch die Flasche in den Schnee und raste barfuß zur Verkehrsinsel von Munkkiniemi, die er mehrmals umkreiste – nur in seiner Jeans. Dabei kreischte er irgendwelchen Unsinn in den Himmel, krähte wie ein Hahn.

Als die Straßenbahn Nummer vier an ihm vorbeifuhr und

gleich hinter ihm hielt, torkelte er weiter Richtung Sportplatz, wobei er nicht aufhörte lautstark zu schimpfen.

Ich konnte mich nicht mehr erinnern, wie ich in die Kalevankatu gelangte. Beim Aufwachen war mir so schlecht, dass ich glaubte zu sterben. Die Ereignisse der Nacht, der Quallenpolyp, der krähende Petri tanzten in flimmernden Farben vor meinen Augen. Und als ich schließlich die Augen aufbekam, stand Tante Aili vor mir, in der Hand einen Eimer und einen Lappen.

»Schaffst du es aufzustehen? Dann wechseln wir die Bettwäsche. Den Teppich bringen wir Montag zur Reinigung.«

Mir war schwindelig, das Zimmer drehte sich, und ich kam den ganzen Tag nicht richtig auf die Beine. Tante Aili brachte mir Wasser und fragte, ob ich schon etwas essen könne. Opa begegnete ich an diesem Tag zum Glück nicht. Ich schämte mich. Erst spät abends hörte ich ihn; er telefonierte. Ich versuchte für die anstehende Biologiearbeit zu lernen, doch die DNA-Doppelhelix umklammerte unangenehm meinen Schädel. Als Opa vor meiner Zimmertür stand, dachte ich nur: Hoffentlich hat Aili ihm nichts von meinem Kater erzählt. Aus Opas Gesicht sprach pures Entsetzen.

Mama lag mit drei weiteren Patienten in einem Zimmer auf der Intensivstation. Eisige Luft drang durchs offene Fenster. Ich setzte mich auf die Bettkante, Opa redete mit einem gehetzten Arzt. Mama war an ein Gerät angeschlossen, das die Herzfunktionen überwachte. Aus einem Beutel, der an einem Ständer hing, tröpfelte Medizin direkt in ihre Adern. Sie sah entspannt aus, allerdings hatte sie kalte Hände und blaue Lippen. Meine kleine Mama. Ich schloss das Fenster. Im Nebenbett lag, durch einen Vorhang von ihr abgetrennt, ein Mann an den gleichen Apparaten.

»Jetzt ist alles gut, es geht mir besser. Es tut auch nicht

mehr weh. Überhaupt nicht mehr. Und Papa ist schon da gewesen. Er musste schnell zu den Proben.«

»Was ist passiert?«

»Nun mach dir mal keine Sorgen, mein Schatz.« Sie wollte mich beruhigen und streichelte meine Hand. »Und auch Papa soll sich keine Sorgen mehr machen. Ruf ihn bitte gleich nach der Probe an.«

Bei *mein Schatz* schossen mir Tränen in die Augen, ich musste heulen.

»Du hast dich ganz umsonst geängstigt! Sind ja auch schlimme Fälle hier«, flüsterte sie und nickte in Richtung des Mannes hinter dem Vorhang.

»Der Doktor sagt, es war 'ne richtig große Thrombose. Aber sie haben es hingekriegt«, sagte Opa.

Als er erzählte, dass auch Juhani und Heli zu Besuch kommen wollten, reagierte Mama ungehalten.

»An so einen Ort wie diesen …! Gütiger Himmel, sollen sie doch morgen kommen, wenn ich verlegt werde!«

»Sie wolln nun mal kommen, und ich werd sie nicht aufhalten. Ich hol mir einen Kaffee, soll ich was mitbringen? Irgendwelche Lutschpastillen, Pax zum Beispiel?«

Weder Mama noch ich wollte etwas, und Opa ließ uns zu zweit zurück.

»Ich seh wohl furchtbar aus?«, fragte Mama, als die Tür zugegangen war. »Und die falschen Wimpern kleben mir auch noch im Gesicht. Klimper-klimper.« Sie lachte.

»Soll ich sie abnehmen?«

»Ach, was soll's.«

Unter der dicken Puderschicht war Mamas Gesicht fahl und leblos, der Lidschatten war verwischt. Ich nahm ein Papiertuch vom Nachttisch und wollte das korrigieren, doch die blaue Farbe verschmierte nur noch stärker.

»Zum Glück habe ich die Vorstellung bis zu Ende gespielt, der Saal war proppenvoll. Stell dir vor, ich hatte ja noch das Kostüm an! Das Korsett, und dazu die Turnüre auf dem Hintern … Die müssen mich hier glatt für verrückt gehalten haben.« Sie kicherte. »Meine Güte, und morgen müsste ich ja zu den Fernsehaufnahmen …«

»Da wird wohl nichts draus.«

»Hör mal«, sagte sie unvermittelt, ihre Gedanken schienen weit fort. »Du hast es sicher schwer gehabt. Papa und ich haben immer gearbeitet und sind ständig herumgereist. Warst ganz allein, mein kleines Mäuschen. Juhani und Heli hatten sich wenigstens gegenseitig …«

»Wie kommst du jetzt darauf?«

»Na, wenn man hier so liegt, fällt einem allerhand ein.«

»Aber ich war doch nicht allein! Es waren immer Leute um mich rum, und Tante Ester …« Ich gab mir Mühe, doch Mama drückte meine Hand.

»Wir hätten das anders organisieren sollen.«

»Was?«

»Na, das mit der Erziehungsberechtigung und der Adoption.« Mama flüsterte beinahe. »Aber Opa war der Ansicht, dass du es unbedingt willst … und du weißt ja, wie Opa ist. Er weiß immer alles besser.«

Ich verstand sehr gut, was sie meinte. Mir fiel wieder ein, wie verblüfft ich in Cannes über Opas Vorschlag gewesen war.

»Aber jetzt werden wir ja endlich zusammenwohnen«, fuhr Mama fort. Ich wusste nicht, was ich sagen sollte. »In unserer Wohnung mit Pariser Aussicht!«

Wir schwiegen eine Weile, ich hielt ihre kraftlose Hand.

»Papa und ich werden uns nicht scheiden lassen«, sagte sie; ich sah, wie erschöpft sie war. »Mal schauen, vielleicht zieht er ja irgendwann zu uns. Dann muss er nicht allein in der Mariankatu wohnen. Oder wir beide ziehen zu ihm, wer weiß!«

Es gelang mir nicht, meine Irritation zu verbergen, und Mama fügte schnell hinzu: »Nur wenn er verspricht, dass er aufhört zu trinken. Es ist ja schließlich deine Wohnung!«

Das stimmte. Opa hatte es so organisiert. Ich nickte.

Eine Krankenschwester kam herein und wechselte den Beutel mit der Infusion aus.

»Ist alles gut?«, fragte sie.

»Alles ist so gut, wie es nur sein kann«, antwortete Mama und seufzte. »Sehr gut.«

Ihre kalte Hand streichelte tröstend meine Wange. Mama meinte, ich müsse zum Friseur und mir die Haare schneiden lassen. Auch sonst solle ich mehr auf mein Äußeres acht geben.

»Bringst du mir bei, wie man sich schminkt?«

Mama lächelte und nickte.

Als ich von der Toilette zurückkam, rannten mehrere Schwestern und Ärzte um Mama herum. Das Deckenlicht leuchtete grell, ihre Brust war entblößt. Ein Arzt presste rhythmisch ihren Brustkorb und atmete ihr in den Mund. Ihre Augen standen einen Spaltbreit auf, wirkten aber leblos. Ihr Gesicht war bläulich angelaufen, die Kurve auf dem Monitor zitterte. Juhani lehnte mit geschlossenen Augen an der Wand, Heli saß mit dem Gesicht in den Händen in der Ecke. Ich griff nach Mamas schlaffem Arm.

Das rhythmische Pressen hörte auf. Der rothaarige Assistenzarzt wischte sich den Schweiß von der Stirn. Er sah erst zu mir, dann zur Wanduhr.

»Exitus 22.31 Uhr. Tut mir leid.«

Opa stand im Türrahmen, sein Gesicht war vollkommen regungslos. Er sah aus wie tot.

Helen Autere
* 12.9.1920
† 19.1.1971

Beerdigung in der Alten Kapelle
von Hietaniemi am 5.2.1971

Albinoni: *Adagio*
Wikfeldt: *Leise wie der Tau*
Wagner: *Pilgerchor*
Kranzniederlegung
Aussegnung: *Pastor Paavo Nieminen*
Schubert: *Ave Maria*

Orgel: Usko Markkanen; Gesang: Otto Lehtonen

An einem besonders schönen Abend saß ich mit feuerroten Wangen in der Schauspielerloge und klatschte: Mama kam auf die Bühne. Ich hatte fast vergessen, wie schön sie war. Sie hielt den gelben Rosenstrauß, den Oma ihr gekauft hatte, verbeugte sich und winkte mir zu. Sie war so nah, dass ich sah, wie sich ihre Brust hob und senkte, fast hörte ich ihren beschleunigten Atem.

Sie holte uns aus der Loge, führte uns einen schmalen Gang entlang, vorbei an der Bühne und der Kammer des Inspizienten und an dem Schnürboden mit den vielen dicken Tauen. Die Bühnenarbeiter machten sich ans Werk, Wände wurden abgebaut, Kulissenteile hochgezogen. Ich nahm den Geruch von Staub wahr, von Stoffen, Möbeln,

Rosshaar, Puder und Schminke, den Geruch tausender Geschichten, der sich in unzähligen Schichten an die Steinwände geheftet hatte. An der Bühnenseite führte eine schwere Eisentür in ein helles Treppenhaus; wir gingen am Raucherzimmer vorbei, aus dem schallendes Gelächter und Rauchschwaden drangen, und stiegen in den dritten Stock. Mama geriet schneller außer Atem als Oma und blieb auf den Treppenabsätzen mehrmals zum Verschnaufen stehen.

In ihrer Garderobe standen zwei Schminktische und zwei Kleiderschränke. Jemand hatte ein Tablett mit einer kleinen kupfernen Kaffeekanne, einer Tasse, einem Glas selbst gemachter Zitronenbrause und zwei Zuckertörtchen bereitgestellt. Überall hingen Kleiderbügel mit Kostümen, auf dem Boden lagen Schuhe herum. Zwei runde Lämpchen beleuchteten Mamas Schminkspiegel. Dies war die Theaterwelt meiner Eltern, in dieser Welt hatten sie jahrelang gelebt, und nur sehr selten hatte jemand Zutritt zu ihr.

Auf der Bühne hatte *Mariane* noch vor Schönheit gestrahlt, doch auf dem Weg in die Garderobe zerbrach ihr Zauber; von Nahem wirkte Mamas Gesicht hart und faltig. Ihre Lippen waren breiter geschminkt, als sie tatsächlich waren, falsche Wimpern umrahmten ihren müden Blick, auf ihrer Wange klebte ein schwarzer Fleck.

»Nehmt Platz und greift zu«, sagte Mama atemlos, setzte die Korkenzieherlockenperücke ab und kämmte sie auf einem Ständer zurecht.

Ich trank Brause und biss ins Zuckertörtchen. Mamas Kopf war mit Krepp umwickelt, ihre plattgedrückten Locken schimmerten durch das Material hindurch. Sie entfernte den Krepp und die Klemmen; ihre Haare standen nun in alle Richtungen ab.

»Herrgott, Helen! Deine Haare sehen aus wie ein Elsternnest!«, kicherte Oma.

Mama begann, sich mit Zellstoff und Vaseline abzuschminken. Schicht für Schicht verschwand die Farbe aus ihrem Gesicht. Ich trank noch mehr Brause und aß auch Omas Törtchen – Oma trank später noch mit Opa Tee und aß wie jeden Abend Cracker mit Käse und roter Johannisbeermarmelade.

»Und? Wie fandet ihr es?«, fragte Mama, nun aschgrau.

Oma fand das Stück zu lang, aber Mama sei überzeugend gewesen, und man habe sie gut verstehen können. Der Hauptdarsteller Harpagon sei zu viel herumgewirbelt, und auch der Schluss gefiel Oma nicht: Alle waren wie Wachspuppen an ihrem Platz erstarrt. Ich wollte einwerfen, dass ich gerade den Schluss lustig fand, doch dann schwieg ich. Ich hatte die meiste Zeit sowieso nur *Mariane* bewundert und gar nicht auf die anderen Rollen geachtet.

Oma wechselte das Thema und erzählte von den Begebenheiten in Månvik, Geburtstagen, harmlosen Unfällen und den Albernheiten ihrer Enkel. Mama hörte zerstreut zu und ließ sich von einer Garderobiere aus dem engen, hinten geknöpften Kostüm helfen. Unter dem weinroten Samtstoff kamen ein Reifunterrock und ein Korsett zum Vorschein, das Mamas Brüste bis fast an den Hals hochquetschte.

Im Nieselregen überquerten wir den Bahnhofsplatz, am Geschäft für Militärbedarf begann es feucht zu schneien. Mama erzählte, sie müsse am nächsten Morgen zu einer Hörspielaufnahme zum Radio, danach ins Theater, dann ins Fernsehstudio und abends wieder ins Theater. Sie drehe sich von Monat zu Monat wie ein Brummkreisel und müsse manchmal sogar überlegen, welches Stück gespielt wurde. Sie fragte mich, ob ich *Dornröschen* ansehen wolle, sie spiele darin die Königin, danach könnten wir in der Kantine des Nationaltheaters Schinkenbrote essen. Sie erinnerte sich nicht mehr, dass sie das mit den Schinkenbroten schon im vorigen Jahr angeboten und es dann gleich wieder vergessen hatte, auch ihr damaliges Stück *Der blaue Vogel* hatten wir nicht angesehen. Ich antwortete, ich käme gern.

Als wir am Lokal *Seurahuone* vorbeigingen, griff ein eisiger Wind nach uns. Mama hielt sich ihren Mohairschal vor den Mund und blieb immer wieder stehen, um die Schaufenster zu betrachten. In Wirklichkeit holte sie Luft, was Oma nicht kapierte; sie trieb uns zur Eile an, für mich sei längst Schlafenszeit. Über Papa sprach Mama kein Wort, und Oma fragte auch nichts. Nur an Juhani und Heli ließ sie Grüße ausrichten und bestand darauf, dass Heiligabend wieder alle in die Kalevankatu kämen.

Mama gab mir noch einen Kuss auf die Wange, dann ging sie langsam zur Haltestelle der Straßenbahn Nummer vier. In der Kalevankatu drehte ich mich noch einmal um. Mama stieg in die Straßenbahn und glitt davon.

Ich ging oft zum Grab in Hietaniemi. Manchmal schrubbte ich den Stein, in den die Namen Sanna Catharina Falk, Lennart Axel Falk und Helen Autere gemeißelt waren. Im Frühjahr pflanzte ich Blumen, wässerte die Erde, jätete Unkraut oder setzte mich einfach nur auf die Bank und zeichnete. Langsam verschwand das schlechte Gefühl; ich musste mir nicht mehr den Kopf darüber zerbrechen, wo Mama steckte und wann sie käme. Der Stein war schön – grauer Granit –, durch die Kiefern hüpften Eichhörnchen, und ein leichter Wind blies vom Meer.

Im Winter brachte ich eine Kerze mit ans Grab und sah

zu, wie das Licht weich im Schnee leuchtete. Ich klopfte auf den Stein und dachte daran, wie ich gerufen hatte:

»Warte, Mama!«

Sie ging vor mir her und hatte den gelben Schal um die Haare geschlungen. Denselben, den ich immer trug, wenn ich krank war und das Ohr mit warmem Wasser gespült bekam. Nachts hatte es so stark geschneit, dass Mama bis zu den Knien im Schnee versank. Ich trug eine hellblaue Winterhose und eine Fellkragenjacke im gleichen Ton. Ich folgte ihren Fußstapfen, plumpste ab und zu in eine Schneewehe und aß reinen kalten Schnee. Mama drehte sich um und lachte. Papa kam hinter uns her und breitete einen Flickenteppich auf dem Schnee aus. Mama klopfte darauf herum, um ihn vom Staub zu befreien, und ich durfte auf dem Teppich hin- und herlaufen. An unserer Tür stand *Autere*, der Teppich roch sauber, alle Farben leuchteten wie in einem Märchen. Auf den Nachttischen lagen die blauen Texthefte, die Stimmen von Mama und Papa tönten murmelnd aus der Küche. Juhani kam aus der Schule, Heli ließ sich Badewasser einlaufen, und ich sah aus dem Fenster: Oma und Opa spazierten durch den wirbelnden Schnee aufs Affenhaus zu. Hannu und Jussi stapften hinter ihnen her und trugen bunt eingewickelte Pakete. Immer neue Schneeflocken bedeckten die graue Staubspur des Teppichs, und die ganze Welt wurde weiß.

Ich ging den Parkweg entlang, der zur Mechelininkatu führte und von alten Bäumen gesäumt war. Zu beiden Seiten erhoben sich massive, moosbewachsene Steinplatten und dahinter kleinere Grabsteine mit verwitterten Namen, Geburts- und Todesdaten. Wenn ich bereits im Konfirmandenunterricht an einem Leben im Jenseits gezweifelt hatte, so war ich nach Mamas Tod vollends überzeugt, dass der Mensch geboren wurde, lebte und starb und dass das Schreckliche daran war, dass mit dem Tod alles aufhörte. Ich glaubte nicht an einen Gott, der durch Belohnung oder Strafe im Jenseits für Gerechtigkeit sorgte. Christliche Trostsprüche über das Himmelreich, in dem ich Mama und Oma wiedersehen würde, halfen mir nicht. Ich wollte nicht erst sterben müssen! Und einen anderen Weg schien es nicht zu geben in dieses himmlische Reich, wo die Toten ihr ewiges Leben lebten.

Vor der Friedhofspforte setzte das echte Leben sofort wieder ein: Als ich am Krankenhaus vorbeiging, trugen zwei Sanitäter ein junges Mädchen aus dem Notarztwagen. Die Straßenbahn Nummer acht quietschte in den Schienen, die Tauben gurrten auf den Regenrinnen der Häuser.

Tuikku hatte mir einen Brief geschrieben, der aus nichts anderem bestand als dem Text von *She's Leaving Home*. Ich sah sie nur noch selten, und wenn, dann war sie betrunken oder bedröhnt. Mir war nicht klar, dass sie das Lied ernst genommen hatte und abgehauen war. Sie flog von der Schule und lungerte in der Innenstadt herum; ihre neuen Freunde stammten aus den Innenstadtbezirken Hermanni und Vallila. Wo sie wohnte, wusste ich nicht, im Affenhaus ließ sie sich jedenfalls nicht mehr blicken. Einmal lud sie mich zu sich ein, doch ich winkte ab. Im Dezember rief sie plötzlich an und wollte, dass ich sie besuchte, sie lag auf der geschlossenen Frauenstation im Hesperia-Krankenhaus. Jemand hatte sie vergewaltigt, als sie bewusstlos war, und sie bat mich, zum Trost Schallplatten vorbeizubringen. Die Station war voller verrückter alter Frauen, die Türen wurden verriegelt, und Tuikku sah elend aus. Zwei Wochen später wollte ich sie erneut besuchen, doch sie war nach

Tammisaari verlegt worden, wo man jüngere Patienten mit psychischen Problemen und Drogensucht behandelte. Ich hätte ihr noch gerne *Rubber Soul* gegeben und mit ihr *In My Life* gehört. Hätte ihr gesagt, dass sie meine einzige Freundin war. Ich vermisste sie.

Ich klettere auf die Leiter und recke mich, um den Staub vom Bücherregal zu wischen. Neben meinen eigenen Büchern stehen unsere alten Märchenbücher von früher und Omas Romane, teilweise schwedischsprachige. Die Bücher von Opa sind alle finnisch, darunter mehrere von Hemingway, den Opa so sehr mochte. Ich nehme einen braunen dicken Band in die Hand und setze mich auf eine der Stufen – *Wem die Stunde schlägt*, gedruckt 1944, die vergilbten Seiten sind steif und riechen muffig. Ich lese das Motto, das dem Roman vorangestellt ist:

Niemand ist eine Insel, in sich selbst vollständig;
jeder Mensch ist ein Stück des Kontinentes, ein Teil des Festlands.
Wenn ein Lehmkloß in das Meer fortgespült wird, so ist Europa weniger, gerade so als ob es ein Vorgebirg wäre, als ob es das Landgut deines Freundes wäre oder dein eigenes.
Jedes Menschen Tod ist mein Verlust, denn mich betrifft die Menschheit; und darum verlange nie zu wissen, wem die Stunde schlägt; es gilt dir selbst.

John Donne

Und erst jetzt entdecke ich, dass auf der ersten Seite des Buches in Opas regelmäßiger Handschrift steht:

Für meinen geliebten Sohn Julius am 5.9.1944, dem Friedenstag, an dem die Sowjetunion ihren Krieg gegen uns beendet hat. Doch der Krieg wütet in Europa weiter. Hoffentlich kommst du schnell wieder nach Hause.

Dein Vater

Nie zuvor habe ich dieses Buch in die Hand genommen und das schicksalhaft klingende Donne-Zitat gelesen, das mit demselben Stift unterstrichen ist, mit dem die Widmung für Julius geschrieben wurde. Wieso das Buch wohl in Månvik steht? Vielleicht hat Julius es hier gelesen und dann liegen lassen. Onkel Julius ist also im Krieg gewesen, wie auch Papa. Aber Papa war längst erwachsen, und Julius war zum Ende des Krieges erst dreiundzwanzig, und da hatte er schon mehrere Jahre gekämpft! Ich lege das Buch beiseite, um es Hannu zu geben, wenn er kommt. Er kann es seinem Vater übermitteln – wenn der noch lebt. Er müsste jetzt siebenundachtzig sein. Hannu soll auch nachschauen, ob sich im Regal weitere Bücher finden, die seiner Familie gehören. Ich wage mir nicht auszumalen, was Julius über seinen Vater und all die traurigen Geschichten von früher denkt. Doch vielleicht bringen die Widmung und das unterstrichene Motto ihn dazu – oder jedenfalls Hannu –, die Dinge aus einem anderen Blickwinkel zu betrachten. *Für meinen geliebten Sohn Julius.*

Julius Falk ist der Sohn von Oskar Falk und Hannu der Sohn von Julius, und wir alle sind Teil eines großen Ganzen, ob wir nun wollen oder nicht. Deshalb hat Opa das Motto unterstrichen.

Als ich mich im *Aquarius* in der Technischen Hochschule ausweisen musste, hielt ich meinen Jugendausweis mit dem gefälschten Geburtsjahr 1952 hin – offiziell war ich also volljährig. Als Tuikku noch mitkam, mogelten wir uns heimlich durch die Küchentür, drückten uns an den Fliesen und Kochstellen entlang zum Saal, wo tagsüber die Studenten ihr Mittagessen bekamen. Manchmal verfolgten uns die Wachmänner, doch irgendwann waren wir mit den flackernden Scheinwerferlichtern und dem wogenden Beat auf der Tanzfläche verschmolzen. Mein Zopfmusterpulli bedeckte kaum meinen Nabel, und Polle war anders als alle anderen. Er war von einem anderen Stern, so sagte er, und das stimmte, denn er grabbelte nicht herum wie die anderen und wollte mir nicht sofort unter den Pullover. Und tanzen konnte er auch nicht, er hüpfte wie ein Troll ohne jedes Rhythmusgefühl umher, verdrehte die Augen und machte Quatsch. Er hatte ein Motorrad, eine blaue Honda, 350 Kubik, bezeichnete sich spaßhaft als Midnight Cowboy und wohnte in Nord-Haaga in einem rosa gestrichenen Hochhaus. Sein Spitz hieß Tessu, seine Mutter nannte er Mutsch, und Mutsch und Tessu waren immer zu Hause. Den Vater nannte er Paps oder Alter; allerdings war sein Alter nie zu Hause, er leitete eine Buchdruckerei.

Die Söhne der Familie Kuusinen – Polle, Hessu und Arkka – gingen alle noch zur Schule. Der Haar- und Lärmpegel stieg in den siebzig heimischen Quadratmetern sprunghaft, sobald die Jungs ihre Freundinnen und Kumpels mitbrachten, und erst recht, als Tessu Junge bekam. Arkka wechselte seine Freundin wöchentlich; laut Polle war es ihm am wichtigsten, ein Mal zum Ziel zu kommen. Familie Kuusinen hatte jede Menge Kram herumstehen, allein der Flur quoll über von Schuhen und Jacken, Mützen und Handschuhen, Schlittschuhen und Hockeyschlägern und Hundeknochen. Fleischklops- oder Pfannkuchenduft drang bis ins Treppenhaus. Ich fühlte mich wohl bei ihnen.

Kuusinens hatten klare Regeln. Im Sommer fuhr die ganze Familie aufs Land; erst im September kehrte sie zurück in die Stadt. Mutsch kaufte ein, lernte in der Volkshochschule Englisch und führte Hund Tessu aus sowie den kleinen Welpen, den die Familie behielt und Murre taufte. Alle hatten um Punkt fünf Uhr zu Hause zu sein, auch Paps, denn dann gab es Essen, und wenn jemand fehlte, kriegte Mutsch einen Anfall. Dienstags gingen sie in die Sauna, an den Wochenenden fuhren sie zum Sommerhaus. Dort spielten Polle, Hessu, Arkka und ihre Freunde Darts, gingen angeln, grillten auf dem Kugelgrill, bastelten an Motoren und fuhren mit dem 25-PS-starken Boot herum, dessen Motor sie Möse nannten. Und ständig veranstalteten sie Ringkämpfe. Eigentlich waren es simple Prügeleien, bei denen Polle am meisten abbekam – das kleine Nesthäkchen genoss aus Sicht der älteren Brüder zu viele Vorteile. Daher hatte Polle immer blaue Flecken, und so wurde er, wie er war: hitzig und leidenschaftlich, aber auch sehr zärtlich. Beim Hinkelstein hinterm rosa Hochhaus schloss er mich in die Arme und küsste mich, wie mich niemand zuvor geküsst hatte. Alles andere verlor für lange Zeit an Bedeutung. Wir tollten herum, knutschten und machten Ringkämpfe, wobei das bei uns etwas anderes war. Eines Sonntags streichelte Polle meine Brüste, seine Jeans wurden ebenso hart wie die Schnalle seines Mic-Mac-Gürtels. Aus dem Kassettenrecorder sang Harry Nilsson *Everybody's Talkin'*. Mein BH war bis an den Hals gerutscht, die Wimperntusche verschmiert, mein Haar verwuschelt wie nach einem Wirbelsturm.

Auf der Silvesterparty im Sommerhaus konnte man kaum atmen, so viele Leute waren gekommen. Die Luft war dick von Rauch und Alkohol, auf den Tischen klirrten Flaschen und staubte Zigarettenasche. Im Garten brannte ein Feuer für die Grillwürste. Während ich mich wankend an meiner Carillo-Pernodflasche festhielt, sah ich Hessu mit voller Wucht in Polles Gesicht schlagen. Wie Ketchup spritzte das Blut aus Polles Nase, er fiel der Länge nach in eine Schneewehe. Wenige Sekunden später sprang er wie ein Spiraltier auf und stürmte auf seinen Bruder los. Im immer blutiger werdenden Schnee droschen sie aufeinander ein, und ich kreiselte um sie herum und brüllte »aufhören«. Irgendwann rannte Polle wankend ans Ufer. Er betrat den Steg und hüpfte aufs Eis. Es war länger mild gewesen, nur letzte Nacht hatte es wieder gefroren. Wollte er wirklich weitergehen? Das Eis konnte höchstens ein paar Zentimeter dick sein.

»Haaalt!«

Ich musste ihn erreichen, rannte so schnell ich konnte, das Blut pochte in meinen Ohren, mein weißer Pulli flimmerte hastend durchs Dunkel, dann wankte schon der Eisteppich unter mir. Ich hörte ein Krachen wie reißenden Stoff. Ich wurde ins Wasser gerissen, sank unter die Oberfläche, zwang mich wieder nach oben.

»Polle!«, schrie ich und sah auch ihn einbrechen. Ich kämpfte mich zu der Stelle, an der er verschwunden war, kraulte panisch umher und schrie um Hilfe, doch meine Stimme erstarrte in der Luft zu einer dünnen Säule, trug kaum ein paar Meter weit. Die Fenster des Sommerhauses leuchteten entfernt im Dunkel, das Lagerfeuer sprühte Funken, die wie Staub gen Himmel schwebten. Niemand hörte uns, niemand half uns. Nur die Musik dröhnte zu uns herüber: »Good day sunshine, good day sunshine …«

Am Morgen lagen meine nassen Klamotten auf dem Fußboden der Saunakammer, und ein nackter Polle hing halb auf mir drauf. Ich hatte ihn am Schopf wieder an die Oberfläche gezerrt, mich mit ihm vorgearbeitet, bis das Eis wieder fest wurde, ihn draufgeschoben und mich hinterhergehievt. Ab der warmen Sauna hatte ich einen Filmriss. Neben uns lag ein benutztes Kondom, doch an mein erstes Mal erinnerte ich mich nicht. Dieses Kapitel meines Lebens hätte nicht ungesünder beginnen können.

Eine Zeit lang wurden die Kuusinens so etwas wie meine Familie; die Nähe zwischen mir und Polle wuchs. Wir brachten uns gegenseitig bei, was es über uns zu wissen gab, und zeigten uns, was uns guttat. Ich wollte bei ihm sein, seine Haut berühren und ihn einatmen, und er genoss es, dass er so oft mit mir schlafen durfte, wie er wollte. Wir lachten viel und spielten mit den Sultan- und Venus-Kondomen, taten so, als würden wir die Spermien hin- und herflitzen sehen. Ich verstand jetzt, was Lindroos mir gesagt hatte: »Was einen nicht umbringt, macht einen stark. Eines Tages wirst du viel Freude an genau dieser Stelle zwischen deinen Beinen haben.« Ich genoss unseren Sex und musste meine Gefühle nicht vorspielen.

Im Sommer packten wir ein Zelt ein, setzten unsere Helme auf und fuhren zu den Åland-Inseln. Eine Woche lang ließen wir uns auf der Honda vom Regen durchweichen, im restlichen Finnland strahlte die Sonne. Abends schlugen wir das klamme Zelt auf, tranken eine Flasche Carillo – eigentlich trank Polle sie praktisch allein –, und irgendwann schlief ich ein.

Ich hätte bereits in Mariehamn die Fähre nehmen und aufs Festland zurückfahren sollen. Etwas später kriegte ich endlich mein Nein hervor.

Als Polle fragte, ob wir uns verloben wollten, erwiderte ich, dass man seinen besten Freund nicht heiraten könne. Er verstand das nicht. Ich dagegen verstand nicht, dass er mit beiden Händen meinen Kopf umklammerte und mich anstierte.

»Was ist los mit dir? Du gehörst mir! Du bist meine Marie!«

Er grinste seltsam und verstärkte den Druck seiner Hände.

»Ich will rauskriegen, was in deinem Kopf drin ist, was du eigentlich denkst ...«

Er quetschte und quetschte, und da mein Schädel nicht aufplatzen wollte, schubste Polle mich mit voller Wucht zu Boden.

Mit einer klaffenden Kopfwunde kam ich nach Hause und behauptete, ich sei gestolpert und auf einen Stein gestürzt. Opa fuhr mich ins Krankenhaus von Töölö, das früher vom Roten Kreuz geführt wurde. Der Eingang lag jetzt an der Töölönkatu, nicht mehr dort, wo Opa und ich zum Nähen meiner ersten Kopfwunde hineingegangen waren. Ich tischte dem Arzt meine Lüge auf, doch er meinte, die Wunde müsse von etwas anderem stammen als von einem Stein, mein Körper würde schließlich noch weitere Spuren von Misshandlung tragen.

»Steckt ein Mann dahinter?«, fragte er, während er meine rechte Schläfe nähte.

Ich kam ins Schleudern und gestand.

»Es war Polle.«

»Ein Pferd?«, fragte der Arzt verblüfft.

Ich musste lachen, die Wunde tat weh.

»Mein Freund.«

»Ich würde dir raten, einen Polle, der solche Spuren hinterlässt, lieber zu verlassen. Wer das einmal macht, macht das auch ein zweites Mal. Und dann kann es schlimmer ausgehen.«

Als Nächstes erkundigte er sich mit hochgezogenen Augenbrauen, ob wir uns nicht schon irgendwo begegnet seien.

Ich schwieg.

»Ich meine das nicht anzüglich. Eine ganz normale Frage.«

»Ja, wir sind uns schon begegnet. Du warst beim Tod meiner Mutter dabei. Hast versucht, sie wiederzubeleben.«

»Tut mir leid.«

»Das hast du damals auch gesagt.«

Polle wollte auf keinen Fall, dass wir uns trennten, und auch ich wollte es nicht. Ebenso wenig Paps und Mutsch. Und ich wollte auch nicht Tessu und Murre verlieren, denn ich hatte nie einen Hund gehabt. Alle Kuusinens waren der Meinung, dass ich in ihre laute, nach Fleischklops riechende Familie gehörte. Und doch bekam ich Angst vor Polle. Er soff sich jedes Wochenende einen Rausch an und wurde gewalttätig. Am nächsten Morgen flehte er zwar um Verzeihung, doch das Szenario wiederholte sich regelmäßig. Ich musste nur irgendeine Kleinigkeit sagen, die ihn irritierte, schon flippte er aus und wurde handgreiflich. Zum Glück warnte mich wie von weit her ein dumpfes Gefühl, dass es so nicht weiterging. Ich bekam wieder Albträume. Den einen, alten.

Eine Sirene heulte laut und verstärkte die Panik, die über dem ganzen Traum lag. Ich versorgte meine Puppe, die nicht aufhören wollte zu weinen, sosehr ich sie auch fütterte und schaukelte. Schließlich überließ ich die Puppe sich selbst, und in dem Moment wurde sie lebendig. Gleichzeitig schrumpfte sie, sodass sie in meine Hosentasche passte, wo ich sie mit der Hand zu wärmen versuchte. Aber in meiner Tasche war ein Loch, und so rutschte die Kleine in den eisigen Schnee und war verschwunden, sosehr ich auch suchte.

Ich lag im Hotelzimmer, hörte die Sirene näherkommen und presste mir das Kopfkissen auf die Ohren. Einen Moment herrschte Stille, dann heulte die Sirene wieder los. Wieder Stille und dann noch mal das Heulen. Wir wohnten in Mailand gegenüber dem Krankenhaus und mussten das Fenster auflassen, da wir sonst vor Hitze eingegangen wären.

Opa trat immer wieder ans Fenster, fluchte und trank Wasser; Oma seufzte in ihrem Bett. Zwischendurch hörte man das Türenknallen des Rettungswagens und laute Rufe von der Straße, die wieder abebbten, bis der Wagen schließlich davonbrauste. Am Morgen saßen Oma und Opa erschöpft auf ihren Betten, Opa nickte. Oma hatte ihn überredet, den Reiseplan zu ändern und über Rimini zu fahren. Ich hatte von einer Stadt dieses Namens noch nie gehört, doch Oma sagte, sie müsse unbedingt dorthin. So lernten auch Opa und ich die Stadt kennen, in der der Film gedreht worden war, den Oma im Frühling im Astor gesehen hatte.

Der Name des Films war sonderbar, er hieß nur *Achteinhalb*. Als ich Oma fragte, was das zu bedeuten habe, ob damit das Alter von jemandem gemeint sei, konnte sie keine Erklärung liefern. Sie sagte, es gäbe Dinge in der Welt, für die es einfach keinen Grund gab, und dass man sich daran nicht festbeißen dürfe, genauso wenig, wie man sich über Märchen wundern sollte. Es war einmal, es lebten einmal, und wenn sie nicht gestorben sind …

Im Film hatte Omas Lieblingsschauspieler Marcello Mastroianni mitgespielt. Wir gingen an den Strand, der sich so weit erstreckte, dass sein Ende nicht auszumachen war. Er verschmolz mit dem Himmel, der sich wie ein zartes Tuch über unseren Köpfen wölbte. Menschengruppen spazierten an uns vorbei, Hunde hechelten vorüber, und wir setzten uns in die Nähe einer Familie, zu der eine schwarz gekleidete Oma mit Kopftuch und ein alter Mann mit brüchiger Stimme gehörten. Das eine Bein des Mannes endete am Oberschenkel. Neben ihm im Sand lag ein Holzbein. Oma ermahnte mich, nicht hinzustarren, der Mann habe vielleicht im Krieg sein Bein verloren. Die Familie verzehrte ihren Proviant, schaute neugierig herüber und sprach im Flüsterton. Opa wollte kurz zum Zigarettenladen und danach mit uns weitergehen.

Oma bestaunte die Umgebung und sagte, dies sei genau der Ort, an dem der Film gedreht worden war. Als ich fragte, was in dem Film passiere, antwortete sie, das könne ich mir als Erwachsene ansehen. Ich fand den Gedanken seltsam, dass ich erst so viel später etwas anschauen sollte, was es doch jetzt schon gab, und diese Sache so lange irgendwo auf mich warten würde. Oma gestand, dass Marcello Mastroianni sie so betört hätte, dass sie alle seine Filme ansehen musste. In *Achteinhalb* spielte er Guido, einen Filmregisseur, der die Fähigkeit zum Filmemachen verliert und nicht mehr das tun kann, was er liebt. »Wie kann so etwas passieren«, fragte ich. Oma lachte perlend und wunderschön, so wie sie lachte, wenn sie begeistert bei unseren Spielen mitmischte. Sie glaubte, dass Guido nicht erwachsen werden wollte, und das brauchte er ihrer Ansicht nach auch nicht. »Denn am Ende des Films wagt er sich wieder an die Regie heran.« – Oma lächelte. Vielleicht war das sein Weg, in die Kindheit zurückzugelangen. Oma liebte Filme mit glücklichem Ende, nur so durfte es ausgehen. In Rimini kaufte sie mir einen Affen mit Geige, den wir *Schrecklich* tauften, weil er so schrecklich schön musizierte.

Ich sah Oma genau an, wie sie da neben mir saß: in ihrem geblümten Kleid wie von einer Blumenwiese umgeben, die Fußnägel rot lackiert, mit dem Finger im Sand kritzelnd. Oma war ein außergewöhnlicher Mensch. Sie fand in Månvik alle vierblättrigen Kleeblätter und schaute sich regelmäßig Filme an – Kinos gab es bei uns in der Stadt viele, fast an jeder Ecke. Gleichzeitig nahm sie alles sehr genau und kümmerte sich gewissenhaft um ihre Enkel. Sie kaufte uns Gummistiefel, Regenjacken, anständige Buntstifte, Kreide und Papier und kontrollierte unsere Hausaufgaben. Dann war sie auf einmal traurig, lebte tagelang in ihrer eigenen Welt und war nicht ansprechbar. Wenn sie wieder gute Laune hatte, nahm sie mich mit ins La-Scala-Kino auf der Esplanade, wo Zeichentrickfilme für Kinder liefen. Wir saßen im Dunkeln auf dem Rang, schmiegten uns in die ledernen Sessel, lutschten Eukalyptus-Bonbons und lachten. Ich wusste nicht, was lustiger war: Tweety und Sylvester und Tom und Jerry zuzusehen oder meiner Oma, die kichernd und prustend neben mir saß.

Im Frühjahr 1973 bestand ich das Abitur, und Opa wollte nach Petersburg aufbrechen, wie er Leningrad nach wie vor nannte. Er war sich sicher, dass die von Peter dem Großen gegründete Stadt auch irgendwann wieder nach ihm heißen würde. Opa war in vielen Dingen seiner Zeit voraus, doch in einigem hinkte er meiner Ansicht nach stark hinterher und blieb störrisch in einer schimmligen Vergangenheit stecken.

»Ins Ateneum? Was willste denn da?«

»Kleider zeichnen.«

Er legte sorgsam seine Hemden in den Koffer, und ein Lächeln breitete sich auf seinem faltigen Gesicht aus.

»Jawoll! Das hätt ich mir auch von Helen gewünscht und sie dann bei mir in der Fabrik eingestellt. Aber warum musste dafür ins Ateneum? Du zeichnest so gut, da kannste sofort in einem Atelier in Paris anfangen, ich besorg dir was. Da lernst du alle Tricks!«

»Opa. Ich will hier studieren. Ich will nicht zu irgendeinem Modeschöpfer nach Paris.«

Opas Augenbrauen senkten sich, und er sah mich ungläubig an.

»Wieso nicht? Wo willst du denn hin?«

»Höchstens nach London, aber ich geh nicht weg, nirgendwohin, hab mich ja nicht mal beworben«, sagte ich, und meine Stimme begann zu zittern.

»Und wo willste dann anfangen?«, beharrte Opa, machte seinen Koffer zu und stellte ihn mit einem Knall auf die Dielen.

»Ich gehe ans Theater.« Meine Stimme klang wieder sicher, erstaunlich sicher.

Opas Miene verfinsterte sich mit einem Schlag.

»So haste dir das also gedacht.«

»Ja, genau so …« Meine Stimme zitterte noch einmal kurz, ich traute mich nicht, Opa anzusehen. Er schwieg lange, sah dann auf die Uhr und nahm seinen Koffer.

»Was zum Teufel zieht euch nur alle dahin?«

Sein Nacken rötete sich, wie immer, wenn er nervös wurde. Ihn quälte der Gedanke, dass mich dasselbe furchtbare Schicksal erwartete wie Mama, dass ich einen Schauspieler heiraten würde. Als ich die Aufnahmeprüfung abgelegt und das Ergebnis erfahren hatte, wollte er gar nichts Genaueres wissen.

»Klar biste aufgenommen! Wusst ich doch, dass du gut bist. Aber du darfst keinen Schauspieler nehmen! Jeden anderen darfst du nehmen, nur keinen Schauspieler.«

Ich holte mir Salat vom Buffet im *Eisengrill* an der Keskuskatu und spürte, wie mich jemand von gegenüber anstarrte.

»Ich komm direkt zur Sache. Sind wir uns nicht schon irgendwo begegnet?«

Als ich nicht gleich antwortete, fuhr er fort.

»Das ist kein dummer Spruch, ich mein's ernst.«

»Doch, wir sind uns schon begegnet. Du warst beim Tod meiner Mutter dabei. Hast versucht, sie wiederzubeleben. Exitus 22.31 Uhr.«

»Das tut mir leid.«

»Macht nichts. Das hast du übrigens schon mal gefragt, als wir uns im Krankenhaus von Töölö gesehen haben. Ob wir uns schon begegnet sind.«

Der rothaarige Arzt hielt verdutzt inne, ehe er sich Brot aus dem Korb nahm. Natürlich konnte er sich nicht an alle Patienten und Verstorbenen erinnern, jedenfalls nicht mehrere Jahre später.

»Du hast meinen Kopf genäht«, sagte ich und lächelte.

»Entschuldigung. Hämäläinen, Antero Hämäläinen«, stellte er sich vor.

Ich merkte, dass er meine leuchtend grünen Hände musterte.

»Das ist keine Krankheit, nur Stoffkreide, ich studiere dort drüben an der Kunsthochschule.«

Er nickte, fragte nicht weiter und sagte, er müsse gleich in die Uni zu einer Veranstaltung. Er erkundigte sich in sachlichem Ton, ob er mich anrufen dürfe. Ulkiger Typ, dachte ich. Ich schrieb ihm meine Nummer auf eine Serviette, reichte sie ihm hinüber und beschloss, seinen Mumm zu testen:

»Ich bin eher selten zu Hause. Wenn du zwischen fünf und halb sechs anrufst, stehen deine Chancen am besten.«

Ich hatte gerade mein Studium abgeschlossen, als Antero Hämäläinen mich drei Jahre später um Punkt fünf Uhr anrief. Als ich ihn zum ersten Mal mit in die Kalevankatu nahm, konnte er seinen Augen nicht trauen; solche Haushalte kannte er nicht. Opa wirbelte herum, Tante Ester tischte Schmorbraten und Kaffee und Kuchen auf. Leider enthielt der Kuchen Nüsse, die bei Antero eine allergische Reaktion auslösten. Sein Hals schwoll bedenklich an – Tante Ester schämte sich, als wäre das ihre Schuld. Eiskaltes Wasser linderte die Reaktion, später half französischer Kognak nach. Dann zogen sich Opa und Antero in die Bibliothek zurück; Ester und ich deckten den Tisch ab. Sie mutmaßte, dass die allergische Reaktion nichts Gutes verhieß. Doch als Opa und Antero mit Kognakgläsern in der Hand aus der Bibliothek kamen, war die Sache geritzt. Ob Antero tatsächlich gefragt hatte, weiß ich nicht, jedenfalls hatte Opa ihm meine Hand versprochen und dazu die Kosten für seine Doktorarbeit übernommen, vielleicht auch weitere Gaben in Aussicht gestellt.

Wir kannten uns erst zwei Monate, da gaben wir uns in der Alten Kirche das Jawort. Bei der Feier im Hotel *Torni* roch alles vertraut, vor allem Papa – nach blauem Textheft und Zigarette. Es war ein Genuss, mit ihm zu tanzen, so gekonnt führte er. Nach dem Walzer nahm er mich beiseite und überreichte mir ein weißes Schächtelchen, in dem ein kleines Meer funkelte: Mamas Aquamarinring. Damit wollte Papa mir und Antero ein glückliches Leben wünschen. Er sagte, er habe nicht die Worte, um auszudrücken, was er dachte, fühlte und welche Erinnerungen der Ring barg. Er lud mich ein, ihn zu besuchen; dann wolle er mir noch etwas anderes geben.

Aber ich kam zu spät. Ich öffnete die Balkontür. Der Wind wehte die frische Herbstluft von Helsinki und ein paar vertrocknete Blätter herein. Papas Wohnung wirkte ordentlich, die Bücher im Regal waren zu Themengebieten zusammengestellt und alphabetisch sortiert. An den Wänden hingen Fotos von Mamas Filmrollen. Über dem Sofa prangte ein Ölbild, das extra für einen Film gemalt worden war. Es zeigte Mama in einem ihrer vielen Kostüme. An den Fenstern hingen schwere grüne Samtgardinen, auch die sicherlich aus irgendeinem Stück. Auf dem Schreibtisch lag ein Textheft, Gerhart Hauptmanns *Vor Sonnenaufgang*, in das Papa Betonungen, Pausen und Raumpositionen eingetragen hatte. Allerdings hatte er die Rollen nicht mehr gespielt – nach Mamas Tod betrat er keine einzige Bühne mehr. Er hatte sich daheim ein Helen-Autere-Museum eingerichtet. Auf dem Schrank standen die Abiturfotografien von Juhani und Heli und das Bild vom Hamburger Tierpark, auf dem ich das Löwenbaby im Schoß hielt. Auf dem Nachttisch stapelten sich neben Papas Brille und einem Wasserglas alte

Zeitungen und Medikamentenschachteln. Ich öffnete die unterste Nachttischschublade, die voller Medaillen lag – irgendwelche Ehrenabzeichen wohl.

Ich hatte den Anruf mitten in den Proben von *Gebranntes Orange* bekommen. Schauspieler Heikki Autere hatte schon zwei Tage lang tot in seiner Wohnung in der Mariankatu gelegen. Juhani wollte aus der Wohnung nichts haben, Helen nur das Ölgemälde von Mama. Ich sollte mit den Sachen machen, was ich für richtig hielt. Ich putzte die Wohnung, schenkte die Kleider dem Theater und brachte die Medikamente in die Apotheke. Die Ehrenabzeichen und einige der Bücher behielt ich. Aus einem Band fielen Fotos und ein kleines Programmheft: das kirchliche Treffen der Kriegsveteranen, bei dem Papa aufgetreten war. Im Kleiderschrank fand ich eine schwere, fest verschnürte Pappschachtel, auf der in roter Schrift stand: *Schokoladenfabrik Hellas, Turku. Milchschokoladentäfelchen mit Rosinen.*

Obenauf lag ein ledernes Pistolenetui, darunter haufenweise alte Briefe. Die also hatte Papa mir geben wollen? Alle waren an Frau Helen Autere gerichtet, adressiert an die Kalevankatu, Månvik oder sonst wohin. Alle waren als *Feldpost* abgestempelt, Absender war Reservestabsunteroffizier H. Autere, Fähnrich H. Autere und zuletzt Leutnant H. Autere. Den Stempeln nach hatte Papa die Briefe zwischen 1939 und 1945 geschrieben. Dazwischen lag auch eine bräunlich vergilbte Postkarte vom 20.3.42, Absender Fähnrich H. Autere, Feldpostzentrale 7, 1361. Gehetzt überflog ich den Text, als müsste ich es heimlich tun.

Liebste. Bin nun unterwegs. Der Zug wackelt. Juhanis Duft hängt mir noch in den Kleidern. Keine Bekannten im Waggon. Bald bricht der Tag an. Ich vermisse euch. Heikki.

Ich öffnete einen Brief, auch das wie ohne Erlaubnis in verlegener Hektik.

27.7.41, 19.20 Uhr. Mein geliebter Schatz! Das ist heute schon der dritte Brief, den ich an Dich schreibe. Die Landschaft hier ist so idyllisch schön, dass sie mich mit tiefster Sehnsucht erfüllt. Ich vermisse Deine Nähe so schmerzlich, dass ich einfach schreiben muss, damit ich Dir wenigstens auf diese Weise nah sein kann. Erst in Gedanken, dann im Brief. Die Sonne sinkt und leuchtet orangerot zwischen den Baumwipfeln hervor. Der See vor mir ist spiegelglatt, und auch die Espen stehen still. Die Abenddämmerung zieht von den bläulich schimmernden Höhen aus der Ferne heran …

Ich konnte nicht weiterlesen. Ich faltete den Brief vorsichtig zusammen, steckte ihn zurück in den Umschlag und betrachtete noch mal den Absender: Fähnrich H. Autere, Feldpostzentrale 7, 1361

Vielleicht irgendwann später. Wenn genug Zeit vergangen wäre. Dann würde ich sie alle lesen.

Als Antero abends nach Hause kam, untersuchte er die Waffe.

»Eine Parabellum P08.«

Er hielt einen Vortrag, wie so oft.

»Eine Pistole aus Deutschland, die von selbst nachlädt. Ist seit Anfang des 20. Jahrhunderts als Dienstwaffe verbreitet gewesen, in verschiedenen Ländern und in verschiedenen Variationen.«

Er streckte den Arm aus. Kniff ein Auge zusammen. Zielte.

»Die Produktion wurde 1945 eingestellt, zu dem Zeitpunkt gab es über zwei Millionen Exemplare.«

Er sah gefährlich aus; mit der Waffe in der Hand verwandelte er sich in einen anderen Menschen.

»Hab ich dir erzählt, dass ich in der Reserveoffiziersschule der Beste war?«

Klar, Antero war überall gut. Er erklärte die Funktionsweise der Flaschenhalspatronen und den Sperrmechanismus, der auf einem Kniegelenkverschluss basierte.

»Wird ein Reiseandenken sein.«

»Und was machen wir damit?«

»Wir heben sie als Erinnerung an deinen Vater auf.«

»Du willst die Flinte aufheben?!«

»Es ist eine *Pistole*.«

Dann las Antero eine Postkarte.

»Dein Vater hat offenbar mal eine schlimme Kopfverletzung abbekommen.«

»Wie das?«

»Diese Karte kommt aus dem Kriegskrankenhaus. Eine Granate ist in seiner Nähe explodiert. Lies selbst.«

Von dieser Verletzung also rührte die lange Narbe auf seinem Kopf und wer weiß was sonst noch alles. Mein Vater hatte nie ein Wort über den Krieg verloren, wie er auch über alles andere schwieg, was ihn persönlich betraf. Ich wusste von ihm überhaupt nichts.

Ich machte mich auf ins Kirchenbüro, um Paavo zu treffen. Er wusste ohne viele Worte, wie sich der Tod anfühlte, das war sein Beruf. Mir fiel wieder ein, was er im Religionsunterricht über den Krieg gesagt hatte; auch über den Krieg in Ostkarelien. Er fand das Treiben der Finnen dort größenwahnsinnig und widersinnig und ebenso brutal wie alle anderen Kriege der Menschheitsgeschichte auch.

Er sagte, dass mein Vater es im Krieg sicher besonders schwer gehabt habe, schließlich sei er Künstler gewesen.

»Was meinst du damit?«

Ich wusste nicht, wie sein Künstlerleben ausgesehen hatte. Ich wusste nur, dass er und Mama ständig weg waren und arbeiteten. Im Theater. Im Radio. Beim Film.

»Künstler sind anders.«

Ich stellte Oma und Opa gedanklich neben Mama und Papa. Natürlich waren es zwei sehr verschiedene Paare, aber ich fand, dass man sie ohnehin nicht vergleichen konnte. Normalerweise wäre ich nie auf den Gedanken gekommen.

»Ihre Arbeit hinterlässt eine Spur in dieser Welt. Hoffentlich jedenfalls. Eine wichtige Spur. Eine gute!« Paavo verschränkte seine Arme hinter dem Kopf und lehnte sich im Stuhl zurück.

»Von ihrer Arbeit sind nur ein paar Fotos und Kritiken geblieben. Gute und auch schlechte Kritiken.«

»Aber dem Publikum ist ein schönes Gefühl geblieben.« Paavo lächelte. »Vielleicht auch etwas, das sie traurig macht. Sie wurden berührt. Sie erinnern sich. Ohne unsere Erinnerungen sind wir nichts!«

»Opa hat sich gefragt, warum sie Kinder wollten, wo sie sich doch kaum um uns gekümmert haben.«

Paavo schwieg einen Moment, ließ die Arme sinken und faltete auf dem Tisch die Hände.

»Dein Opa hat sich doch gekümmert. Und das wussten deine Eltern. Dein Opa hätte das nicht tun müssen.«

Diese Dinge laut auszusprechen machte meinen Kopf leichter. Und wer weiß, was ich damals selbst gewollt hätte. Ich wusste es ja auch jetzt noch nicht genau.

»Rede mit deinem Opa. Frag ihn alles, was du wissen willst, ehe es zu spät ist. Aber die Wahrheit ist immer kompliziert. Deshalb ist der Glaube für viele der einzige Weg. Ich bin der Weg, die Wahrheit und das Leben. Wer das glaubt, der wird errettet.« Paavo lächelte sein melancholisches Lächeln.

»Antero und ich haben noch keine. Kann sein, dass wir auch keine kriegen. Kinder, meine ich.«

Ich wusste nicht, wieso ich das sagte. Vielleicht wegen meiner Eltern. Wer weiß, was *ich* für eine Mutter wäre? Wenn ich überhaupt jemals ein Kind bekäme. Wäre ich der Rolle gewachsen? Ein schreckliches Gefühl überkam mich, doch Paavo verstand auch das. Er umarmte mich. Auch Trösten gehörte zu seiner Arbeit, damit kannte er sich ebenso gut aus wie mit Geburt und Tod. Zwischen diesen beiden Punkten lag das Leben.

Für mich war klar, dass Papa neben Mama begraben werden musste. Doch dann tauchte ein Papier auf, das dies verhinderte. In Papas Schreibtischschublade lag eine lederne Mappe mit Schriftstücken, gleich obenauf fand sich ein dicker grauer Umschlag.

Auszug aus dem Friedhofsregister
Der Verwaltungsausschuss der finnischen und schwedischen evangelisch-lutherischen Gemeinde Helsinki überlässt hiermit dem Schauspieler Heikki Olavi Autere und seinen Angehörigen bis zum 1.1.2003 das Benutzungsrecht des Urnengrabes Nr. 76, Reihe 5, Abteilung 2, von 1 Meter Länge mal 1 Meter Breite mal 1 Meter Tiefe. Helsinki, 31.12.1978.

Papa hatte sich ein eigenes Grab auf dem Urnenfriedhof organisiert, auf der anderen Seite des Friedhofs, jenseits der Hietaniemenkatu. Er wollte nicht bei den Falks liegen und außerdem eingeäschert werden. Zu Opas Verwunderung hatte er nach Mamas Tod alles genau festgelegt. Mama lag ja auf der anderen Friedhofseite bei den Falks – vielleicht hatten meine Eltern das so abgesprochen. Und uns hatte Papa jegliche Streitereien um seine Grabesstätte ersparen wollen. Er ließ uns sogar die Möglichkeit offen, neben ihm im Urnengrab bestattet zu werden.

Heli und Juhani hatten gegen den Ablauf des Trauergottesdienstes nichts einzuwenden, den ich mehr oder weniger von Mamas Beerdigung aus dem Jahr 1971 übernommen hatte. Juhani war im Stress, als ich ihn in seinem Architekturbüro anrief, und auch Heli nahm sich nicht sonderlich viel Zeit. Als ich von Papas Ehrenabzeichen und seiner Kriegsverletzung erzählen wollte, winkten beide schnell ab. Paavo schlug vor, dass als Letztes *Oh teures Finnenland* vorgetragen wurde und man die Ehrenabzeichen um den Sarg gruppierte, denn so war es Sitte.

Heikki Olavi Autere
* 11.8.1916
† 10.9.1980

Beerdigung in der Alten Kapelle
von Hietaniemi am 30.9.1980

Albinoni: *Adagio*
Wikfeldt: *Leise wie der Tau*
Tikka: *Gnadenlied*
Kranzniederlegung: *Lied 30: 1,2*
Aussegnung: *Gemeindepfarrer von Munkkiniemi,*
Paavo Nieminen
Schubert: *Ave Maria*
Heikki Klemetti: *Oh teures Finnenland*

Orgel: Tapio Tiitu; Gesang: Simo Bäckmann

Das Rett-Syndrom veränderte unser Leben radikal: Wir gingen für ein Jahr nach Göteborg, denn Antero erforschte neben anderen Erbkrankheiten auch diese Krankheit. Wir mieteten eine Reihenhauswohnung im östlichen Stadtteil Örgryte. Eine alte Dame zog für ein Jahr mit ihrem Freund auf die griechische Insel Leros, sie verlangte nicht viel Geld und legte vor allem Wert auf die Verlässlichkeit ihrer Zwischenmieter. Das weiß verputzte 50er-Jahre-Ziegelhaus in der Daltorpsgatan war vollständig möbliert, sogar eine Nähmaschine stand für mich bereit. Die Möbel wirkten gemütlich und sahen schon leicht abgenutzt aus, sodass wir nicht die ganze Zeit achtgeben mussten. Uns gehörte auch ein kleines Stück Garten mit Apfelbäumen.

Ich verliebte mich in die Bilder des Künstlers Anders Zorn, in seine zahlreichen Techniken, und verbrachte ganze Tage im Museum, um zu studieren, wie er Frauen, Wasser, Licht, Oberflächen und eine geheimnisvolle Transparenz darstellte. Wenn man richtig hinsah, schimmerten Himmel und Wasser dicht an dicht. Ich hatte immer bewundert, wie genau manche Künstler die Dinge sahen, sogar sich selbst. Helene Schjerfbecks Selbstporträts wurden mit zunehmendem Alter der Künstlerin immer reduzierter, leerer und präziser. Das letzte stammte aus ihrem Todesjahr und zeigte als Verweis auf den kommenden Tod nur noch den Bau ihrer Knochen, mit wenigen Strichen in schwarzer Farbe gezogen. *Das, was sich im Innersten verbirgt, die Leidenschaften, das will ich zeigen – doch dann kommt die Scham, und das Sichtbarmachen wird unmöglich, weil ich eine Frau bin.* Auch Rembrandts Selbstporträts beeindruckten mich, sie zeigten sein Verhältnis zu sich selbst vom Jüngling bis zum Greis. Der Niederländer malte das letzte Selbstporträt ebenfalls in seinem Todesjahr. Aus diesem Bild schaute dem Betrachter ein alter Mann mit weichem Blick entgegen, der die Träume seiner Jugend begraben hatte. Mir fielen die düsteren Selbstporträts von Tapani Raittila ein, die eine ähnliche Atmosphäre absonderten. Das Gesicht war nahezu ausdruckslos, als habe der Künstler schon früh etwas Wesentliches in sich entdeckt, das er nicht preisgeben wollte. Raittila hatte betont, dass seine Bilder keine Geschichten von Menschen erzählten, nicht einmal die Selbstporträts. Selbst seine Person sei auf ihnen nicht zu entdecken. – Auch das war also ein Weg: nichts von sich preiszugeben, um auf diese Weise besonders viel von sich preiszugeben. Wenn ich ein Selbstporträt hätte malen müssen, es würde nur einen schmalen Streifen zeigen, der Rest verschwände in einem Dämmer. Wie auf Mamas Konfirmationsbild in Månvik.

Mit Antero über Kunst oder Theater zu diskutieren war anstrengend. Er verstand beispielsweise absolut nicht, welchen Sinn abstrakte Kunst hatte. Ich versuchte ihm zu erklären, dass Kunst überhaupt keinen Sinn machen müsse, dass sie vielleicht nicht einmal etwas zeigen wollte, sondern aus sich selbst heraus etwas darstellte und ein Gefühl auslöste. Dass der Betrachter über dieses Gefühl sein eigenes Thema fand. Unsere Gespräche endeten stets mit Anteros Frage, welchen Sinn es machte, etwas zu malen, das nichts darstellte, das nur ein Gefühl auslösen und ein Thema anbieten wollte. Dem schickte er meist noch einen langen Vortrag über Giottos Freskentechnik und die Kuppel in der Arena von Padua hinterher. Antero verehrte alles Absolute. Er hörte nicht auf, die Geschichte zu erzählen, wie der Papst Giotto um eine Arbeitsprobe gebeten und dieser mit roter Farbe einen perfekten Kreis gemalt habe. Absolut kunstvoll, bewunderungswürdig, verständlich und konkret: ein Kreis, der ein Kreis war und nichts anderes darstellen wollte.

Antero untersuchte Krankheiten und verbrachte die meiste Zeit im Krankenhaus und an der Uni. Er brachte ganze Tragetaschen voll Doktorarbeiten mit nach Hause, die er bis in die frühen Morgenstunden las. Einmal ging ich mit ihm zu einem Kollegen Krebse essen, aber da ich mir aus Tischgesprächen über den Stoffwechsel nicht sonderlich viel machte, blieb ich die nächsten Male zu Hause. Antero nahm mir das nicht übel.

Noch im November waren Göteborgs Rasenflächen grün, und manche Leute trugen noch immer keine Strümpfe in den Schuhen. Das Kino auf der Aveny füllte sich Abend für Abend mit wachen Schweden, die über Ingmar Bergmans *Fanny und Alexander* lachten, weinten und am Ende begeistert klatschten. Die Mitglieder der Großfamilie Ekdahl nahmen die Rollen ein, die ihnen das Drama namens Leben zugeteilt hatte, doch nach tragischen Verflechtungen ging alles gut aus. Der Film endete damit, dass die Großmutter Helene Ekdahl, eine ehemalige Schauspielerin, aus August Strindbergs *Traumspiel* vorlas: »Der Kreis schließt sich, das Böse bekommt seine Strafe, und nach all den Prüfungen, denen die Familie ausgesetzt war, kann nun alles dort enden, wo der Film begann: im Theater. Das Theater wird neu eröffnet, und das Leben geht so weiter, wie es weitergehen soll, so, wie es die Hauptfigur Alexander sich erträumt hat.«

Nach dem Film spazierte ich die mit feuchtem Herbstlaub bedeckte Aveny entlang, blieb jedoch an der Haltestelle Richtung Länsmangård stehen, nicht an der, die Richtung Torp und zu unserer Wohnung ging.

Zu dieser Zeit waren nur noch wenige Menschen unterwegs. Am Götaplats stiegen zwei Frauen, ein paar Männer und ein altes Pärchen zu. Das Paar setzte sich vor mich, und sofort stieg mir der Duft von Puder und wohlvertrautem Rasierbalsam in die Nase. Die Frau hielt einen Blumenstrauß im Arm, dessen Einschlagpapier einmal geöffnet und wieder geschlossen worden war; der Mann trug helle Bundfaltenhosen und eine grüne Lodenjacke. Er nahm seinen Hut ab und strich sich ordnend durchs Haar. An seiner mit Leberflecken gesprenkelten Hand funkelte ein Siegelring, sorgsam schüttelte er die Tropfen vom Regenschirm. Die Frau trug flache offene Schuhe aus dunkelblauem Leder und einen Kamelhaarmantel. Um ihre Schultern hatte sie ein Kaschmirtuch geschlungen, ihre bläulich schimmernden grauen Haare umrahmten in offenen Wellen ihr Gesicht. Kleine Kamee-Ohrringe rundeten das Bild ab. Das Paar kam ganz offensichtlich aus einem Restaurant – vielleicht feierten sie ihren Hochzeitstag?

»Hach, was für ein Abend!«

Der Mann lachte, und die Frau lehnte ihren Kopf an seine Schulter. In ihrem Zuhause standen Biedermeiermöbel mit gestreiftem Stoff, ähnlich wie bei Opa in der Kalevankatu. Ihre Wohnung lag mitten im Stadtzentrum, hatte hohe Decken und knarrendes Parkett, und auf den Fensterbänken verbreiteten Kerzenleuchter ihr warmes Licht. An der Esszimmerwand hing ein Bild von Anders Zorn, in der Küche glänzte ein schwarz-weiß karierter Steinfußboden.

An der Haltestelle Brunnsparken küsste der Mann die Frau schnell auf den Mund, versprach anzurufen und stieg aus. Er ging auf die Domkirche zu, die Frau blickte ihm hinterher. Als er hinter ein paar Bäumen verschwunden war, seufzte sie tief, doch im Fenster spiegelte sich ein lächelndes, friedliches Gesicht.

Auf der vordersten Bank schlief ein junger Penner, der an jeder Haltestelle aufschreckte und wieder weiterdämmerte. An der Haltestelle Lilla Bommen hüpften zwei Mädchen in den Wagen. Ihre weißen Jeans endeten knapp über dem Knöchel, ihre nackten Füße steckten in Mokassins. Die Größere trug eine Wildlederjacke im Pilotenstil, die andere eine Segeljacke von Lloyd. Beide waren solariumgebräunt, hatten eine Sporttasche dabei und kicherten. Die pink geschminkten Lippen der einen entblößten ständig ihre großen weißen Zähne, die andere schleuderte ihre Lockenmähne umher und bändigte sie schließlich mit einem Zopfgummi.

Am Hjalmar Brantningsplats schreckte der Penner wieder hoch, schaute aus dem Fenster und kramte in seinen Taschen. Er holte eine leere Systembolaget-Flasche hervor, nuckelte die letzten Tropfen Alkohol heraus und warf sie in den Mülleimer der Straßenbahn. Die Mädchen stiegen an der Gropegårdsgatan aus, die ältere Dame an der Endstation. Vorher drückte sie mir ihre Blumen in die Hand.

»Du kann ha dem«, sagte sie freundlich und erinnerte mich an Gunn Wållgren, die in *Fanny und Alexander* die Großmutter gespielt hatte. Vielleicht war sie es sogar?

Sie wurde von einem kahlköpfigen Mann in Regenmantel abgeholt. Er bot ihr beim Aussteigen seinen Arm und drückte ihr beiläufig einen kleinen Schmatz auf die Wange. Die beiden waren eindeutig ein Ehepaar. Der Mann öffnete einen Regenschirm, und Arm in Arm gingen sie die Varmfrontsgatan entlang, auf die Reihenhäuser aus den 50ern zu, die mich an das Affenhaus erinnerten. Mit meinen Vermutungen über das Paar, das am Götaplats eingestiegen war, lag ich also ziemlich daneben. Wenn die Frau wirklich Gunn Wållgren war, wer waren dann die Männer? War der Mann aus der Straßenbahn ihr Kollege, oder vielleicht ein Regisseur? Ich musste mir eine neue Geschichte ausdenken. Doch das würde ich nicht mehr an diesem Abend, sondern erst am nächsten Tag tun, ich war zu müde. Jedenfalls hatte die alte Dame sowohl einen Ehemann als auch einen Liebhaber. Der Fahrer sagte durch, dass dies die Endhaltestelle sei, doch der Penner und ich reagierten nicht. Die Straßenbahn drehte wankend eine Kurve und wartete dann auf Mitfahrer, die in die andere Richtung wollten. Der Penner döste weiter vor sich hin. Plötzlich drängte sich mir ein sonderbarer Gedanke auf. Wie wäre es, wenn ich in die Bahn zum Hafen umstiege und ein Schiff nähme? Egal wohin. Ich würde das allererste nehmen, das ablegte, niemandem Bescheid geben und einfach verschwinden.

Als Antero für eine Woche zu einem Kongress nach London reiste, kamen Opa und Aili zu Besuch. Wir fuhren ins dänische Humlebaek auf der anderen Seite des großen Belt und besuchten das Louisiana-Museum. An einer Wand hing ein Spruch von Henry Moore: *To be an artist is to believe in life*. Im Uferpark standen seine Skulpturen, deren rundliche Formen zum Betatschen einluden, was natürlich nicht erlaubt war. Der Titel einer gewaltigen dreiteiligen Statue lautete *Mutter und Kind*.

»Weißte, wieso das hier Louisiana heißt?«, fragte Opa und sah aus der Museumszeitschrift auf. »War früher mal 'ne Patriziervilla. Einer der Besitzer war dreimal hintereinander mit Frauen verheiratet, die Louise hießen.«

Noch mehr als Moore interessierte mich Chagall, bei dem ich viel über das Blau, überhaupt über Farbe und Perspektive gelernt hatte, bei dem alles so sein durfte, wie der Künstler es wollte. Chagall bestätigte mich in meiner Grundannahme, dass Licht die Basis von allem war, mein Vertrauen im Umgang mit Farben wuchs. Chagalls Kühe waren blau, seine Pferde grün, die Menschen rot, Schwerkraft gab es nicht.

»Wie bei 'nem Bootsbesitzer«, kam Opa auf sein Thema zurück. »Das Boot ist neu, aber der Name bleibt. Na ja, zum Beispiel *Maija I*, *Maija II* und *Maija III*.« Opa schien belustigt und wollte mich mit seiner Laune anstecken.

Als wir im Museumscafé saßen, fragte er mich schließlich in seiner unverblümt direkten Art.

»Ich hab dich jetzt 'n paar Tage im Visier gehabt ... keine Angst, ich werd uns nich den Ausflug versäuern! Aber trotzdem: Wo drückt der Schuh?«

»Ich kann nicht schlafen. Gut, ich schlafe irgendwie ein, aber ich wache morgens viel zu früh auf.«

»Warum wachst du auf?« Er schaute mir mit festem Blick in die Augen. »Der Mensch muss schlafen, tief und fest, und auch genug pimpern!«

Aili ging höflich eine Runde im Park spazieren, und ich erzählte Opa, wie die Dinge standen. Ich schreckte in schöner Regelmäßigkeit um drei Uhr nachts hoch, weil ich das Gefühl hatte, dass jemand mich erwürgen wollte; ich bekam keine Luft und wusste nicht, warum. Ich hatte Angst, wieder einzuschlafen, aber auch im Wachzustand ließ sich die Unruhe nicht vertreiben. Kurz bevor Antero aus dem Haus ging, nickte ich dann doch noch mal ein. Dummerweise erschien mir dann die kleine Puppe, die in den Schnee fiel und die ich nicht mehr wiederfand.

Die Müdigkeit zermürbte mich. Schwäne schwammen auf dem ruhigen Belt, und Tränen liefen mir aus den brennenden Augen.

»Antero ist doch Arzt, red mit ihm! Da wird sich schon irgend 'ne Tablette finden.«

»Ja.«

Antero wusste von meinen Schlafstörungen. Seiner Meinung nach litten die allermeisten darunter. Er gab mir eine kleine Probepackung; ein paarmal testete ich das Mittel. Doch morgens wachte ich wie gerädert auf, als hätte ich die ganze Nacht kein Auge zugetan.

»Und jetzt sachste mir auch mal, warum du ganz in Schwarz rumläufst.«

»Vielleicht betrauere ich mein Leben«, sagte ich auf einmal.

»Betrauerst dein Leben«, stellte Opa fest.

»So wie – ach, egal. Du kennst sie sowieso nicht. Wie Masha«, sagte ich schließlich doch.

»Russin?!«

»Ja. Verheiratet mit Lehrer Medvedenko.«

»Papperlapapp«, winkte Opa ab. »Aber man muss das ernst nehmen, wenn du dein Leben betrauerst, als junger Mensch! So kann das nur in die Hose gehn«, sagte er und reichte mir dabei sein Taschentuch. »Kommt es vielleicht davon …?«

Er nickte kaum wahrnehmbar in Richtung der Schwanenmutter, die gerade mit ihren Jungen an uns vorüberzog.

»Sind's vielleicht Frauenangelegenheiten? Kriegste ein Kind?«, wagte er schließlich zu fragen und bemühte sich um Feinfühligkeit.

»Krieg ich nicht«, brüllte ich, putzte mir die Nase und wischte mir die Tränen von den Wangen. »Ich bin nicht schwanger. Ich bin, wie ich bin! Manchmal muss man eben weinen. So ist das Leben, meins jedenfalls.«

»Aber ich mein, *würdest* du gern ein Kind kriegen? Warteste drauf? Klappt's nicht?«

»Es klappt dann, wenn's klappen soll, Opa. Kinder kann man nicht bestellen.« Ich beschloss, ihn endlich zu fragen. »Warum musste ich Maria Falk werden?«

Er schluckte trocken und trank aus seinem Glas ordentlich Bier hinterher.

»Was meinste damit? Du bist du!«

Aha, er stellte sich dumm.

»Wie kommt es, dass Mama gesagt hat, es sei mein Wille gewesen?«, fragte ich herausfordernd. Opa starrte stumm aufs Meer. »So hat sie es mir nämlich im Krankenhaus erzählt.«

»Wolltest du's denn nicht?«, fragte Opa und sah mich erstaunt an.

»Ich weiß nicht … Ich hab immer gedacht, dass sie mich loswerden wollten.«

»Das wollten sie ja auch! Waren immerzu am Arbeiten und auf Reisen … Wärst dir selbst überlassen gewesen! Und du warst sowieso immer bei uns.« Opas Stimme klang gereizt. »Da hab ich's dann entschieden. Aus rein praktischen Gründen!«

»*Du* hast es entschieden?«

»Ich und das Amtsgericht. Ich und Oma wurden als rechtmäßige Erzieher festgesetzt, weil deine Eltern das Sorgerecht abgegeben haben«, sagte er in freundlicherem Ton.

»So? Und du hast ihnen gesagt, dass ich das so will?«, beharrte ich.

»Ich hab dich doch gefragt, damals in Cannes, erinnerst du dich nich? Ob du unser Mädchen werden willst, und da haste Ja gesagt.«

Gar nichts hatte Opa gefragt, sondern schlicht Tatsachen geschaffen. Er wusste genau, wie man es anzustellen hatte. Ein Meister im Manipulieren seiner Mitmenschen. Einzig bei Helen war es ihm nicht gelungen, sie hatte stets ihren Kopf durchgesetzt – außer im Fall ihrer eigenen Tochter. Mama wusste nur zu gut, was für einer Oskar Falk war. Der Mann neben mir auf der Bank, der immer alles besser wusste.

»Wieso musste ich meinen Nachnamen ändern? Wieso

durfte ich keine Autere bleiben?«, fragte ich böse. Zum ersten Mal in meinem Leben hatte ich Lust, mit ihm zu streiten.

»Ich hab dich adoptiert, und so wurdest du ’ne Falk. Ganz einfach.«

Für ihn hatte der Namenswechsel keine tiefere Bedeutung. Er wollte, dass ich ganz offiziell seine Tochter wurde, ihn in direkter Folge beerben konnte. Wozu nur, wunderte ich mich, was sollte ich mit all seinem Besitz machen?! Außerdem hätte ich ja – zusammen mit Heli und Juhani – auch über Mama meinen Erbanteil bekommen. Allerdings: sofern sie Eigentum gehabt hätte! Denn Opa hatte dafür gesorgt, dass sie arm blieb. »Nur wegen dem Autere«, wie er erklärte. Da Mama sich weigerte, einen Ehevertrag aufzusetzen, hätte Autere von allem die Hälfte abgekriegt, und die Vorstellung ertrug Opa nicht. Er gönnte seinem Schwiegersohn keinen Pfennig und wollte alles an mich vererben. Natürlich, Julius bekäme seinen rechtmäßigen Anteil, doch darüber hinaus ging alles an mich. Die Gemälde. Månvik.

»Verdammt, was soll ich mit den Scheißbildern?«, brüllte ich.

Mein Gesicht war so nahe an seinem, dass unsere Nasen fast aneinanderstießen.

»Außerdem hätte Papa von dir garantiert nichts gewollt!«

Er rückte ein Stück von mir ab.

»Du fluchst?«

»Klar fluch ich, hab ich schließlich von dir gelernt!«

Wie ein altes Reptil saß er da, der Schädel voll Leber- und Altersflecke.

»Ich hab’s gemacht, damit deine Zukunft gesichert ist.«

»Mit Geld, ja? Und was wurde aus Mama?«

»Helen hatte ihre Entscheidung getroffen. Autere.«

»Wen hätte sie denn deiner Ansicht nach heiraten sollen?!«

»Einen Ingenieur zum Beispiel. Einen anständigen Mann. Ich hatt ihr sogar schon einen ausgeguckt! Hat bei mir in der Fabrik gearbeitet, ein fleißiger Kerl. Ich glaub, er hieß Savolainen. Kalevi Savolainen.«

»Aber du hast es nie geschafft, Mama und Papa auseinanderzubringen«, stellte ich triumphierend fest.

Er ist ein Arschloch, dachte ich. Ein verrücktes egozentrisches Arschloch. Ich hasste ihn. Verdammt.

»Nee, nie so ganz.«

»Obwohl du alles dafür getan hast und noch immer nicht aufgegeben hattest.«

In mir kochte die Wut. »Aber dann ist Mama ja mittendrin gestorben!«

Opa war es nicht gewohnt, dass jemand Widerworte gegen ihn erhob. Seine Augen verengten sich zu schmalen Schlitzen, sein Gesicht nahm einen angriffslustigen, boshaften Ausdruck an.

»So ein Leben hält ein Herz eben nicht aus«, sagte er knapp und presste die Lippen zusammen.

»Da sagst du was!«, schrie ich. Wütend starrten wir einander an.

»Wenn sie nicht gestorben wäre, hätten sie sich noch getrennt«, sagte Opa in milderem Ton.

»Nie im Leben«, zischte ich und war mir hundertprozentig sicher.

»Wieso glaubst du das?«, fragte er belustigt.

»Mama hat mir im Krankenhaus gesagt, dass sie sich nicht trennen werden und dass Papa mit uns in Ailis Wohnung zieht oder wir zu dritt in der Mariankatu wohnen.«

Opa schwieg. Er trank sein Tuborg leer und wischte sich den Schaum aus dem Mundwinkel.

»Helen ist ein närrisches Kind, ihre Gefühle drehn sich mit dem Wind! Zum Glück bist du aus anderem Holz«, schnaubte er, stand auf und ging zu Aili, die sich etwas abseits auf eine Bank gesetzt hatte.

Ich wusste nicht, was größer war: der Hass oder der Ekel. Ich hätte meinen Opa umbringen können.

Als Antero eine Dozentur für Genetik erhielt, kehrten wir zurück nach Finnland, und ich wurde schwanger. Den Test machte ich tagsüber für mich allein. Mir war schon ein paar Tage flau gewesen, und meine Periode ließ bereits länger auf sich warten. Aber zu spät war sie oft gekommen.

»Kann man dem denn trauen?«, fragte Antero abends.

Er konnte es nicht glauben und meinte, ich solle zum Gynäkologen gehen, damit wir Sicherheit bekämen.

Nach der Ultraschalluntersuchung – ich war in der zwölften Woche, das Kind käme im tiefsten Winter – musste auch Antero es glauben. Er studierte das Ultraschallbild meiner Gebärmutter, das aussah wie eine sumpfige Mooslandschaft.

»Ich verstehe überhaupt nichts.«

Auch ich erkannte auf dem Bild wenig, und doch zeigte es unser künftiges Baby. Es war der sechzehnte Mai, und wir bekämen ein Kind! Aber aus dem Norden kam noch ein kühler Wind.

Ich überquerte die Topeliuksenkatu und ging aufs Sibelius-Monument und das Ufer zu. Auf dem Grab der Falks blühten die Narzissen, die Birken zeigten ihr erstes zartes Grün, und die Eichhörnchen flitzten über die Kiefernstämme. Der Wind kam aus der Richtung des Lapinlahti-Krankenhauses, wie immer. Ich ließ meine Augen über den Grabstein wandern. *Helen Autere, Sanna Catharina Falk* und *Lennart Axel Falk.* Am Grab wurde ich wieder ruhig. Ich entfernte heruntergefallene kleine Zweige und lockerte mit einer Harke die Erde auf, aus der sich ein paar grüne Stängel schoben. Die Wolken zogen hastig über den Himmel, ich spürte Regentropfen auf der Haut. Endlich flackerte die Freude über das Kind in mir auf, und ich musste lächeln. Opa hatte erzählt, dass er es war, der damals als Zweitnamen für Lennart den Namen seines besten Freundes vorgeschlagen hatte – Axel war sein bester Freund.

Ich hatte noch niemandem von meiner Schwangerschaft erzählt, als Juhani anrief. Ich kündigte Neuigkeiten an und schlug vor, zusammen essen oder Kaffee trinken zu gehen. Auf meine Frage, wieso ich so lange nichts von ihm gehört hätte, antwortete Juhani, wir sollten uns in der nächsten Woche an seinem Boot am Ufer von Munkkiniemi treffen.

Kalt lag das Meer unter uns, aber die Sonne wärmte. Juhani lenkte sein Boot an den Inseln Seurasaari und Jätkäsaari vorbei, dann unter der Brücke hindurch Richtung Lauttasaari. Antero verbrachte den Rest der Woche auf einem Kongress in Oslo. Juhani schlängelte sich im Zickzack durch die Seezeichen und hielt auf den Park Kaivopuisto zu. Ich hatte meinen Bruder vermisst. Als er die Bootstour vorgeschlagen hatte, war ich sofort einverstanden gewesen. Vom Baby wollte ich ihm in einem passenden Moment an Bord erzählen.

Juhani verringerte das Tempo, langsam glitten wir die Wasserstraße des Stadthafens entlang. Ein paar Segler kamen uns mit tuckerndem Motor entgegen. Am Ufer gingen Leute in Frühlingsjacken spazieren, aßen Eis, ließen sich auf einer der Bänke nieder oder schoben ihre Kinderwagen. Über allem lag ein sorgenfreier Frühlingshauch. Wir steuerten Liuskaluoto an und tankten; Juhani bat mich, den Tankverschluss wieder zuzuschrauben.

»Wo willst du hin?«, fragte er, während wir an der Uunisaari vorbeifuhren, und studierte die Wasserkarte.

Am Ufer des Parks schrubbten eifrige Städter ihre bunten Flickenteppiche, in frischen Farben erstrahlten sie auf den Gestellen. Ich öffnete eine Bierflasche und reichte sie meinem Bruder. Er nahm einen schnellen Schluck, ächzte genüsslich und wischte sich mit dem Ärmel den Schaum aus dem Mundwinkel. Genau wie Opa. Dann lenkte er das Boot in die Rinne zwischen Uunisaari und Harakka und zeigte mir auf der Karte eine Sandbank.

»Bis da ist es nicht mehr weit, die müssen wir entweder nördlich oder südlich umfahren.«

»Mir wurscht«, sagte ich gut gelaunt und lächelte.

»So ganz wurscht ist das nicht. Wenn wir sie nördlich umfahren, kommen wir auf die äußere Route nach Rysäkari.«

»Mir trotzdem wurscht«, sagte ich und lächelte noch breiter.

Juhanis Unterarme waren kräftig und leicht gebräunt und sahen ganz anders aus als die von Antero, der sich grundsätzlich mit langärmliger Bekleidung vor UV-Strahlung schützte.

»Dann nehmen wir die äußere Route und halten Kurs auf Gåsgrundet.«

Weiter südlich war die Meeresoberfläche ein glatter, sanft bewegter Spiegel, lange Wellenausläufer vom Vortag wiegten sacht unser Boot. Über uns flogen Möwen, mich packte ein Gefühl von Freiheit.

Juhani entdeckte einen Seeadler, der majestätisch und allein weit über den Möwen kreiste. Er schraubte sich immer höher, bis wir nur noch einen kleinen schwindelerregenden Punkt sahen.

Der Motor brummte gleichmäßig, wir näherten uns Gåsgrundet. Die langgezogene Insel bestand im Süden aus großen sanften Felsflächen, im Norden aus Kiefernwald. Am Steg an der Nordseite war noch kein Boot zu sehen. Um die Mittagszeit kamen auch andere Ausflügler, doch die blieben in der Nähe des Grillplatzes, während wir am äußeren Rand auf den Felsen lagen.

Juhani hatte sich aufgestützt, kaute auf einem Grashalm und schaute aufs Meer, wobei er wegen des hellen Lichts die Augen zusammenkniff.

»Gleich rummst es«, sagte er und sprang auf.

»Hm?«

»Wenn das Boot seinen Kurs nicht ändert, knallt es auf das Riff dahinten.«

Doch der Fahrer des Boots bemerkte rechtzeitig Juhanis energische Handzeichen und drehte ab. Juhani setzte sich wieder.

»Willst du noch ein Brot?«

Er hatte mir verboten, Proviant mitzubringen, und wollte selbst alles Nötige einpacken. In seiner Kühltasche warteten Bier und Schinkenbrote.

Die Eiderenteriche flatterten an uns vorbei aufs offene Meer, die Weibchen blieben am Ufer und brüteten. Nach unserem Picknick wollte Juhani schwimmen gehen, er kannte eine gute Stelle und steuerte auf eine kleine Felsenbucht zu. Ich blieb liegen und beobachtete, wie er sich auszog, ins noch eisige Wasser stieg und loskraulte. Seine Armzüge waren kräftig und effektiv, gegen ihn anzutreten war schon immer zwecklos gewesen.

»Schon beinahe warm!«, rief er und winkte mich heran.

Ich lief zu seinem Kleiderhaufen und pfefferte meine Sachen obendrauf. Das Wasser wurde sofort tief, ich machte ein paar schnelle Züge. Es war noch so kalt, dass mir meine

Fuß- und Handgelenke bald wehtaten. Als Juhani mir entgegenkam, drehte auch ich um, nebeneinander schwammen wir zurück ans Ufer. Er erreichte es als Erster, kletterte auf den Felsen und streckte mir die Hand hin.

Ich hatte noch niemandem von dem Baby erzählt, Antero hatte es mir in den ersten Wochen verboten, womöglich drohte uns noch eine Fehlgeburt. Jetzt wäre es endlich so weit. Zuerst aber fragte ich Juhani, wieso er so lange nicht von sich hören ließ.

»Ich hab Krebs, Marie.«

Zuerst brachte ich keinen Ton heraus. Das Blut pochte in meinen Ohren, ich schlang mein Handtuch fester.

»Du bist krank?«, fragte ich schließlich bestürzt.

»Nierenkrebs«, antwortete er und zog seine Jeans an.

Ich schluckte und fühlte mich benebelt. Das konnte doch nicht sein! Wieso hatte Juhani Krebs, er war doch nie krank gewesen! Er sah so stark und gesund aus. Es musste ein Irrtum sein.

»Der Tumor ist so groß wie ein Hühnerei. Bösartig, aber verkapselt, das heißt, er strahlt nicht aus. Ich werde nächste Woche operiert. Danach bin ich hoffentlich wieder o.k.«

Es sollte doch ganz anders laufen! Ich sollte ihm meine guten Neuigkeiten verkünden, nicht er mir von seiner Krankheit erzählen. Ich sah meinem Bruder zu: Er legte sich mit dem Rücken auf den Felsen, bettete den Kopf in die Ellbogenmulde und sah einer Wolke nach, die der frühe Abendwind Richtung Meer schob. So hatte er es auch in Månvik gemacht. Es gab dort einen Platz, an den er sich zurückzog, wenn er seine Ruhe brauchte.

Auf der Rückfahrt nahmen wir die dem Land zugewandte Route, an der Miessaari, Haukilahti, dem Westend und der Karhusaari vorbei, zwischen der Lautta- und Keskisaari hindurch auf Seurasaari zu. In Munkkiniemi steuerte Juhani das Boot zurück ans Ufer an seinen Hafenplatz. Keiner von uns hatte ein einziges Wort gesprochen.

Antero kramte sein ganzes Wissen über Nierenkrebs hervor, es sah nicht gut aus. Die meisten Fälle endeten tödlich, und zwar schnell. Nur zwei Prozent überlebten.

»… Metastasenbildung im Gehirn …«, murmelte er.

»Für Laien, bitte!«, schnauzte ich.

»Im Gehirn, in den Knochen, in der Lunge, fast überallhin kann der Krebs sich in Form von Metastasen ausbreiten. Ich werde noch mal einen Nephrologen fragen, einen Nierenspezialisten …«

Als ich auf die Toilette rannte, um mich zu übergeben, hörte ich Anteros Stimme nur noch aus dem Hintergrund.

»In einem halben Jahr kann es vorbei sein mit ihm«, sagte er, als ich zurückkam, und schlug Eier in die Pfanne.

»Aber es führt doch nicht jeder Krebs –«

»Dieser ist einer der schlimmsten. Fünf Jahre nach der Diagnose sind nur noch ein paar Prozent der Patienten am Leben.« Das waren die Fakten. »Das ist einfach Pech. Dazu kommen wohl schlechte Gene.«

Die Abzugshaube surrte. Antero hatte vermutlich vergessen zu überprüfen, ob es in meiner Familie Krebs gab. Ich konnte ihm ansehen, dass er genau darüber nachdachte, während er seine zwei Spiegeleier verschlang. Nein, in meiner Familie hatte es bislang keinen Krebs gegeben – dafür alles Mögliche andere.

Mit einem Sauger entfernte ich überflüssigen Schleim aus Juhanis Rachen. Ihm war schlecht gewesen, und er hatte um eine Beruhigungsspritze gebeten. Nachdem die Krankenschwester da gewesen war, sank er schnell in einen Dämmerzustand, wobei er schwer röchelte.

Er wog nur noch achtundvierzig Kilo, seine Augen lagen in tiefen Höhlen, das ehemals volle Haar war dünn wie bei einem Neugeborenen, die Haut schimmerte gelblich, und die Zähne wirkten viel zu groß für seinen eingefallenen Mund. Er war einundvierzig Jahre alt.

In meinem Bauch strampelte das Baby. Aus dem Krankenhausfenster blickte man über ganz Helsinki. Weit am Horizont blinkten die Leuchttürme von Suomenlinna auf. Auch das Hotel *Torni*, in dem wir Hochzeiten und Beerdigungen begangen hatten, konnte ich sehen.

Marre glaubte fest daran, dass Juhani wieder gesund werden würde, dass die Impfungen helfen würden, wenn er nur lang genug durchhielt. Und er hielt durch, schließlich war er groß und stark. Marre war beinahe immer im Krankenhaus, oft sogar über Nacht, und ich half den beiden, so gut ich konnte. Dann klappte Marre zusammen. Sie verlor den Glauben an Juhanis Genesung, ließ sich bei der Zeitung krankschreiben, schlief weder am Tag noch in der Nacht und wandelte rastlos im Morgenmantel umher. Antero verschrieb ihr Beruhigungspillen, mit denen sie immerhin ein paar Stunden pro Nacht schlafen konnte.

Ich war in der dreißigsten Woche schwanger, Juhanis Krebs wuchs weiter. Mal lag er im Krankenhaus, mal zu Hause, wo es ebenfalls aussah wie im Krankenhaus. Mitten im Wohnzimmer stand wie ein Hebekran sein Krankenbett, daneben der Ständer für den Tropf. Die Tische quollen über von Medikamenten, Gefäßen, Mull, Tupfern und Wattestäbchen. Thomas musste zum Eishockeytraining gebracht werden und Taneli zum Schwimmen, sie brauchten regelmäßige Mahlzeiten. Über allem hing ein unwirklicher, böser Geruch. Und dann ging es mit Juhani wieder ins Krankenhaus.

Er sah aus wie die Mumie eines Pharaos, doch schließlich wachte er wieder auf. Er erzählte, dass auf der Esplanade ein Umzug mit Hunderten von Elefanten und Männern in roten Uniformen mit Goldknöpfen stattfände. Dann musste er pinkeln. Ich hielt die schwanenförmige Vorrichtung an seinen kurzen, schrumpeligen Penis; Juhani lächelte verlegen.

»Ich sterbe bald.«

»Ähm –«

»Lass mich reden!«, forderte er mit erregter Stimme. »Mit Marre geht das nicht. Also, ich will neben Mama, in das Grab auf der alten Friedhofseite.«

Ich wollte nicht an seinen Tod denken und daran, dass er neben Mama, Oma und Lennart im Grab liegen würde, in einem Grab, auf das Bäume ihre Zweige und Blätter fallen ließen. Juhani atmete schwer, seine Lungen waren voller Schleim. Dann setzte er noch einmal an – ich dachte, er würde mir dabei die Hand zerquetschen.

»Es ist alles so furchtbar, furchtbar elend. Sag es!«

»Ja, das ist es«, gab ich stockend zu.

»Ruf Marre an. Sie soll mich nach Hause holen. Sag ihr, dass …«

Er zeigte auf die Armbanduhr, die lose um sein Handgelenk schlackerte, das wie verdorrt aussah.

»Mist, die ist stehen geblieben. Bring sie zum Uhrmacher, da muss eine neue Batterie rein. Und putz mir erst noch die Zähne. Sehe ich aus wie ein Sterbender? Gib mir den Spiegel.«

Ich putzte ihm die Zähne, kämmte die Haare, cremte seine Lippen ein, schob sein Kissen höher und reichte ihm den Spiegel.

»Und denk dran.«

»Aber ja.«

»Neben Mama. Nirgendwo anders. Und ruf Papa an.«

»Papa? Heikki?«

»Sag ihm, er soll zu Hause bleiben. Damit er sich nicht auch noch auf den Weg macht. Ruf ihn sofort an.«

Im Flur lehnte ich mich an die Wand und blickte auf das orangefarbene Tuch, das an der Türklinke hing. Papa war seit drei Jahren tot, und nun kam die Reihe an Juhani. Das Tuch zeigte an, dass hier jemand im Sterben lag. Juhani wollte tatsächlich unseren Vater schützen, der ihm normalerweise immer egal gewesen war. Der nicht mehr lebte. Obwohl, das stimmte nicht ganz: Alles, an das wir uns erinnern, existiert.

Wie um mein Leben rannte ich zum Uhrmacher in die Caloniuksenkatu. Der sagte mir, dass ich die Uhr am nächsten Tag abholen könne. »Die Batterie muss jetzt sofort gewechselt werden«, schnauzte ich, »sonst stirbt jemand!« Der Mann sah mich irritiert an, und ich erklärte ihm Juhanis Lage. Er nickte, wechselte die Batterie und erzählte, dass auch seine Frau an Krebs gestorben sei. »Mein Bruder stirbt nicht«, brüllte ich, »er gehört zu den zwei Prozent, die überleben!«

Zwei Wochen später hatte sich Juhanis Zustand merklich gebessert, es ging ihm beinahe gut, die Farbe war auf seine Wangen zurückgekehrt. Er hatte aus seinem Tumor einen Impfstoff herstellen lassen, den er sich schon eine Weile spritzen ließ, und morgens und abends trank er ein Extrakt aus Kalbshirn. Diese Maßnahmen wichen deutlich von der Schulmedizin ab, und mein Bruder hatte wie ein Löwe gekämpft. Antero vertrat die Ansicht, dass die Gehirnsoße und das Impfen übelster Humbug und Geldverschwendung seien. Ich verbot ihm, das in Juhanis Gegenwart zu sagen, schließlich schenkte ihm diese Methode neuen Glauben, und außerdem half sie ja.

»Ich misch mich da sowieso nicht ein. Ist auch nicht mein Gebiet.«

»Wieso nicht? Weil du Juhani nicht magst?«

»Wie kommst du darauf?!«

Vielleicht war ich der Grund für ihre gegenseitige Antipathie. Oder besser, Juhanis Beschützerinstinkt und Anteros Reaktion darauf. Seiner Ansicht nach ging mein Befinden meinen Bruder seit Beginn unserer Ehe nichts mehr an. Obendrein hatte er das Gefühl, dass er in Juhanis Augen nicht gut genug für mich war. Und das stimmte; Juhani hatte es mir einmal leicht beschwipst gestanden. Außerdem verstehe Antero nichts vom Segeln und habe einen schlechten Geschmack – auch das stimmte. Antero war es gleichgültig, wie es bei uns zu Hause aussah und was er anhatte. Juhani dagegen war ein Ästhet, sah sogar als Todkranker im Rollstuhl noch gut aus, mit seinem schicken Hemd und dem roten Halstuch.

Mein Bruder rief mich am ersten Advent an und bat mich, ihn zu besuchen. Er bekam Interferon und rote Blutkörperchen und plante, sein Sommerhaus zu vergrößern. Er zeigte mir Skizzen, auf denen sich ein großzügiger Flur mit hellen Fenstern an den alten Gebäudeteil anschloss und zu einem neuen Gebäude mit großem Küchen- und Wohnbereich und zwei Schlafzimmern für Thomas und Taneli führte. Bis dahin hatten seine Söhne immer auf dem Holzboden im Dachstuhl oder in der kleinen alten Hütte geschlafen.

»Es muss neuer Platz her, eines Tages werden sie auch Frauen haben«, prophezeite er.

Als Nächstes überlegten wir, wie wir dieses Jahr Weihnachten gestalten wollten.

»Aua.«

»Was ist?« Juhani sah mich besorgt an.

»Das Baby hat getreten.«

Er legte mir die Hand auf den Bauch.

»Was wird es denn, Mädchen oder Junge?«

»Das siehst du dann schon. Noch acht Wochen. Ich fände es schön, wenn du und Marre Paten werdet.«

Juhani schwieg eine Weile.

»Versprichst du mir, dass du für mich mitlebst, wenn es schlecht ausgeht? Und bitte keine Wiederbelebungsmaßnahmen. Wenn ich sterben muss, dann sterbe ich.«

»Willst du eigentlich ein WC einbauen, oder bleibt es beim Außenklo?«, fragte ich schnell, um nicht zu weinen. Bloß nicht weinen.

Juhani musste lachen.

»Wieso wollen Frauen immer ein Innenklo? Marre hätte auch gern eins, aber es ist Quatsch, dafür Wohnraum zu verschwenden. Außerdem sind wir ja nur im Sommer dort, da ist es doch am schönsten, draußen aufs Klo zu gehen und die Aussicht zu genießen, wie du weißt.«

Marre und ich saßen im Kirchenbüro, Marre war ganz ruhig. Paavo wurde an den Schläfen langsam kahl. Juhanis Tod schockierte ihn, die beiden waren im selben Jahr geboren. Er fragte Marre, ob es etwas gäbe, das er wissen und in der Traueransprache erwähnen sollte.

»Juhani war mein bester Freund und ein großartiger Mann. Mehr nicht.«

Juhani Autere
* 6.9.1942
† 1.12.1983

Beerdigung in der Alten Kapelle von Hietaniemi am
21.12.1983

Albinoni: *Adagio*
Wikfeldt: *Leise wie der Tau*
Tikka: *Gnadenlied*
Kranzniederlegung
Aussegnung: *Gemeindepfarrer von Munkkiniemi,*
Paavo Nieminen
Schubert: *Ave Maria*
Rod Stewart: *We are sailing*

Orgel: Tapio Tiitu; Gitarre: Paavo Nieminen

Morgen ist Wintersonnenwende, noch drei Tage bis Heiligabend. Ich werde nicht zur Premiere gehen, denn was mich angeht, hat die *Möwe* ihren Flug bereits beendet und ist abgeschossen.

Jedes Jahr zu dieser Zeit, beim Einwickeln der Geschenke für die Familie und die Freunde, muss ich an meine Cousins denken. Manchmal war ich kurz davor, nach ihren Adressen zu recherchieren und ihnen zu schreiben. Aber welchen Sinn hat es, Verbindung zu entfremdeten Verwandten auf einem anderen Kontinent aufzunehmen, die sich nie die Mühe gemacht haben, einen kurzen Gruß zu schicken? Die zu Opas Beerdigung nicht erschienen sind? Vielleicht ist es sogar gut, wenn ich sie nie wiedersehe. Und möglicherweise wird es genau so sein. Denn allmählich bezweifle ich, dass Hannu noch kommt, und auf einmal erfüllt mich diese Vorstellung mit Erleichterung.

Manchmal habe ich mir zum Spaß ein Leben für sie ausgedacht. Ich kann mir gut vorstellen, wie Hannu arbeitet und wie er aussieht, seine Worte und Gesten. Ich kleide ihn morgens an, wenn er zur Arbeit geht, und ziehe ihn abends wieder aus, wobei ich feststelle, dass aus dem schmächtigen Jungen ein stattlicher Mann geworden ist, der die gleichen langen Beine hat wie sein Großvater. Sie scheinen bis an die breiten Schultern zu reichen, die an stabile Kleiderbügel erinnern. Ich sehe ihn am Strand von Connecticut liegen, so wie er auf dem Steg in Månvik gelegen hat – bevor er mit einem Kopfsprung ins Wasser tauchte und auf dem Grund eine Essigflasche fand. Einmal machte er eine *Bombe*, sprang mit angewinkelten Beinen und um die Knie geschlungenen Armen ins Wasser und kraulte dann zurück zum Steg, wo er die Treppe nahm, sich hinstellte und auf die kleine Lache starrte, die sich unter seinem linken Fuß zu bilden begann. Das Blut rann bis ins Meer, und Hannus großer Zeh hing nur noch mit einem kleinen Fitzel Fleisch am Fuß. Er hatte sich kraftvoll auf dem Grund abgestoßen und war in eine kaputte Glasflasche getreten. Den Rest des Sommers bewegte er sich auf Krücken, der Fuß steckte in einem dicken Verband. Zeh und Fußballen heilten nur langsam und begannen Ende Juli zu eitern. Wir hatten schon Angst, dass der Zeh abfaulen würde, doch mit Omas Kölnischwasser und Opas Aftershave-Balsam, regelmäßigen Bädern und täglich frischen Verbänden heilte die Wunde doch. Ich musste Hannu wie einen Kaiser bedienen. Auch wenn ich vorgab, dass mich das ärgerte, tat ich es gern. In diesem Sommer bemerkte ich auch die goldgelben Härchen, die sich auf Hannus Beinen mehrten. Als Dank für meine Dienste bürstete Hannu mir die Haare und lernte, mir einen Pferdeschwanz zu binden oder Zöpfe zu flechten. Mit geschlossenen Augen saß ich zu seinen Füßen und genoss die wohltuenden Bürstenstriche.

Ich wische noch die Türen des Küchenschranks sauber, dann rufe ich zu Hause an. Ich sage, was noch für Weihnachten vorbereitet werden muss und wie man am besten auf die Insel kommt. Da ich dringend noch ein paar Tage für mich benötige, greife ich auf eine Notlüge zurück und gebe vor, zu viel Arbeit zu haben. Nach dem Gespräch öffne ich eine Flasche Wein und lege mich auf das Sofa in der Bibliothek. Die Federung quietscht und gibt nach, das poröse Leder knarzt und riecht nach Zigarre. Da fällt es mir ein: Bevor ich nachts vom Wind aufgewacht bin, habe ich im Halbschlaf unzählige Briefe an Hannu entworfen.

Manchmal fängt der Brief freundlich an, manchmal wütend und provozierend: *Warum hast du mir nie geschrieben?* Ich frage nach Details, zum Beispiel, ob es Jussis rotes Dalarna-Pferdchen noch gibt und ob Onkel Julius den Jungs überhaupt erlaubt hat, Gegenstände aus Finnland mit ins Flugzeug zu nehmen. Ich formuliere meine Sätze mit Sorgfalt, während draußen der Morgen graut, präge sie mir gründlich ein, damit ich sie im Kopf habe, wenn ich mich vielleicht später an den Computer setze. Ich erzähle von Juhani und Heli und von Mama und Papa, wenn ich auch von meinem Vater nicht viel weiß und demzufolge nicht viel berichten kann. Nur, dass er im Krieg verletzt wurde und Geschützführer bei der Artillerie war. Über meine Großeltern und ihr Verhältnis zueinander schreibe ich nichts, ebenso wenig über Lindroos; ich will nicht zu sehr in der Vergangenheit wühlen. Ich sage mir die Briefe im Stillen unzählige Male auf, sodass ich sie auch jetzt am Tage noch auswendig kann. Dennoch werde ich sie nie schreiben.

Ich rapple mich vom Sofa hoch; mir ist leicht schwindelig. Wie eine Irre habe ich im Haus geschuftet. Ich hole meinen Laptop aus der Tasche und lese noch einmal Hannus nüchterne E-Mail.

Hallo Maria,
lange nichts gehört. Ich muss ein paar Dinge regeln und komme Anfang Dezember nach Helsinki. …

Ich würde gern in Månvik vorbeischauen, sofern das möglich ist. …
Hans J. Falk
Corp. Senior Vice President
President, Herox Europe

Anfang Dezember, das ist längst vorbei. Ich könnte ihm antworten. Hannu ist garantiert immer erreichbar, selbst auf Reisen. Wieso frage ich nicht, wann genau er kommen möchte? Dann könnte ich mich besser darauf einstellen. Ich verwerfe die Idee wieder, schließlich hat er angekündigt anzurufen, sobald er Genaueres weiß. Es würde aufdringlich und übereifrig wirken. Sein Job klingt wichtig und nach Dauereinsatz. Mein Cousin hat garantiert mehrere Sekretärinnen – die auch meinen Namen und meine Kontaktdaten für ihn recherchiert haben.

Im nächsten Moment wünsche ich mir bereits, dass ihm etwas Triftiges dazwischengekommen ist, dass die Begegnung gar nicht stattfinden wird und ich ihm keine einzige Frage beantworten muss. Oder soll ich ihm doch schreiben? Ich könnte sagen, dass mir sein Besuch momentan nicht passt. Dass ich über Weihnachten nicht zu erreichen bin. Oder dass ich krank bin, ein plötzliches Fieber, und niemanden treffen kann. Meine Panik wächst. Soll ich abhauen? Müsste ich nicht jemandem erzählen, dass Hannu kommen will? Aber was soll ich genau sagen? Dass die Vorstellung von Hannus Besuch ausreicht, um mich ins Chaos zu stürzen? Ja, mir ist flau, ich habe Angst, riesige Angst, genau wie damals, als Oma verschwunden ist und Hannu Erklärungen von mir verlangt hat. Er wird sie sicher auch heute noch verlangen. Ich versuche mich zu beruhigen – er kommt bestimmt gar nicht – und beschließe, in die Stadt zu fahren. Da kapiere ich: … *gern in Månvik vorbeischauen, sofern das möglich ist.* – Dieser Satz bedeutet, dass ich ihm hätte antworten, ihn willkommen heißen sollen, *herzlich willkommen in Månvik.* Doch ich habe ihm nicht zurückgeschrieben, und so hat Hannu sich gegen den Besuch entschieden. Oder wie war das alles zu deuten?

Mitte der 80er Jahre verkaufte Oskar Falk seinen Anteil an der Schuhfabrik in Turku und seine Lederfabrik in Porvoo. Die Reisen in die Sowjetunion hatten ein Ende, ebenso die Clearing-Geschäfte in Finnland, die mit der Nachkriegsforderung nach ausgeglichenen In- und Exporten zwischen Finnland und der UdSSR einhergingen. Das Ende dieser Bestimmung nutzte Finnland; durch die niedrigen Preise des Nachbarn gelangte günstige Ware ins Land, damit konnte auch der Export wachsen und mit ihm der Arbeitsmarkt, erklärte Opa. Doch dann war es zu Ende mit der Sowjetunion. Leningrad hieß wieder Petersburg, wie Opa es die ganze Zeit über genannt hatte, und Finnland drohte eine Rezession. Aber Opa betraf das nicht – oder vielmehr doch, denn Oskar Falk hatte es schon immer verstanden, mit der Zeit zu gehen und einen Vorteil für sich daraus zu ziehen.

Opa wurde allmählich alt, sodass wir die Entscheidung zu verkaufen vernünftig fanden, wenn er auch kein Problem mit seinem Alter hatte und die Fabriken nicht deshalb abstieß. Er hatte nur einfach wieder eine gute Nase für den veränderten Wind gehabt, wie er selbst behauptete. Doch ob nun Talent oder Zufall – er hatte es stets verstanden, zur richtigen Zeit zu kaufen oder zu verkaufen, waren es nun Aktien oder Fabriken. Nach der Geburt meiner kleinen rothaarigen Tochter Emma konzentrierte ich mich allerdings auf andere Dinge und wollte von seinem »Business« nichts wissen. Nur einmal fragte ich Opa, wieso in der Gefriertruhe in Månvik eine Plastiktüte voller Dollarscheine unter den Preiselbeeren lag. Er antwortete, dass ihm kein besserer Platz eingefallen sei. Als ich das nächste Mal etwas aus der Gefriertruhe holte, war die Tüte verschwunden, und sie wurde nicht wieder thematisiert. Etwa in dieser Zeit kaufte Opa Heli eine Wohnung in der Neitsytpolku und half ihr, ein Unternehmen zu gründen, das Bedarf für Tänzer einführte und verkaufte. Heli war glücklich, sich aus der Damenbekleidungsabteilung von Stockmann verabschieden zu können. Ihr kleines Geschäft lag in der Nähe der Oper, Ballettschülerinnen und professionelle Tänzer wurden ihre Kunden.

Auch bei mir wuchs die Leidenschaft für die Arbeit. Ich fand meine eigene Methode: Um die Charaktere eines Stückes einzukleiden, musste ich sie allesamt einmal verkörpern. Nicht öffentlich natürlich, sondern geheim, ohne dass jemand es wusste. Ich identifizierte mich mit Maiju aus Minna Canths Pastorenfamilie ebenso wie mit Yukio Mishimas Madame de Sade, die über ihren Mann sagte: »Er baut aus Verdorbenheit eine Hintertreppe in den Himmel.« Wie musste sich eine beharrliche junge Träumerin kleiden, wie die erotisch empfängliche Frau eines Sadisten, damit die Charaktere überzeugend, aber nicht zu eindeutig wirkten? Es bereitete mir einen Hochgenuss, Lösungen zu ersinnen; meistens kamen mir die Einfälle in den frühen Morgenstunden. Ich erwachte aus einem ruhelosen Schlaf und schlich leise aus dem Ehebett, um an meinem Schreibtisch loszuzeichnen.

Oft nahm ich Emma mit zu den Theatern, für die ich arbeitete, obwohl Antero der Meinung war, dass die langen

Reisen unserer Tochter schadeten. Dabei gab es im Theater immer jemanden, der sich um sie kümmerte, wenn ich in einer Besprechung war. Und bei den Proben saß sie zusammen mit mir im Zuschauerraum und lauschte, was auf der Bühne gesagt wurde, erinnerte sich später sogar an die Namen der Rollen. Abends im Hotel oder im Gästezimmer malte sie die Kostüme auf, dachte sogar an Einzelheiten wie Knöpfe. Ganz unvermittelt konnte sie fragen, was *comme il faut* oder *chic* bedeutete – mit diesen Worten hatte Irina Arkadina von ihrer Kleidung gesprochen.

Als Fünfjährige lernte sie mit Hilfe meines geliebten alten Buches *Mutter Gans* lesen. Sie plapperte die verrückt gereimten Zeilen munter vor sich hin und lernte auch das Rechnen bald. Antero fand das aus wissenschaftlicher Sicht ziemlich verblüffend, da ein Kind in ihrem Alter normalerweise nur unbeholfene Strichmännchen kritzelte und gerade die ersten Buchstaben lernte. Er sagte jedoch, dass ich nicht zu viel Zeit mit Emma verbringen oder sie jedenfalls nicht beim Lernen anfeuern solle, da ihr sonst in der Schule langweilig werden würde.

Als Emma Hämäläinen eingeschult wurde, schrieb mir die Lehrerin den ganzen Herbst über regelmäßig ins Elternheft, dass unsere Tochter ein munteres und fröhliches Mädchen sei, das gut mit sich allein auskam und eigene Aufgaben erfand, während ihre Mitschüler lesen lernten. Doch im Frühjahr begann die Lehrerin sich Sorgen zu machen: Emma hatte keine Freunde, spielte mit niemandem und fragte in den Pausen die Schulhofaufsicht nach Pflanzen- und Vogelnamen, oder sie bestaunte stumm die Knospen an den Bäumen. Beim Frühjahrsfest weigerte sie sich, zusammen mit den anderen im Löwenzahnkostüm zu tanzen, und schließlich bat uns der Schulpsychologe zu einem Termin. Mir hatte Emma erzählt, dass sie kein Löwenzahn sein wollte, weil die Blüten schlecht rochen und kleine schwarze Insekten in ihnen herumkrabbelten. Sie wollte lieber eine Malve sein, wie unsere Malven in Månvik, die im Sommer vor dem Küchenfenster im Wind schaukelten. Da sie stur blieb, brauchte sie am Ende keinen gelben Blumenkranz aufzusetzen – ich nähte ihr stattdessen einen zartrosa Flatterhut als Malve. Anteros Meinung nach war nun genau das eingetreten, was er befürchtet hatte. Er sprach von Autismus und dem Asperger-Syndrom und meiner verrückten Verwandtschaft und Therapie. Er übersah, auf welch eigenständige und wunderschöne Weise unsere Tochter die Welt betrachtete.

Wir hatten Hunger, als wir die Stadt Orange erreichten, durch die sich der schmale Fluss Meyne wand. Oma drehte ihr Fenster weiter herunter und ließ sich ihren braun gebrannten Unterarm von der südfranzösischen Luft streicheln, während wir in schmalen Gassen nach einem Hotel suchten. Zwischen den dicken alten Mauern wurde die Luft immer heißer, irgendwann kamen wir an einem antiken Theater vorbei. In dessen Nähe wollte Oma wohnen, im dreistöckigen Hotel *Arene* in der Rue Victor Hugo. Das alte Gebäude leuchtete korallenfarben, unser Zimmer im ersten Stock hatte einen großen Balkon zum Garten. Neben dem Haus glitzerte ein Swimmingpool, und nachdem wir unsere Sachen im Zimmer verstaut hatten, gingen wir schwimmen und lümmelten anschließend in den geblümten Gartenmöbeln. Ich spürte eine Veränderung in der Atmosphäre, die von Oma ausging. Ihre Gereiztheit hatte sich gelegt, und auf einmal sagte sie, dass dies der schönste Sommer ihres Lebens sei.

»Soso, der glücklichste in deinem Leben. Liegt wohl an unsrer Reise, gegen die du dich am Anfang mit Händen und Füßen gesträubt hast.« Opa schmunzelte. »Ich hab ja gesagt, dass es lustig wird. Nicht wahr, Marie?«

Ich nickte, sog den Geruch der Luft ein und wunderte mich über Omas Gesinnungswandel. Die Schmetterlinge machten sich über die Lavendelblüten her, und nur das Plätschern eines kleinen Bachs durchbrach die Stille. In all den Wochen unserer Reise hatte ich kein einziges Kind getroffen. Höchstens von Weitem ein paar gesehen. Ich überlegte, wie es Hannu und Jussi gehen mochte; ich hatte ihnen Postkarten geschickt und von unseren Stationen erzählt, aber von ihren Erlebnissen in Månvik wusste ich rein gar nichts. Ob sie mich vermissten? Ich selbst konnte nicht mehr klar sagen, ob sie mir fehlten – ich fühlte mich zunehmend wohl auf der Reise.

Opa bestellte sich einen Pastis und Zigaretten, Oma und ich tranken Orangina, die weniger Kohlensäure hatte als die Limos zu Hause. Der Garçon servierte Opa auf einem Tablett eine geöffnete blaue Gauloises-Schachtel und gab ihm Feuer. Auf meinen Wunsch hin blies Opa Rauchkringel in die Luft, und als es auf die Dämmerung zuging, gab es zum Abendessen gegrillte Crevetten, Froschschenkel für Opa und Kaninchen in Cidresoße für mich und Oma. Mich ekelten die Froschschenkel an, doch Opa knabberte genussvoll darauf herum und sagte, es schmecke wie Huhn, nur nicht so fettig. Er erzählte von Jeanne d'Arc, die als Hexe auf dem Scheiterhaufen verbrannt worden war. Ich fand es aufregend, dass Jeanne schon als Zehnjährige Stimmen hörte und Visionen hatte – sie war genauso alt wie ich! Und auch ich sah und hörte alles.

Oma ging schlafen, doch Opa und ich blieben noch im

Garten sitzen. Er bestellte einen weiteren Pastis und für mich Orangina. Sobald er Wasser in sein Glas goss, färbte sich der Alkohol milchweiß. Ich wollte mehr über Jeanne hören, die vor über fünfhundert Jahren in Orléans gelebt hatte, unserem Reiseziel für den nächsten Tag. Zu Jeannes Zeit hatten die Engländer das Land erobert, und Jeanne hörte Stimmen, die ihr auftrugen, Frankreich zu befreien. Es gelang ihr, Prinz Karl von ihren Visionen zu überzeugen, ein Heer zu versammeln und Orléans samt weiteren Teilen des Landes von der englischen Herrschaft zu befreien. Der Prinz wurde zum König gewählt, wonach er sein Fähnchen drehte und Jeanne nicht mehr brauchte. Er ließ die Jungfrau festnehmen und als Hexe auf dem Scheiterhaufen verbrennen. Wie gemein!

»Was ist eigentlich genau eine Jungfrau?«, fragte ich Opa noch.

»Pffff…« Er stieß nachdenklich Rauch in die Luft.

»Ein unverheiratetes Weib.«

»So wie Aili?«

»Nein, ein unverheiratetes junges Weib.«

»Warum hat Karl bloß so gehandelt? Nur durch ihre Hilfe ist er zum König geworden!«

»Marie, so läuft's in der Welt. Manche Leute saugen andere aus und brauchen sie danach nicht mehr. Genau wie Spinnen. Selbst von den fetten Aasfliegen bleibt nichts über als die äußere Hülle, wenn sie einer Spinne ins Netz fliegen.«

Durch ganz Westdeutschland hindurch dachte ich an die arme Jeanne, die bei ihrem Tod so alt war wie Heli. Allerdings war meine Schwester keine Jungfrau mehr, sie hatte Benny geheiratet. Wieso hatte Gott eigentlich nicht Maria geheiratet? Schließlich hatte sie ihm einen Sohn geboren.

Sie und Josef waren wohl nur verlobt, und eine Verlobung durfte man auflösen. Das Bild von Gott überzeugte mich nicht recht.

Je näher wir Finnland und unserem Zuhause kamen, umso fröhlicher wurde Oma; in Stockholm tänzelte sie durch die Aula des Grandhotels. Im Restaurant bediente uns ein Kellner mit weißen Handschuhen. Oma wollte Wildente in Orangensoße bestellen und ging geradezu in die Luft, als der Kellner bedauerte, dass keine Entenzeit sei. Schließlich gab sie sich mit einer Zuchtente in Mandarinensud zufrieden. Opa bestellte sein Essen dem Namen nach: Oskars Schnitzel. Ich nahm wie immer ein Wiener Schnitzel, mir fiel nichts Besseres ein. Opa und ich verstanden nicht, wieso Oma im einen Moment lieb war wie ein Lamm und im anderen angespannt wie eine Geigensaite. Wie es in Opa aussah, wusste ich nicht – ich jedenfalls war unruhig und wurde immer trauriger, je näher das Ende der Reise rückte.

Am nächsten Abend hatte Opa Kopfschmerzen, und so gingen wir nicht ins Tivoli Gröna Lund, wie Opa eigentlich versprochen hatte. Oma wollte mit mir ins Freilichtmuseum Skansen: Dort waren Nils Holgersson und der Adler Gorgo gefangen gewesen, von dort hatte der Adler sie in die Freiheit geflogen. Oma hatte wirklich kindliche Seiten, dachte ich. Dabei konnte sie so vernünftig sein und uns eine Menge verbieten! Aber in manchen Momenten war sie verrückter als ich, lebte sogar als alter Mensch noch in Märchenwelten. Sie spazierte flinken Schrittes über die Parkwege und freute sich, dass auch Nils hier entlanggegangen war und dass es so viel anzuschauen und zu lernen gab. Ob Oma vergessen hatte, dass Nils eine ausgedachte Gestalt war? Als ich sie darauf ansprach, antwortete sie: »Natürlich ist Nils ausgedacht, aber Selma Lagerlöf nicht, und dass Skansen existiert, siehst du ja selbst.«

Ich kaufte hellrote Holzpferdchen für Hannu und Jussi und Seife für Tante Ester und für Oma und mich Brötchen mit einer platten Frikadelle, Senf und Zwiebelringen.

»Das sind Hamburger«, sagte Oma.

Sie saß mit einem versonnenen Lächeln neben mir und biss genussvoll in ihr Brötchen. Auf meine Frage, ob sie schon früher einen Hamburger gegessen habe, nickte sie lachend und antwortete: »Vorigen Sommer! Genau hier, an diesem Platz, auf dieser Bank, es ist also eine ganz besondere Bank.« Sie fügte noch hinzu, dass das unser Geheimnis bleiben müsse, und lachte ihr wundervolles Lachen.

»Wir haben Geheimnisse, meine kleine Mandel! Geheimnisse!«, frohlockte sie mehrmals.

Ich verfütterte ein paar Krümel von meinem Hamburger an die Gänse und überlegte, was wohl letzten Sommer gewesen war. Ich konnte mich nicht entsinnen, dass Oma von einer Reise nach Stockholm erzählt hätte; außerdem fuhr sie nie irgendwohin. Einmal allerdings, als Opa mal wieder in der Schweiz war, reiste sie plötzlich zu Verwandten nach Turku. Ich hatte nicht gewusst, dass diese Verwandten noch am Leben waren. Vielleicht hatte sie mit ihnen eine Schiffstour nach Stockholm gemacht?

Omas Wangen leuchteten im selben Rot wie ihre Lippen, und sie sah auf dieser Bank in der Sonne anders aus als bei uns zu Hause. Wenn sie auf diese besondere Art lächelte, fand ich sie beinahe so schön wie Mama. Sie trug das Veilchenkleid, das sie im Hotel hatte reinigen lassen, und den breitkrempigen Sonnenhut. Ihre Hände steckten in Spitzenhandschuhen, um ihren Hals glommen Bernsteine. Als würde sie zu einem Fest gehen!

Wir fuhren zurück in die Innenstadt. Bevor wir ins Hotel kamen, wollte Oma auf einmal in ein Schmuckgeschäft. Während ich mich noch wunderte, bat sie den Goldschmied mit ihrem geheimnisvollen Lächeln, seine Ringe vorzuführen. Ich sollte meine linke Hand auf die Theke legen, was mir peinlich war; ich hatte senfverschmierte Finger vom Hamburger, unter den Nägeln klebte ein schwarzer Trauerrand. Der Goldschmied scherte sich nicht darum und begann, mir seine kleinen Kunstwerke auf den Ringfinger zu schieben. Alle zu groß. Meine Verlegenheit wuchs, doch schließlich fand sich ein passender Ring. Ein bisschen zu groß war auch der, aber der Goldschmied sagte, meine Hände würden schnell hineinwachsen. Der Ring hatte einen kleinen roten Stein, einen Granat. »Der Ring ist eine Erinnerung an mich und an das, was ich dir gleich erzählen werde«, sagte Oma.

Im Foyer des Grandhotels führte sie mich zu den Ledersofas und bestellte Kaffee und Sherry und für mich eine Cola. Sie nippte an ihrem Kaffee und verkündete: »Ich lasse mich von Opa scheiden. Ich ziehe aus der Kalevankatu aus, heirate Lindroos und gehe mit ihm nach Schweden.«

Lange Minuten saß ich stumm da, Oma trank ihren Sherry. Ich war so verdattert, dass ich nichts zu sagen wusste. Ich sah die Menschen im Foyer an uns vorübergehen, fingerte an unserer Einkaufstasche und hatte Angst, dass mir der Ring vom Finger fiel. Jemand kam und schenkte Oma Kaffee nach, die sich noch bequemer ins Sofa setzte.

»Axel wird sich von Helga scheiden lassen, und du bleibst mit Opa und Tante Ester in der Kalevankatu. Dann endlich sind die Dinge so, wie sie sein sollen. Dann ist alles auf dem richtigen Gleis.« Mit schmerzhaftem Griff um meine beringte Hand schärfte sie mir ein, niemandem etwas von diesem Gespräch zu erzählen. Nicht einer Menschenseele; der Granat würde mich daran erinnern. Wenn ich das einhielte, durfte ich Lindroos und sie so oft in Schweden besuchen, wie ich wollte. Zum Abschluss zog sie den spanischen Fächer aus ihrer Handtasche und hielt ihn verschwörerisch lächelnd ans linke Ohr: *Bewahre unser Geheimnis.*

Erst im Fahrstuhl wagte ich zu fragen, was mit Opa geschähe. »Das musst du Aili Plyhm fragen«, antwortete Oma. Der Fahrstuhljunge öffnete die Tür, und wir betraten den fünften Stock.

Opa hatte ein frisches weißes Hemd und seinen dunklen Anzug angezogen und den neuen Seidenschlips aus Barcelona umgebunden. Auf dem Tisch stand ein Strauß gelber Rosen, daneben lag ein kleines Päckchen, das er Oma überreichte.

»Hab schon auf euch gewartet … So, dann kann's ja losgehen mit der Bescherung.« Er räusperte sich und straffte die Schultern.

»Was soll das Ganze?«, fragte Oma gereizt.

»Erinnerst du dich nicht? Heute ist der dreiundzwanzigste Juli!«, juchzte Opa. »Unser vierundfünfzigster Hochzeitstag! Einmal wenigstens hab ich dran gedacht!«

Er drückte ihr den Rosenstrauß und das Päckchen in die Hand und einen schmatzenden Kuss auf den Mund.

»Denk nur, Marie, Oma und ich haben zu Beginn der Hundstage geheiratet! Aber wir haben uns prima gehalten, diese Ehe läuft inzwischen wie mit Schweineschmalz geschmiert! Willst du es nicht aufmachen?«, fragte er Oma.

Oma gab die Blumen an mich weiter, setzte sich und öffnete mit ausdruckslosem Gesicht das Geschenk.

»Auch wenn es zwischen uns Gekeife und Gezanke gab, so haben wir doch auch gelacht, nicht wahr, Partisanna?«

Opa schmunzelte, nahm Oma die Bernsteinkette ab und legte ihr die neue Kette mit den funkelnden Diamanten um.

Oma stand auf und sagte zu Opa: »Danke. Und ich bin übrigens Catharina.«

»Mein Dank geht an *dich*, meine Partisanna Catharina!« Er lachte und küsste Oma nun auf den Hals.

Verlegen stellte ich unsere Einkaufstasche auf den Tisch. Da bemerkte Opa es.

»Was hast du denn da am Finger?«

Meine Wangen glühten.

»Ach, nur so einen kleinen Ring … Aber wir haben dir auch was gekauft!«, beeilte ich mich zu sagen und holte das Holzpferd hervor, das ich für Hannu vorgesehen hatte.

»Das ist ja prächtig!«, staunte Opa und nahm das Pferd in die Hand. »Hab ich mir schon gedacht, dass meine Mädchen irgendetwas aushecken! Und so eins hab ich auch noch gar nicht! Ein eigenes Hoppepferdchen.«

Nach dem Abendessen bestellte Opa sich eine Zigarre und Whiskey und ging zum Rauchen auf unseren Balkon, von dem aus man den Hafen und die Altstadt überblickte. Ich las eine Geschichte über das Kriegsschiff *Wasa*, das über vierundsechzig Bronzekanonen verfügte. Das Schiff war auf seiner Jungfernfahrt in der Nähe von Stockholm untergegangen und hatte über dreihundert Jahre auf dem Meeresgrund gelegen. Wir hatten tagsüber haufenweise Überreste der Wasa angeschaut, die am Hafen präsentiert wurden, doch Oma schien das nicht zu interessieren. Nun saß sie in der Badewanne und summte ihr *Ich hab noch einen Koffer in Berlin*.

Die Geräusche der Altstadt hallten in den schmalen Gassen, die Möwen schrien, und alles vermengte sich mit dem Geruch von Zigarre und Madame Rochas. Das Klappern der Hufe eines Kutschpferdes und das Holpern der alten Wagenräder auf dem Kopfsteinpflaster … ich wünschte, unsere Reise würde immer weitergehen, denn an ihrem Ende wäre alles anders. So hatte Oma es mir angekündigt – obwohl dies doch der glücklichste Sommer in ihrem Leben war.

Rechtzeitig vor seinem fünfundneunzigsten Geburtstag im Sommer 1991 zog Kommerzialrat Oskar Falk aus Steinen und Mörtel eine Mauer um den Sehnsuchtsfelsen, damit seine Kinder, Enkel und Urenkel nicht hinunterfallen konnten, so wie es mir als Kind passiert war. Marres Söhne Thomas und Taneli nannten es den Überrest der Berliner Mauer, was Opa irritierte. Wenn schon, dann sollte sein Werk die Chinesische Mauer sein.

Unsere Tochter Emma und Annikas Tochter Anna waren im gleichen Alter, obwohl Emma die Cousine von Annika war und nicht von Anna. Die beiden Mädchen hatten draußen ein Sommertheater gegründet. Opa genoss es, von so vielen Mädchen und Frauen umgeben zu sein, die sich um ihn kümmerten; andere Sorgen als seine abgenutzten Hüftgelenke kannte er nicht. Auf einer Seite hatte er seit einigen Jahren eine künstliche Hüfte, für die OP auf der anderen Seite fand er keine Zeit, es gab immer zu viel zu tun. Den Schmerz schaltete er mit Tabletten aus, und so störte ihn das Problem nur morgens beim Aufstehen oder wenn er bei einer Bootsfahrt nach langem Sitzen plötzlich aktiv werden und anlegen musste.

Die Mädchen hatten meine alten Puppen aus dem Schrank holen dürfen und wollten zu Opas Geburtstag mit dem Theaterstück fertig sein. Ihre Proben am Mäuerchen begannen in den frühen Morgenstunden und gingen bis spätabends, ihr zweisprachiges Stück schien immer sonderbarer zu werden, sie taten von Tag zu Tag geheimnisvoller.

Wir hatten eine lange Tafel mit weißer Tischdecke im Garten aufgestellt und sie mit Apfelbaumzweigen und Obst geschmückt, hatten Stühle von überall herbeigeschleppt und bunte Lampions in die Bäume gehängt. Die arme Tante Ester lag im Krankenhaus von Töölö; sie hatte sich auf der Kellertreppe den Knöchel gebrochen und konnte nicht mitfeiern. Sie schaffte das Essen am liebsten noch immer in den Keller, obwohl es in Månvik längst einen riesigen, amerikanisch anmutenden Kühlschrank gab.

Gegen drei rief Antero an und sagte, er könne nicht kommen. Als ich den anderen erzählte, dass er wegen eines Krankheitsfalls überraschend bei einer Sitzung einspringen musste, waren alle erleichtert und erwähnten Antero nicht weiter. Alle außer Opa.

»Obwohl du verheiratet bist, hast du keinen Mann«, stellte er fest und goss sich Whiskey aus der Flasche nach, die er im Cockpit der *Läskelä* aufbewahrte. »Dabei bist du noch jung! Hast du mal drüber nachgedacht? Obwohl er lebt, macht er dich zur Witwe! Bist du glücklich so?«

»Ja, bin ich. Denke ich.«

Er kniff die Augen im Sonnenlicht zusammen, fingerte ein Taschentuch aus seiner Hose und wischte einen Fleck vom Mahagonitisch der *Läskelä*, ehe er fortfuhr.

»›Denke ich‹ – zwei kurze Wörter, aber sie sagen viel. Wie alt bist du jetzt? Fünfunddreißig?«

»Siebenunddreißig.«

»Ich sag dir eins, Marie. Denk gut drüber nach, wie du weiterleben willst. Soll dir nicht so ergehen wir mir und Oma.«

»Dabei bin ich extra mit einem ›anständigen Mann‹ vor

den Traualtar getreten, so wie auch Helen es hätte tun sollen«, versetzte ich.

Entweder verstand er die Spitze nicht, oder er scherte sich nicht drum. Er knotete in aller Ruhe aus dem Taschentuch einen Kopfschutz, um seinen Schädel mit dem spärlich gewordenen Haar vor der sengenden Nachmittagssonne zu schützen. Er sprach nur äußerst selten über Oma, über ihr Ertrinken praktisch nie. Wir nahmen an, dass er das alles vergessen wollte. Wieso kam er jetzt mit der Vergangenheit an?

»Erinnerst du dich noch gut an Oma?«

Die Frage stach mir direkt ins Herz. Ich dachte an den Granatring, den sie mir geschenkt und den ich verloren hatte. Aber mein Versprechen hatte ich gehalten. Nie hatte ich jemandem von ihren Plänen mit Lindroos erzählt. Wenn ich es doch getan hätte – wäre Oma dann heute vielleicht noch am Leben?

»Ja, ich erinnere mich. Einigermaßen«, antwortete ich ausweichend.

»Als Oma an den Steg kam und ich da saß, wo ich auch heute sitz, und sie ins Wasser gesprungen ist … Ach, ich denk jetzt noch: Verdammt, ist sie schön. Für mich die schönste Frau auf Erden. Und was für eine Haltung sie hatte – weißte noch? Ein Prachtweib! Wie diese Läuferin Wilma Rudolph, die 1960 im Sommer in Rom den Zweihundertmeterlauf gewonnen hat. Erinnerste dich an die? Eine stolze Erscheinung …«

Opa schwenkte das Whiskeyglas in seinen schwieligen Händen; er konnte nicht weiterreden.

Und ich wollte auch gar nicht weiter über Oma sprechen.

»Wie ist eigentlich Lennart gewesen? Er war ja wohl schon als Kind kriminell.«

»Woher willst du wissen, wie er als Kind war?«, raunzte Opa.

Ich schwieg. Wir Kinder hatten in der Villa so vieles gehört und gesehen! Hatten hinter Möbeln und Baumstämmen, in Schränken und Büschen oder einfach nur, indem wir uns schlafend stellten, mit unseren zarten Fühlern Stimmungen, Blicke und Halbsätze aufgegriffen, die wir in Gedanken vervollständigten. Hatten all das wahrgenommen, was nur über Umwege ausgedrückt oder verschwiegen wurde.

»Partisanna war für Helen und die Jungs alles. Aber ich, ich war kein guter Vater. So ist es wohl gekommen. Weißt du, was am allermeisten schmerzt?«

Seine Stimme zitterte, er sah schlecht aus. Er wischte sich Schweiß von der Stirn und atmete schwer.

»Dass Partisanna mir aus den Wellen zugerufen hat, ich sei kein Mann …«

Aha. Nun wollte er also doch von Omas Ertrinken sprechen. Nach all den Jahren. Davon, dass er sie ertränkt hatte. Mir wurde flau, ein Gewicht senkte sich auf meine Brust.

»Aber du hattest doch selbst eine andere! Die Liebesbeziehung mit Aili ging da schon jahrelang!«

»Pah, ›Liebesbeziehung‹! Am Anfang hab ich Aili nicht halb so doll geliebt wie Partisanna. Aber ich bin ein Mann, Marie, ich bin ein Mann, und ich brauche Liebe und eine Frau. Und Aili ist herrlich, bis heute. Ich hab sie nicht einfach nur so – ich hab sie wirklich lieben gelernt! Und ich habe die ganze Zeit gespürt, dass mein eigenes Weib sich nichts aus mir macht. Dass sie mich nicht so tief liebt wie ich sie. Das tut weh! Ich hab so viel dafür getan, dass sie mich liebt, wenigstens ein kleines bisschen! Aber ich sag dir, selbst eine Klinge ist weicher, als Oma zu mir gewesen ist.«

Opa sprach über Liebe. Stockend, mit tastenden Worten.

Er schlürfte einen Schluck aus seinem Glas und schaute aufs Meer. Er betrauerte Gefühle, die er Jahrzehnte in sich verschlossen hatte, und suchte Schutz bei mir, so wie ich früher Schutz bei ihm gesucht hatte.

»Ich hab sie Axel weggeschnappt«, ächzte er und sah mich aus nassen Augen an.

Wovon redete er?

»Ich war verrückt nach Oma und hab meinem besten Freund Axel gegenüber behauptet, dass zwischen mir und ihr was sei, obwohl da gar nichts dran war. Scheiße noch mal!«

»Da war gar nichts dran?«

»Nein. Sie hat Axel sogar nachgetrauert. Da hab ich ihr erzählt, dass Axel und Helga ein Paar sind, aber auch das hat nicht gestimmt. Axel hat von nichts anderem gesprochen als von Partisanna, und Helga war noch längst nicht in Sicht. Aber ich hab … ich hab für Partisanna so gebrannt! Ich musste sie haben, ich musste sie einfach haben! Ich hab gedacht, ich könnte sie von Axel loseisen. Dass sie Axel irgendwann vergisst …«

Opa wischte seine Tränen nicht mehr ab und ließ die angestauten Gefühle einfach laufen.

»Glaubst du, dass ich ihm wirklich so viel Böses gewollt hätte?! Humbug! Man begreift erst als alter Mensch, dass am Ende des Lebens nur die Liebe bleibt. Wenn man Liebe gehabt hat, kann man sich gut zur Ruhe legen. Ich bin alt, Marie, ich bin alt … Das war mein Leben.«

Ich umarmte meinen Opa – einen Haufen trockener Knochen, die von einer dünnen Haut zusammengehalten wurden.

»Man wünscht sich immer, dass es den Nachkommen besser geht. Wie steht's bei dir, Marie?«

»Was?«

»Hast du ein gutes Leben? Schau doch mal die Tiere an. Sogar für eine winzige Ameise ist der Sinn des Lebens klar. Sie muss einen Haufen bauen, Kinder machen und auf sie aufpassen. Aber wir Menschen, wir großen, mächtigen Tiere, wir sind Meister darin, alles zu verpfuschen.«

Er holte einen zusammengefalteten Briefumschlag aus der Hosentasche.

»Den hab ich mal irgendwann im Frühling gefunden, als ich die morschen Stellen an der Veranda ausgebessert hab. Lies ihn. Dann weißt auch du, was Oma vorhatte. Und verübeln kann ich's ihr nicht ...«

Ich erkannte den Umschlag sofort. Die Schrift war stark ausgeblichen.

Frau Catharina Falk
Mattby, Månvik
Storholm

Ich kletterte auf den Felsen, setzte mich auf die bemooste Zunge und nahm den schwedischsprachigen Brief unter die Lupe. Die erste Seite war kaum noch zu entziffern. *Helsinki, am 18. August 1964* – Opas Geburtstag. Es begann mit *Geliebte Catharina*, mehr war nicht mehr zu erkennen. Die zweite Seite ließ sich besser lesen. Axel Lindroos schilderte, wie sehr er mit Lennart litt, der regelmäßig zu Besuch kam und um Geld bat – er und seine Frau hatten ein krankes Kind bekommen, das ärztliche Behandlung benötigte. Axel gab ihm gerne Geld und ging auch das kleine Kind besuchen, das schließlich sein Enkel war und ebenfalls der von Catharina.

Ich ließ den Brief sinken. Lennart war also wirklich Lindroos' Sohn. Und er hatte selbst ein Kind, das mein Cousin oder meine Cousine war – wie Hannu und Jussi. Wo lebte diese Person wohl? Hoffentlich war sie überhaupt noch am Leben.

Es folgten unleserliche Passagen; dann schrieb Lindroos, dass Oskar darüber Bescheid wisse, was im Sommer 1924 in Berlin passiert war, als er im Kaiser-Wilhelm-Krankenhaus lag, und dass ihre Freundschaft deshalb immer so kompliziert gewesen sei. Aber dass sie letztlich doch wie Brüder seien, immer loyal, im Krieg, im Frieden und auch in der Liebe. Da könne auch eine Frau nicht dran rütteln, und Catharina habe sich schließlich seinerzeit selbst für Oskar entschieden.

Ich ließ den Brief wieder sinken. Was für ein Irrtum. Oma hatte eben nicht Opa gewählt, sondern ein Leben lang Axel geliebt. Der Brief war ein Beweis für Opas lügenhafte Intrige gegenüber seinem besten Freund. Ich las weiter: Axel schrieb, dass Catharinas Gedanke, sich nach so vielen Ehejahren von ihren Partnern zu trennen und gemeinsam in Stockholm zu leben, doch sehr unrealistisch sei und nie wahr werden würde. Und dass er – obwohl ihm Catharina sein ganzes Leben lang wichtig gewesen sei – die arme Helga nicht sitzen lassen könne; sie würde ohne ihn nicht zurechtkommen. Sie hatte Axel immer selbstlos geliebt, er schätze sie zutiefst. Nur der Tod konnte ihn und Helga scheiden, so hatten sie es sich versprochen.

Ich steckte den Brief zurück in den Umschlag. Was hatte Oma nicht alles aus diesen Zeilen erfahren müssen – an diesem Nachmittag im August, als sie ins Meer sprang und Opa ihr hinterherruderte. Dass Lennart in Geldnot steckte und Vater eines kranken Kindes war. Dass Opa sie und Axel belogen, ihr Verhältnis zerstört und sie an sich gerissen hatte. Und dass er die ganze Zeit gewusst hatte, dass Lennart Axels Kind war – die Erklärung für das elende Leben des Jüngsten und für dessen Ausschluss aus der Familie. Und das Schlimmste war sicher, dass der Traum von der Scheidung und einem Leben in Stockholm zerplatzte, weil Axel das Wohl seiner Ehefrau Helga das Wichtigste war, neben dem von Opa! Ich wusste nicht, was Axel Oma in Aussicht gestellt hatte – jedenfalls stand Oma am Ende mit leeren Händen da. Axel und Opa hatten sich längst miteinander verbündet. Vielleicht hatte Axel es vorgezogen, Oma zu enttäuschen statt seinen Freund, weil er Angst hatte vor dessen Stärke.

Als ich Opa später fragte, ob er von Anfang an gewusst hätte, dass Lindroos Lennarts Vater war, bejahte er. Und er fügte hinzu, es sei letzten Endes gar nicht so übel gewesen, dass er und Lindroos »Bettschwager« waren, wie er sagte. Besser, als wenn irgendein Fremder Lennarts Vater gewesen wäre.

Kleine Birkensamen regneten wie Goldstaub vom Himmel, ein Zeichen, dass der Sommer bald zu Ende war.

»Was ist mit Opa?«, fragte Marre.

»Macht eine Pause im Boot. Hat zu viele Gläser gekippt. Und mit mir über die Vergangenheit geredet«, sagte ich und half, ihre Taschen ans Ufer zu tragen.

Wir setzten uns auf die Saunaveranda, Marre zündete sich eine Zigarette an. Thomas und Taneli brachten ihr Surfbrett ins Wasser und begannen zu riggen. Ihr Lachen schallte bis zu uns herüber. Tommy rannte ans Ufer und filmte seine Cousins mit der Kamera.

»Opa und Aili werden wohl nicht mehr heiraten?« Marre lachte und blies Rauch in die Luft.

»Glaub nicht. Ein Mal hat für Opa gereicht.«

»Genau wie bei mir. Na ja, nach Juhani ist einfach keiner mehr gekommen. Natürlich gab's Männer, und ein paar hätten mich auch gewollt, sogar zusammen mit den Kindern. Aber es hat sich nicht annähernd richtig angefühlt. Ein Redakteur hat sich sogar auf der Straße vor mir hingekniet und mich angefleht, bei ihm zu bleiben! Meine Güte, dabei war ich da schon dreiundvierzig!«

Als ich mir diese Szene vorstellte, musste ich lachen und steckte Marre damit an. Wir kicherten vor uns hin und verfolgten, wie Thomas das Surfbrett bestieg und Taneli es hinten festhielt. Thomas hievte das Segel hoch, Taneli ließ los, und schon glitt das Brett elegant auf die Kleine Insel zu.

»Man weiß nie, was noch kommt«, sagte ich, als unser Gekicher verebbt war.

»Pff! Ich bin eine alte Schnepfe, werd bald sechsundvierzig.«

Am Horizont blinkte das weiße Segel. Emma und Anne kamen singend mit ihren Puppen ans Ufer gelaufen. Da die Mädchen es nicht schafften, den Puppen die Kleider auszuziehen, badeten sie sie angezogen.

»Liebe Mädchen! So nicht! Die Puppenkleider verfärben sich und laufen ein, wie soll denn das bei der Theateraufführung aussehen?«, schimpfte ich.

»Aber die Puppen sind aus dem Boot ins Meer gefallen, verstehst du?«, fragte Emma, nahm mein Gesicht in die Hände und legte ihre Nase an meine.

Marre zündete sich eine neue Zigarette an.

»Davon wirst du sterben!«, mahnte Emma, und Anna sah Marre mit großen runden Augen an.

»Hast du das von deinem Vater gelernt? Na ja, alle müssen sterben«, sagte Marre zu Emma und ließ das Feuerzeug zurück in ihre Tasche gleiten.

Ich sagte, dass es als Effekt genügen würde, wenn die Haare der Puppen nass seien, auch dann könnte man sich vorstellen, dass sie aus dem Boot gefallen sind.

Damit waren die Mädchen zufrieden und verschwanden wieder hinter ihrer Bühne. Thomas kam zurück ans Ufer gesurft, ließ das Segel sinken und hüpfte vom Brett.

»Du warst aber weit!«, rief Marre.

»Am Ufer kommt man nicht in Fahrt! Ist 'n super Wind da draußen, wenn man die Inseln erst mal hinter sich gelassen hat.«

»Beim nächsten Mal benutzt ihr bitte beide Schwimmwesten! Keine Tour mehr ohne, habt ihr gehört?«

Taneli murrte irgendetwas, holte aber die Schwimmwesten aus dem Boot.

Als ich klein war, mussten wir nie Schwimmwesten benutzen, sogar wenn Hannu, Jussi und ich weit aufs Meer ruderten. Dabei war es bereits in der Bucht vor Månvik so tief, dass uns beim Blick auf die Muscheln am Meeresgrund schwindelig wurde. Aber unsere Lebensversicherung war Omas guter Schwimmunterricht.

Das Fingerkraut leuchtete gelb, eine Schwanenfamilie segelte übers Wasser, ab und zu war von irgendwo Gelächter zu hören und immer wieder das »plumps« von herabfallendem reifen Obst. Die Mädchen durften bei ihrem Stück das kleine Modell der *Läskelä* benutzen, das Opa einst von Lindroos geschenkt bekommen hatte. Und dann begann die Aufführung.

Die Geschichte ging in etwa so: Die spanische Flamencotänzerin Esmeralda und der dänische Wachsoldat Jeppe heirateten und segelten mit dem Boot in die Schweiz, wo sie der Königin Caroline Mathilde begegneten und sie mitnahmen. Da die Königin und Jeppe sich heimlich liebten, versuchte die erboste Esmeralda ihren Mann aus dem Boot zu stoßen. Dabei ging sie selber über Bord und kam ums Leben. Jeppes Mütze troff sogar noch auf Esmeraldas Beerdigung, und auch als er endlich die Königin heiratete, war die Kappe nass. Den Trausegen gab Igel Mecki, die Geige spielte Äffchen Schrecklich, und beim Hochzeitswalzer tanzte auch das rote Holzpferd aus Schweden mit. »Und dann kriegen Caroline Mathilde und Jeppe ganz viele Kinder und leben glücklich bis an ihr Ende!« Der Vorhang schloss sich, eine finnische Flagge erschien auf dem Mäuerchen. Gemeinsam sangen wir für Opa »Großvater hat 'ne Insel«. Emma und Anna verbeugten sich, Opa setzte seine Sonnenbrille auf und klatschte.

»Wie haben es diese Flamencotänzerin Schrecklich und der Soldat Jeppe eigentlich mit dem Segelboot bis in die Schweizer Alpen geschafft?«, fragte er.

Die Mädchen kicherten – die Tänzerin hieß schließlich Esmeralda, und das Schiff war ein Land-, Luft- und Wasserfahrzeug, ob Opa denn die Flügel und die Räder nicht bemerkt hätte?

»Donnerwetter, stimmt«, rief Opa. »Was bin ich für ein Holzkopf, dass ich das nicht kapiert habe.«

Opa drohte Strafgeld abzukassieren, falls jemand es sich nicht verkneifen konnte, eine Rede auf ihn zu halten oder ihm etwas zu schenken. Wer ihm etwas sagen wollte, könne am nächsten Tag – dem eigentlichen Geburtstag – zu ihm kommen, er säße vor seinem geliebten alten Plumpsklo mit der Nobelaussicht.

Als die Trinklieder gesungen und die Krebse nahezu verspeist waren, setzte Opa zu einem letzten Lied auf den letzen Krebs an, den er sich auf ein Brot gelegt hatte.

Um acht kam er,
um neun ging er,
pimpern wollt' er,
und das durft' er!
Gepimpert hat er,
und dann ging er –
gesehen hab ich ihn
später nicht mehr!

Bei den letzten Tönen des Liedes ließen wir noch mal die Schnapsgläser klirren. Der Kranz aus Weidenröschen saß schief auf Opas Kopf, er selbst hockte ebenso schief auf seinem Stuhl.

Spätabends genossen Marre und ich die Aussicht vom Plumpsklo und lauschten dem Ziegenmelker, der immer wieder seine zwei Töne in die brütend warme Nacht sang. Seine Stimme tönte wie aus der Tiefe, wie aus einem Felsspalt. Wir beobachteten, wie sich am östlichen Himmel tiefblaue Wolken sammelten und auf dem Wasser Segelboote Richtung Westen kreuzten. Ein heißer Wind blähte die bunten Spinnaker; die Segler wussten, dass sie den Hafen anlaufen mussten, solange das Wetter noch gut war.

In den frühen Morgenstunden zog ein Unwetter über Månvik, ein heulender Wind zerrte an den Bäumen und riss die Blätter von den Zweigen, drückte das schäumende Meer gegen die Felsen. Es donnerte, der Himmel schien zu lodern, und auf einmal schlug ein Blitz in die hunderte Jahre alte Eiche neben unserem Haus ein. Ich rannte ans Fenster und sah, wie ein riesiger Ast aufflammte und zitternd zu Boden stürzte.

Als ich morgens in die Küche kam, hatten Aili und Heli offensichtlich aufgeräumt. Das Geschirr stand gespült im

Abtropfschrank; ein Teil der Gläser trocknete auf sauberen Handtüchern. Die Tüte mit den Krebsresten stand fest verknotet in der Ecke, auch sonst wirkte alles ordentlich. Ich fühlte mich träge und benommen und goss mir ein Glas Wasser ein. Das eiskalte Brunnenwasser schmerzte an den Zähnen, tat aber ansonsten gut. Ich setzte Kaffee auf, kochte Eier, schnitt Brot, Gurken und Tomaten und holte Käse und Aufschnitt aus dem Kühlschrank. Beim Öffnen der Verandatür bauschte ein frischer, noch feuchter Morgenwind die Gardinen. Der Sturm hatte die Malven, die Dahlien und den Goldball niedergedrückt und den Ast der alten Eiche ins Meer getrieben, wo er auf den Horizont zuwogte. Tommy rannte ans Ufer, um die Netze einzuholen.

Opa musste schon wach sein, aus seinem Zimmer drang kein Schnarchen. Vielleicht war Aili zu ihm geschlüpft – sie schlief nicht mehr im selben Zimmer, da Opa nachts einfach zu laut trompetete, wogegen Aili mit den Jahren empfindlich geworden war.

Gleich würden wir mit einem Frühstückstablett zu Opa hineingehen und singen – erst danach durfte er sein Bett verlassen.

Ich stellte alles auf dem Tablett bereit und sah Marre draußen auf dem Steg sitzen und rauchen; die letzten Schwalben des Sommers malten unsichtbare Kreise ins wolkenlose Blau. Ich goss mir eine Tasse Kaffee ein und stellte fest, dass jemand unsere Fahne gehisst hatte. Aili kam aus ihrem Zimmer – nicht dem von Opa – und wollte draußen Äpfel für einen Kuchen holen.

»Ist unser Geburtstagskind schwimmen?«, fragte sie.

»Ich glaube, er ruht noch«, antwortete ich.

»Kein Wunder, nach so einem Fest«, meinte Aili und verschwand mit einem Obstkorb im Garten.

Inzwischen war es nach neun, und da Opa sich nicht rührte, klopfte ich an seine Tür. Keine Antwort – ich drückte die Klinke herunter.

»Opa?«, fragte ich durch den Spalt.

Er schlief und hatte die Hände über der Brust gekreuzt. Beinahe hätte ich die Tür wieder geschlossen, da fiel mir auf, dass sich seine Brust nicht hob und senkte und kein Schnarchen zu hören war.

Opa war friedlich in einer Sturmnacht entschlafen, am selben Tag, an dem er geboren war.

Oskar Falk
* 18.8.1896
† 18.8.1991

Beerdigung in der Alten Kapelle
von Hietaniemi am 30.8.1991

Albinoni: *Adagio*
Wikfeldt: *Leise wie der Tau*
Tikka: *Gnadenlied*
Kranzniederlegung
Aussegnung: *Gemeindepfarrer von Munkkiniemi,*
Paavo Nieminen
Schubert: *Ave Maria*
Erna Tauro: *Herbstlied*

Orgel: Tapio Tiitu; Gesang: Annika Östermann;
Gitarre: Paavo Nieminen

Opa wurde neben Oma, Mama, Lennart und Juhani begraben. Sieben Särge standen nun in der Erde. Schweres Eichenholz, ich hatte keine Ahnung, wie das alles neben- oder übereinanderpasste. Vielleicht wurde tatsächlich gestapelt? Jedenfalls ruhten sie nun alle in der braunen Krume. Wahrscheinlich müsste man sich mal erkundigen, wie viel Platz überhaupt noch im Familiengrab war.

Ich wollte niemanden sehen und hören und noch nicht mit in die Kalevankatu gehen, wollte noch ein Stück meiner Kindheit festhalten, für mich allein an Opa denken. Ich stand auf den Felsen oberhalb des Friedhofs und scherte mich nicht um irgendwelche Regeln, darum, was die anderen von mir dachten. Meine Trauer – um die ging es. Hinter mir stand Antero, der wiederholte, wie gut es sei, dass Opa gesund abgetreten war. Woher wollte er das wissen? Opa hätte auch weitere zehn Jahre gesund leben können!

»Unrealistisch. Das durchschnittliche Lebensalter des Mannes in Europa beträgt 74,7 Jahre …«

»Sei so lieb und verschwinde. Hau einfach ab!«, rief ich.

Und das tat er. Marschierte davon und verschwand aus meinem Blickfeld.

Opa hatte in der Morgensonne auf seinem Bett gelegen; sein Gesichtsausdruck war entspannt, ein Lächeln schien auf seinen Lippen zu liegen. Als ich ihn auf die Stirn küsste, spürte ich noch einen Rest seiner Wärme. Ich hatte seine gekreuzten knotigen Hände gestreichelt und meinen Kopf an seine Schulter geschmiegt. Ich wollte nicht, dass jemand es erfuhr. Solange es keiner wusste, war es, als würde er noch leben. Ich schloss die Tür von innen. Gleich würde Aili mit den Äpfeln in die Küche eilen und backen, würde Marre zum Kaffee herüberkommen, Tommy den Fischfang präsentieren, oben würden die Kinder aufwachen, Erik und Gustav würden schwimmen gehen und Heli und Annika lange ausschlafen. Für sie würde Opa am längsten leben.

Noch aber ging alles weiter wie vorher. So lange, bis ich die Tür wieder aufmachte oder jemand zu uns hereinkam. Ich öffnete Omas alte Spiegelkommode, nahm die Schere heraus und schnitt mir eine Strähne von Opas Haar ab.

Ich legte sie in die Schachtel mit dem Rasierapparat und schnupperte an dem feinen grauen Haar und dem Rasierstaub; an beidem haftete noch der Duft von Opa. Ich ließ den Staub in meine Hand rieseln und küsste ihn. Dann blies ich ihn ins Zimmer. Er tanzte im Licht, bis ihn ein Lufthauch mit sich nahm.

Paavo hatte die Hände in den Hosentaschen vergraben und kam langsam auf mich zu.

»Hab ich mir gedacht, dass du noch hier bist.«

Behutsam legte er seine Arme um mich und drückte mich sanft.

»Denk dran: Solange wir uns an sie erinnern, solange existieren sie. Diese Menschen machen dich zu dem, was du bist.«

Vor seinem Tod hatte Opa noch mit Aili Berlin bereist, gleich 1989 nach dem Mauerfall. Er hatte mir ein Stück der Mauer mitgebracht. Mstislaw Rostropovitsch spielte am Brandenburger Tor Bach auf seinem Cello, Tausende von Berlinern hackten die Mauer klein. Opa rief *Ich bin ein Berliner,* die Umstehenden applaudierten. Als er mir den Mauerbrocken überreichte, schnaubte er skeptisch – wenn irgendwo etwas zerfiel, wurde es woanders wieder errichtet. Wenn etwas endete, begann es woanders von vorn, die Dinge wiederholten sich auf dieser Welt immer wieder. Das hatte er in seinem Leben selbst erfahren.

Im August 1990 blieben wir in Månvik eine ganze Nacht vor dem Fernseher sitzen und verfolgten, wie der Himmel von Kuwait im Bombenhagel der Iraker brannte. Während ich noch schockiert auf die Bilder starrte und darüber nachdachte, was aus diesem Konflikt alles folgen konnte, bemerkte Opa trocken hinter seiner Zeitung, dass in der Welt ständig irgendwo Krieg herrsche. Dass der Mensch nun mal so sei. Auch wenn ich inzwischen gelernt hatte, Opa zu widersprechen, schwieg ich an dieser Stelle und hoffte im Stillen, dass der Mensch in tausend Jahren ein anderer sein würde.

In dieser Zeit erhielt Antero eine Professur für Genetik, und so war mein Mann weniger denn je zu Hause. Ich selbst reiste durch die Theaterlandschaft und bekleidete Charaktere, die wenig später auf der Bühne zum Leben erwachten. In beinahe jeder Saison wurde ein Stück der Dramatikerin Hella Wuolijoki gespielt, das eine Frau in einer Dreieckskonstellation zeigte; auch sie hatte einen außerehelichen Sohn. Die Identifikation mit diesem Stoff fiel mir wahrlich nicht schwer! Im Stück wurden die Familienprobleme von Generation zu Generation weitergetragen, so wie im echten Leben auch, von dem die Schriftsteller schließlich abschrieben, in abgewandelter, verdichteter Form. Ja, Sippenschmerzen wurden zwangsläufig weitergereicht, Hella Wuolijoki wusste das.

Kaum hatte ich damals Antero getroffen, war aus mir Maria Hämäläinen geworden oder Marie Hämäläinen – ich konnte mich nie endgültig festlegen –, und seitdem hatte ich immer im selben Haus gewohnt. Nur einmal waren wir nach Emmas Geburt in den fünften Stock gezogen, wo uns drei Zimmer mehr zur Verfügung standen. Ich fühlte mich wohl in der Topeliuksenkatu, wobei ich nicht wusste, ob das am Meer hinter dem Park lag oder daran, dass unser Haus exakt an der Wegesmitte zwischen Affenhaus und der

Kalevankatu stand. Jedenfalls fand ich dort eine gewisse Ruhe, gelangte bei Bedarf mit dem Bus schnell ins Zentrum und hatte eine Bibliothek direkt vor der Nase und Museen gleich in der Nähe.

Als wir aus dem ersten in den fünften Stock zogen, bekam ich ein eigenes Arbeitszimmer, und der Lärm von draußen drang nicht mehr bis zu uns hoch. Mein Zimmer ging zur Straße hinaus; nachmittags war das Licht am schönsten, zeigten sich die Farben am reinsten. Meinen Schreibtisch hatte ich ans Fenster gestellt. Die mit schwarzem Melamin beschichtete Spanplatte war zwei Meter breit und ruhte auf stabilen Böcken. Direkt daneben stand der Schrank aus Opas Arbeitszimmer, ein Erbstück, in dem ich auch die alte Hasselblad 1000F aufbewahrte – ich fotografierte oft mit Opas Kamera. Er hatte sich ganz leidenschaftlich immer das neueste Modell gekauft, das gerade auf dem Markt war. Auf der anderen Seite des Zimmers stand die alte Singer-Nähmaschine zum Treten, daneben eine elektrische Nähmaschine und dahinter meine Handbibliothek, alphabetisch sortiert. Im Bücherregal drängten sich außerdem meine zahlreichen Vinylplatten, der Plattenspieler thronte auf dem Verstärker. Meine geliebten Alben waren größtenteils zerkratzt, die Nadel sprang, nur wenige konnte man hören – trotzdem. An den Wänden hingen die Kostümskizzen einiger Commedia-dell'Arte-Figuren: Sganarelle, Pulcinella, Pantalone, dazu die Titania aus dem *Sommernachtstraum* und ein Eselskopf. Diese Zeichnungen waren alle ausgestellt worden, alle waren mit einem *M. Hämäläinen* signiert.

Oft blickte ich von meinem Schreibtisch auf und starrte auf diesen Namen, und jedes Mal löste er denselben Gedanken aus: War *das* mein Name? Wieso schrieb ich auf meine Entwürfe nie Maria oder Marie, kratzte immer nur dieses

M. hin? Und auch der Nachname – weder sah er schön aus, noch klang er schön, noch bedeutete er mir etwas. Er barg für mich nicht einmal eine Ahnung von Gefühl. Die einzigen Leute mit diesem Familiennamen, die ich kannte, waren Anteros Eltern, Sanelma und Urpo, dazu die restlichen Verwandten, und in dieser Sippe war ich nie willkommen gewesen.

Falk war der Falke, und Autere der Dunst in der Sonne, feinster Glanz. Fast sah ich den Falken hindurchfliegen. Nein, zu den Hämäläinens gehörte ich nicht.

Mein Zimmer – meine Welt – hielt ich sorgsam in Ordnung, versuchte das Chaos zu bändigen, denn nur so fand ich schnell das Benötigte. So dachte ich jedenfalls: Klare äußere Strukturen halten auch das Innere zusammen. In meinem Reich verhielt ich mich geradezu pedantisch, ich merkte sofort, wenn etwas weggekommen oder am falschen Platz war. Manchmal saß ich stundenlang in Opas altem Ledersessel, hörte Schallplatten oder studierte einfach nur die Petersburger Ansicht von Vladimir Ammon, die früher das Esszimmer in der Kalevankatu geschmückt hatte. Oder ich streichelte meinen Schatz, Schildkröte Nicki, die in ihrer alten Apfelkiste neben Opas Sessel hauste. Ein wahrhaft unkompliziertes Haustier, wie Opa damals in Barcelona vorausgesagt hatte. Sie hielt monatelang Winterschlaf und ernährte sich im Sommer nur von Löwenzahn und Månviker Erde. Mal grub sie sich eine Mulde, mal sonnte sie sich mit ausgebreiteten Beinen auf einem warmen Stein.

Nur wenn es wirklich nicht anders ging, verließ ich unser Haus, also zu Bühnenproben, Kostümanproben, Besprechungen oder zum Stoffeeinkaufen. Manchmal setzte ich mich unterwegs in ein Café und beobachtete die Menschen, die vorbeiströmten. Effizient und hastend, mit laut klackenden Absätzen, oder gedankenverloren und trottend, in weichen Turnschuhen.

Einmal entdeckte ich ihn im Gewimmel des Tages; er saß mit einer Frau in Wildlederjacke in einem Café. Sein rötliches Haar war kurz, die atopische Haut trocken wie Pergamentpapier, der Stoppelbart ein paar Tage alt. Die Brille hatte er ins Haar geschoben, die Nägel an den kurzen Fingern waren abgekaut, die Hemdärmel zu lang, die Manschetten abgenutzt. Die Jacke war schmuddelig und etwas zu klein, die Hose altmodisch und aus einem Stoff, der nicht zur Jacke passte. Aber der Mann saß angeregt nach vorn gebeugt, vor ihm lagen Papiere, daneben stand der Laptop. Der Kaffee in seiner Tasse musste längst kalt sein, er hatte keinmal daran genippt; er sprach ununterbrochen und gestikulierte schwungvoll. Selbst wenn ich ihn nicht gekannt hätte, wäre mir klar gewesen: Hier sitzt ein wacher, unfassbar neugieriger Mann, dessen Tage angefüllt sind mit Arbeit und Innovation, mit Sialinsäure und Zellen. Was dann geschah, überraschte mich. Die Wildlederjackenfrau schob ihm einen Löffel von ihrem Mokkabaiser in den Mund. Auf Anteros Gesicht breitete sich ein süßliches Lächeln aus, die Frau wischte ihm noch einen Krümel aus dem Mundwinkel. Dann steckte sie sich den leeren Löffel selbst in den Mund und nuckelte genüsslich darauf herum.

Wenige Tage vor Weihnachten habe ich mich darauf eingestellt, dass Hannu nicht mehr kommt, aus welchem Grund auch immer. So habe ich es bereits als Kind gehandhabt – mit Mama und Papa. Wenn meine Eltern dann schließlich doch eintrafen, war es gar nicht mehr wichtig, da ich die Enttäuschung längst akzeptiert hatte. Ich versteckte mich sogar vor ihnen. Sie mussten erst ausgiebig nach mir rufen und mich im Wald und hinter den Felsen suchen. Meine Gedanken wandern zum *Sturm*, der Produktion, die auf die *Möwe* folgen wird. *Wir sind aus solchem Stoff, wie Träume sind, und unser kleines Leben ist von einem Schlaf umringt.* Prospero und Miranda, Vater und Tochter, durch Intrigen und Zufälle auf einer Insel gelandet, die Prospero mit Zaubertricks beherrschen wird. Er sinnt auf Rache, doch es endet mit Versöhnung: lieber Gnade als Rache. Seine Figur ist den Zuschauern bekannt. Ein verwittertes Gesicht, das dringend eine Rasur bräuchte, zotteliges weißes Haar, breite Schultern, lange Beine – bis fast an die Schulternn. Ah ja, das kommt mir bekannt vor. Ich muss schmunzeln. Prospero wird als Kopfbedeckung ein Taschentuch mit verknoteten Zipfeln tragen oder eine ausgeblichene rote Jacques-Cousteau-Mütze, und Miranda … sie hat ebenfalls langes, verwuscheltes Haar und ein braun gebranntes, aber betrübtes Gesicht. Am Ende wird Prospero als Zauberumhang Opas alte Fischerjacke tragen, die noch an der Veranda hängt.

Ich höre einen Motor brummen, das wird Nachbar Kalle Lundström sein, der uns zu Weihnachten alljährlich einen Hecht bringt. Das bläuliche Licht kommt vom Schuppen her, nähert sich und blendet mich, verharrt in der alten Eiche, bestrahlt die bemooste Stelle, an der der Blitz vor siebzehn Jahren eingeschlagen hat.

Hannu steht im Flur und trägt einen dunklen Mantel, auf dessen Schultern wie Puder Schneeflocken liegen. Ein beinahe vertrauter Gast, der jedoch mit Akzent spricht. Er wirkt scheu und angespannt, spricht förmlich und mit tiefer Stimme, seine Umarmung ist steif.

»Entschuldigung. Ich habe lange nichts von mir hören lassen«, sagt er und weicht meinem Blick aus.

Er zittert vor Kälte – oder ist dieses Beben ein unterdrücktes Lachen? Eher ein unterdrücktes Weinen, seine Augen sind rot.

»*Ich* muss mich entschuldigen, ich hab ja auch nie geschrieben, nicht mal eine Weihnachtskarte.«

»Ich etwa?« Hannu seufzt.

Wir wissen beide nicht, wie es nun weitergeht. Heute belastet uns die Stille im Raum; früher konnten wir lange zusammen schweigen, jeder war in sein eigenes Treiben, in seine eigene Welt versunken. Ich bin kurz davor zu fragen, wieso sie nicht zu Opas Beerdigung gekommen sind, wieso sie nur einen Stellvertreter zur Kranzniederlegung geschickt haben. Hannu richtet den Blick auf die Schachtel mit den Briefen.

»Die müsste man alle durchgehen. Das sind Papas Briefe von der Front«, sage ich.

»Vom Autere?«

»Ja, er war im Krieg. Hat eine Kopfverletzung davongetragen. Wusstest du, dass auch Julius gekämpft hat?«

Er antwortet nicht und geht rüber zur Kommode. Nimmt das Bild von Julius und Lennart in Matrosenanzügen in die Hand. Julius hat raspelkurze Haare, Lennart grient breit.

»Wie geht es Onkel Julius?«, frage ich. Und wieder dröhnt die Stille in meinen Ohren.

Hannu stellt das Bild zurück und zuckt mit den Schultern. »Lebt als Rentner in Miami.«

»Mama ist gestorben, als ich sechzehn war. Sie war vier Jahre jünger als ich jetzt«, bemerke ich trocken.

Hannu kommentiert das nicht, betrachtet stattdessen das Bild, auf dem Jussi wegen schlechter Angelausbeute leicht verheult aussieht. Danach lässt er seinen Blick durchs Zimmer wandern, an die Decke, zur Veranda. Er sieht den Stapel mit der Bettwäsche und den Tex-Willer-Heften.

»Ich heiratete in den späten 80er Jahren. Ich habe zwei Nachkommen, einen Sohn und eine Tochter«, sagt er schließlich.

Seine R-Laute sind träge und breit, seine Sprache klingt leicht veraltet. Irgendwie hilflos steht er da, seine Augen wirken nass. Mein Cousin Hannu, ein fremder Mann. Seine Haut ist winterblass, die Haare sind an den Schläfen ergraut. Er hat die gleichen breiten Schultern wie Opa, die gleichen viel zu langen Beine. Langsam zieht er seinen Mantel aus und legt ihn ordentlich auf die Sofalehne.

Er trinkt heißen Saft und verputzt mit Appetit die Sardinenknäckebrote – die haben wir früher immer heimlich in uns hineingestopft, wenn Tante Ester schlafen gegangen war. Er steht auf und tritt ans Küchenfenster. Draußen ist es inzwischen stockdunkel, er zuckt zusammen, als ihm in der Scheibe sein eigenes Gesicht entgegenblickt.

»Ich bin wegen Mama gekommen.«

»Tante Bigga? Wie geht es ihr?«

»Sie ist tot. Ich musste die Beerdigung mitorganisieren. Morgen wird die Urne zu Grab gelassen. Danach geht es dann sofort weiter nach Shanghai, eine Dienstreise.«

»Mein Beileid. Wie traurig.« Irgendwie bin ich erleichtert. Über seine schnelle Weiterreise?

»Sie lag lange im Krankenhaus. Alzheimer. It was about time ...«

Ich will fragen, ob er nicht auch in den letzten Jahren in Helsinki war, seine Mutter besuchen. Doch er kommt mir zuvor.

»Was ist mit deiner Familie?«

»Oh, ich habe meine Emma. Sie studiert in Oulu, wird Architektin. Mein Bruder Juhani war auch Architekt. Du erinnerst dich doch an ihn?«

Hannu nickt. »Alle sterben. Früher oder später ...«

»Und dann gibt es noch Mark. Er ist 1992 geboren, gut ein Jahr nach Opas Tod.«

Hannu geht nicht auf Oma und Opa ein. Auch zu meinen Kindern stellt er keine weiteren Fragen.

»Ist Jussi denn auch hier?«, frage ich.

»Jussi?!«

»Na ja, die Beerdigung ...«

Er schüttelt den Kopf, aber etwas scheint in Bewegung zu kommen.

»Lass uns die Sauna heizen, ja? Es ist furchtbar kalt. Los, wir gehen in die Sauna, wie früher!«

Meine Cousins sind nie im Winter in Månvik gewesen. Im Schnee muss alles ganz anders aussehen.

»Wir sind oft im Winter hier, auch früher schon. Ich kann hier gut arbeiten, sogar Weihnachten feiern wir hier. Auch dieses Jahr. Die ganze Familie.«

»Weihnachten? Stimmt! Es sind nur noch wenige Tage«, stellt er fest. »Nein, ich bin noch nie im Winter in Månvik gewesen. Was macht eigentlich der Vater deiner Kinder? Kommt er auch?«

»Antero ist Professor, lebt in Göteborg. Zusammen mit seiner neuen Familie.«

Ich habe keine Lust zu erzählen, dass Antero nicht Marks Vater ist, und auch er will keine Details hören. Er betrachtet die abgestoßenen Küchenschränke, die große Holzkiste, die Opa gezimmert hat, den gusseisernen Herd mit der Schrift *Högfors N:o 1*.

»Was ist mit Tante Ester?«, fragt er, wahrscheinlich um irgendetwas zu sagen.

»Ist *zu Hause*.«

Hannu schaut abwechselnd in mein grünes und mein braunes Auge. Wahrscheinlich erinnert er sich jetzt an die Elfe und die Trolle.

»So heißt ein Altersheim in Stockholm«, erkläre ich.

»Sie lebt noch?«, fragt er erstaunt und lächelt zum ersten Mal, taut ein wenig auf.

»Na ja, Tote wohnen dort nicht«, sage ich. »Und sie erinnert sich an alles! Sie hat uns jede Menge von früher erzählt. Auch von der Zeit, als sie bei Oma und Opa angefangen hat. Komische Vorstellung, dass die gute Tante Ester mal offiziell bei uns eingestellt wurde.«

»Ich erinnere mich an kaum etwas. Weder aus Månvik noch überhaupt. Da sind nur ein paar verschwommene Bilder.«

Als wir in Badeklamotten auf den Saunabrettern sitzen,

werde ich ruhiger. Hannu trägt Anteros verschossene Badehose. Während er einen Aufguss macht, mustere ich ihn verstohlen. Wie sehr hat er sich verändert! Mein Cousin ist ernst geworden, irgendwie freudlos. Aber sein großer Zeh steht immer noch so ulkig ab wie früher, über seinen Ballen verläuft die alte große Narbe, und seine Beine sind auch heute golden behaart. Er hat kräftige Waden, wahrscheinlich treibt er regelmäßig Sport. Eine warme Wolke hüllt uns ein, keiner von uns wagt es, die angenehme Ruhe zu durchbrechen.

In der Saunakammer setzt Hannu sich auf die Pritsche, lehnt sich an die Wand und betrachtet die Gegenstände auf dem Regal gegenüber: Treibholz in hübschen Formen, Weidenflöten, perfekt flache Hüpfsteine, Muscheln, die Flasche, nach der Hannu getaucht hat. An der Wand hängen Omas Bademantel und die Badekappe mit den Blumen. Hannus Augen verengen sich und fixieren ein Borkenschiff. Auf dem vergilbten Papiersegel steht in Opas Handschrift *Jussi*. Er steht auf und nimmt es vorsichtig vom Regal.

»Wie viele Schiffe uns Opa wohl geschnitzt hat?«

Erst nach der Sauna, als wir wieder im Haus sitzen und die Holzscheite im Kamin knistern, beginnt er zu erzählen.

»Wir waren schwimmen gewesen, im Meer, unser Vater hatte ein Ferienhaus gemietet. Eine zweistöckige Villa mit einer großen Terrasse zum Wasser.«

Er spricht langsam, präzise, als würde er jedem Satz hinterherlauschen.

»Wir sind um die Wette gefahren, mal wieder. Jussis Beine waren nur dünne Stöckchen, erinnerst du dich? Beim Fahrradfahren hat man sie gar nicht mehr gesehen, so hektisch ist er in die Pedale getreten. Ich hab ihn ein Stück entkommen lassen, so wie immer, aber nach kurzer Zeit waren wir wieder auf gleicher Höhe. Auf einmal ist er von unserem kleinen Weg abgebogen und auf den Highway zugefahren. Ich sehe noch heute das Grinsen und einen Rest Rotz in seinem gebräunten Gesicht – er hat sich noch mal zu mir umgedreht.«

Hannu kann nicht weitersprechen. Sein Blick bohrt sich in die Decke, wandert zum Sprossenkreuz am Fenster, kehrt zurück zum Borkenschiff, das er mitherübergenommen hat. Unruhig hält er es in seinen sehnigen Händen, dreht es um die eigene Achse. Immer wieder.

Hannu hörte, wie die Bremsen des Busses quietschten, wie Jussis Knochen brachen, sah den Körper seines Bruders über die Straße fliegen und im Graben landen. Er war sofort tot.

»Sofort«, wiederholt Hannu und schnippt mit den Fingern. »Ich höre diese Geräusche noch immer, nachts, wenn es still ist.«

Das Schlimmste war, dass nach Jussis Beerdigung nie wieder über die Sache gesprochen wurde. Keine Fragen, keine Anschuldigungen – als hätte es Jussi gar nicht gegeben.

»Mit der Zeit habe ich mich an das Schweigen gewöhnt. Mein Vater hat ohnehin nie viel mit mir gesprochen. Aber jedes Mal, wenn wir an der Stelle vorbeigefahren sind, habe ich es wieder gehört. Das Quietschen und das Brechen. Habe gesehen, wie Jussi in den Graben fliegt und verschwindet. Für immer verschwindet! Ich konnte ihn nie um Verzeihung bitten.«

»Bist du deshalb gekommen? Du wolltest von Jussi erzählen, hm?«

Hannu schweigt lange. Dann legt er Jussis Schiff aus der Hand.

»Ich komme zu einem besseren Zeitpunkt noch mal wieder.«

»Wann? In dreiundvierzig Jahren?«, frage ich amüsiert.

Er zuckt mit den Schultern, lacht nicht.

»Ich habe was für dich«, sagt er auf einmal.

Er überreicht mir ein kleines Bündel. Ein abgenutztes Spitzentaschentuch mit Omas Initialen, *SCF*.

»Jussi hat es sich einfach genommen und in der Dose für die Angelwürmer aufbewahrt. Weißt du noch? Die kleine blaue Kaffeebüchse. Das war das Einzige, was er heimlich aus Månvik mitgeschmuggelt hat, als wir wegmussten. Na ja, und du hattest gerade mal wieder deinen Rubinring verloren, und da hat er sich wohl gedacht, ehe ihn der Rabe schnappt und in sein Nest bringt … Du weißt doch, das hat Opa uns immer erzählt. Jedenfalls habe ich den Ring bei Jussis Sachen gefunden und für dich aufgehoben. Aber dann habe ich die ganze Sache vergessen. Tut mir leid. Der ist sicher sehr wertvoll.«

Ich knipse meine Nachttischlampe aus und sehe das Bild von Jussi vor mir, wie er wild in die Pedale tritt. Wie Hannu seinem Bruder hinterherjagt und Jussi grinst und auf die Straße ausbüchst. Wie Hannu den Bus hört, aber Jussi nicht. Sieht er das Ungeheuer, das ihn plattfährt, bekommt er mit, dass mit diesem Bild alles endet? Mit dem Bild, das Hannu für sein restliches Leben nicht loswird. Dann, ein stilles Weiß. Oder so was Ähnliches. The end.

Ich befühle den Ring – er ist kleiner, als ich ihn in Erinnerung hatte. Ich erzähle Hannu auch heute nicht, dass der Stein ein Granat und kein Rubin ist. Als Kind habe ich gedacht: Wenn der Ring auftaucht, kommt Oma wieder.

Im Erdgeschoss quietscht die Tür von Opas Alkoholschrank. Und je länger ich durchs Fenster in die dunkle

Nacht starre, umso mehr Geräusche höre ich, umso mehr Bilder sehe ich.

Marie steht am meerzugewandten Ufer der Kleinen Insel im grellen Sonnenlicht, der Wind zaust ihre Haare, das Wasser leckt an den Felsen, und Oma schwimmt Richtung Horizont. Omas Kopf hebt und senkt sich mit den Wellen, daneben rudert Opa, will nach ihr greifen, doch sie hängt sich von der Seite ans Boot und will es zum Kentern bringen. Die Möwen kreischen, gleiten mit dem Wind. Oma und Opa brüllen sich an.

»Niemals! Nie im Leben vergesse ich das! Hörst du, Oskar, nie im Leben!«

»Verdammte Hölle, ein Elend ist das mit dir!«

Marie fliegt zurück über die Insel, über die Brücke, findet am Ufer niemanden, watet ins Wasser, strengt sich an. Ihr Körper spannt sich, die kleine Jolle bewegt sich, Marie steigt ein, hakt die Ruder fest und rudert, taucht tief ein ins Wasser, noch tiefer, schiebt das Meer beiseite, hört Omas Schreie. Marie ist ganz nah, sieht, wie sich Oma die Kette vom Hals reißt und nach Opas Ärmel greift, wie das Ruderboot wankt und Opa ins Meer stürzt. Opa drischt aufs Wasser ein, schnappt nach Luft, doch Oma taucht ihn mit ihren starken Armen unter. Sie drückt ihn nieder, aber er durchbricht wie ein Korken die Oberfläche und zerrt an Omas Händen.

»Marie, ruder zurück! Zurück ans Ufer mit dir!«, brüllt er.

Erst da bemerkt Oma Marie.

»Maria, Herrgott! Oskar, bring sie weg! Hörst du nicht, Oskar! Du lieber Himmel, hilf ihr!«

Doch schon kippt eine Böe die Jolle, im Sinken hört Marie Omas gebrochene Stimme. Ihre Nase und ihr Mund sind voller Wasser, sie kann nicht mehr. Sie sinkt weiter, helle

Lichtstrahlen durchdringen die Unterwasserwelt, die Geräusche werden weicher und entfernen sich. Schöner, stiller Glanz. Fische, Quallen, mittendrin ihre tanzenden Hände und Füße. Sie ist ein Polyp, der sich tiefer pumpt, bis hin zum Grund. Sie sieht Omas panische Augen, ihre Finger wie Fangarme, ihre Haare wie Wassergras, das sich um Maries Hände wickelt. Marie wird durchs Blau gerissen, das Licht flackert, die Geräusche werden wieder lauter, immer mehr Strahlen durchdringen die Wasseroberfläche, und die Luft schlägt ihr ins Gesicht. Sie atmet, hustet, sieht die Möwen, hört den Wind, ihre Brust und ihre Ohren schmerzen. Ihre Arme sind schlaff, an ihren Fingern hängen Omas Haarsträhnen, vor ihr schwimmt Opa, der sie aufs Ruderboot schiebt, das verkehrt herum auf den Wellen treibt.

»Ich hole noch Oma. Halt dich gut fest«, hechelt er.

Doch Marie rutscht zurück ins Wasser. Sie kann nicht mehr, sie will nicht mehr, will hinter Oma her ins Meer. Da packt Opa sie, drückt sie an seine Brust, presst sie ganz fest an sich. Aus seiner Kehle schießt ein schreckliches Gebrüll, und Oma ist nicht mehr zu sehen.

Am Morgen wache ich spät auf, die Wintersonne zeigt sich bereits scheu am Horizont. Hannu ist weg. Hat seinen Mantel übergezogen und ist zur Beerdigung seiner Mutter gefahren. *Wem die Stunde schlägt* und die Tex-Willer-Hefte sind verschwunden, die Bettwäsche hat er liegen lassen. Vielleicht ist sie ihm nicht so wichtig. Er hat tatsächlich nur in Månvik *vorbeigeschaut*, wie er es in seiner E-Mail angekündigt hat. Aber er hat Wort gehalten, er ist gekommen. Hat mir sogar den Ring zurückgebracht. Und damit auch den letzten Streit unserer Großeltern, mit dem die Ehe und Omas Leben endeten. Oma liebte dramatische Filme mit glücklichem Ende – es hätte anders ausgehen müssen! Wie vollkommen anders wäre dann unser aller Leben verlaufen.

Eine ganze Woche lang hat es kräftig gefroren, die Bucht hat eine spiegelglatte Eisdecke bekommen. Der Boden ist von Reif bedeckt, die Schwäne sind südwärts gezogen. Ich renne aufs Eis und bestaune die Luftblasen, die auf ihrem Weg aus der Tiefe an die Oberfläche eingefroren sind – wie Perlen. Ein paar Stunden ist noch Zeit, dann kommen die anderen.

Ich bin mir sicher, dass die Schlittschuhe auf dem Dachboden sind, über dem Tretschlitten an einem Nagel hängen, links neben der Tür. Und Omas kurzer Bisampelz hängt in der Kleiderhülle auf der hintersten Stange.

Ein paar kleine Wölkchen tummeln sich dicht über der Erde, die Sonne hat sich hoch über sie geschwungen. Ihre Strahlen beglänzen die Spitzen der Kiefern, bescheinen die Bucht. Ich schnüre die Schlittschuhe und knöpfe den Pelz zu. Das Eis knistert und ächzt unter den Kufen, vorsichtig gleite ich hinaus. Mit noch wackligen Beinen hole ich Schwung, ziehe einen großen Kreis, der Wind rauscht in meinen Ohren. Immer schneller, immer mutiger fliege ich dahin und denke an die Spiralen, Blumen und Sterne, die Oma mit ihren Kufen in den gläsernen Grund gemalt hat. Ich hebe zu einem Sprung ab, einem zweiten, breite meine Arme aus und sehe ganz Månvik in einer klaren, frostigen Wintersonne liegen, in der feine Kristalle glänzen.

Textnachweise

Federico Fellini: *Aufsätze und Notizen*. Hrsg. von Christa Strich, Anna Keel. Zürich: Diogenes Verlag, 2. Auflage, 1981, S. 7.

A. E. Hotchner: *Papa Hemingway. Ein persönliches Portrait*. Aus dem Amerikanischen von Paul Baudisch. München: Econ & List 1999, S. 9.

John Lennon: *In seiner eigenen Schreibe*. Aus dem Englischen von Helmut Kossodo. Genf und Hamburg: Verlag Helmut Kossodo o. J. Buchrückseitentext.

Ernest Hemingway: *Wem die Stunde schlägt*. Aus dem Englischen von Paul Baudisch. Berlin und Weimar: Aufbau-Verlag 1967, S. 5.

Ingmar Bergman: *Fanny und Alexander*. Aus dem Schwedischen von Hans-Joachim Maass. Berlin: Verlag Volk und Welt 1984, S. 217.

Anja Jonuleit im dtv

»Anja Jonuleit spielt mit Emotionen, ohne je kitschig zu weden.«
Berner Bär

Herbstvergessene
Roman · dtv premium
ISBN 978-3-423-**24788**-7

Nach dem rätselhaften Tod ihrer Mutter Lilli Sternberg findet Maja in deren Nachlass ein Foto. Es zeigt Großmutter Charlotte mit einem Baby. Doch dieses Baby hat keinerlei Ähnlichkeit mit der hellblonden, blauäugigen Lilli. Maja stößt auf ein dunkles Familiengeheimnis, das alle Gewissheiten in ihrem Leben mit einem Schlag zunichte macht.

Neunerlei
Eine Weihnachtserzählung
ISBN 978-3-423-**21326**-4

Die junge Apothekerin Katharina, die eine wahre Gewürzexpertin ist, und Sami, der zwar einen Liebesroman nach dem anderen schreibt, selbst aber nicht mehr an die große Liebe glaubt: zwei einsame Herzen, die das bevorstehende Weihnachtsfest fürchten, über ein duftendes Geheimnis dann aber zueinanderfinden. Eine berührende moderne Weihnachtsgeschichte, eingehüllt in Weihnachtsduft und Kerzenglanz.

Bitte besuchen Sie uns im Internet: www.dtv.de